Yasemin Schreiber Pekin

Die Truhe der Schamanin

Die Hexe, der Mönch und der Spion
Band Nr. 1

AF279533

Yasemin Schreiber Pekin

Die Truhe der Schamanin

Historischer Roman

Bibliografische Information der Deutschen Nationalbibliothek:
Die Deutsche Nationalbibliothek verzeichnet diese Publikation in der Deutschen Nationalbibliografie; detaillierte bibliografische Daten sind im Internet über http://dnb.dnb.de abrufbar.

Titelfoto Cristi Yor Pixabay

Verlag: BoD · Books on Demand GmbH, Überseering 33, 22297 Hamburg, bod@bod.de

Druck: Libri Plureos GmbH, Friedensallee 273, 22763 Hamburg

ISBN: 978-3-8192-9994-0

Inhaltsverzeichnis

Die Truhe der Schamanin..…..2

Personen..272

Glossar..…......276

Historischer Hintergrund..…....281

Historische Personen...................................…..........284

Historische Orte und Völker.............................…......287

Karten..291

Weitere Bücher der Autorin...........................…......294

1

Khünbish - 1209, das Jahr der Schlange

Hauptmann Khünbish wischte sich das Blut von der Wange. Der sandige Wüstenwind blies über seine bloßliegenden Zähne und steigerte den Schmerz ins Unerträgliche. Er musste sich beherrschen, um nicht immer wieder nach seinem aufgeschlitzten Gesicht zu greifen. Zwei Tage nach der Verletzung platzte die Wunde bei jeder Bewegung erneut auf. Außerdem pochte sein linkes Ohr, dem die untere Hälfte fehlte.

Mit zusammengekniffenen Augen suchte Khünbish die Umgebung ab. Außer ein paar Büschen und Steinen war hier am Rande der Wüste Gobi nichts zu sehen. Aber das Mädchen, das ihm das Gesicht zerschnitten hatte, musste hier irgendwo sein.

Khünbishs Nackenhaare stellten sich auf, als er auf den großen Blutfleck vor seinen Füßen sah. Die Leiche der Frau war verschwunden. Seine Männer nahmen an, Hyänen hätten sie verschleppt, aber er wusste es besser. Immer wieder waren sie auf der Suche nach dem Mädchen zurückgekehrt. Und jedes Mal lag die Frau reglos da, die Kehle durchtrennt – wie eine Tote eben.

Dann war eine Wölfin erschienen. Ihr graues Fell schimmerte, als wäre sie in Mondlicht getaucht. Sie hatte Khünbish mit menschlichen Augen angestarrt. Noch immer spürte er ein heftiges Ziehen in seinen Eingeweiden, wenn er daran dachte. Die Wölfin hatte die

Frau behutsam mit den Zähnen gepackt und sie vor seinen Augen weggetragen wie ein verletztes Jungtier.

Seine Männer hatten nichts davon mitbekommen.

Sie waren ein erbärmlicher Haufen. Drei stinkende Tagediebe, zu dumm, um in der Nase zu bohren. Er hatte sich weit von seiner Einheit und dem Schutz des Großkhans entfernt und musste sich mit diesen Wegelagerern herumschlagen. Sobald er genug Beute zusammen hatte, würde er sie loswerden.

Plündern und Vergewaltigen hatte der Khan seinen Hauptmännern verboten, weil er die Grenzvölker als Verbündete gewinnen wollte. Die Soldaten sollten sich nur nehmen, was sie gerade brauchten.

Verächtlich spuckte Khünbish einen Blutklumpen auf den Boden. Der ehemalige Sklave Temüdschin nannte sich jetzt Dschingis Khan, Herrscher der Meere, der Steppe und der Stämme. Sein Name, Khünbish, bedeutete „kein Mensch". Seine Eltern hatten ihm diesen Namen gegeben, um ihn vor kinderraubenden Dämonen zu schützen, nachdem sie vor seiner Geburt sieben Söhne durch Unfälle oder Fieber verloren hatten. Als Kind hatte Khünbish seinen Namen gehasst. Jetzt war er stolz darauf.

Widerwillig stemmte der Hauptmann die Hacken in die Flanken seines Pferdes. Der Schimmel der Frau, den er an den Zügeln hielt, folgte ihm mit gesenktem Kopf. Sein Körper glühte vor Fieber und er litt unter unbeschreiblichen Schmerzen. Er schwor bei den Dämonen der Hölle, sich an dem Mädchen grausam zu rächen.

Nicht weit entfernt lehnte Asena an der Wand einer Höhle, die von außen kaum zu erkennen war. In ihrer Hand hielt sie immer noch das blutige Jagdmesser, mit dem sie dem Mongolen das Gesicht zerschnitten hatte.

Die Mongolen waren wie aus dem Nichts aufgetaucht. Ihre Mutter musste die Gefahr gespürt haben, die von ihnen ausging. Bevor Asena begriffen hatte, was geschah, war ihre Mutter bereits vom Pferd gesprungen. Asena hatte sie mit sich heruntergerissen und durch einen schmalen Spalt in der Felswand gestoßen. Für sie selbst blieb keine Zeit mehr, sich zu verstecken.

Asena hörte die Pferde, das Lachen der Mongolen, Kampfgeschrei, Schmerzensschreie. Dann nur noch die Schreie einer Frau. Sie hielt sich die Ohren zu. Aber als die Schreie nicht mehr aufhörten, rannte sie hinaus.

Als ihre Mutter Asena sah, warf sie sich auf den Mann und biss ihm mit aller Kraft ins Ohr. Als letzte Tat in diesem Leben spuckte sie ihm das blutige Stück Fleisch vor die Füße. Der Mongole packte sie an den Haaren und schnitt ihr die Kehle durch.

Asena rieb sich die Augen, als könnte sie die Bilder so wegwischen. Sie sah den leblosen Körper ihrer Mutter zwischen den Hufen der Pferde. Ihr eigenes Pferd, Ilayda, sprang erschrocken zur Seite. Sie erinnerte sich, wie ihr Messer die linke Wange des Mannes von der Stirn bis zum Kiefer aufgeschlitzt hatte. Seine zerlumpten Männer sprengten wie verängstigte Kinder davon, während ihr Anführer wie eine gestochene Sau schrie. Wie sie es geschafft hatte, unbemerkt in die Höhle zurückzukehren, wusste Asena nicht mehr.

Jetzt kauerte sie auf dem Boden und hörte die Reiter davonziehen. Sie hatte jedes Zeitgefühl verloren, als die Schwärze der Nacht einem schmutzigen Grau wich. Vor Erschöpfung waren ihr die Augen zugefallen. Als sie wieder erwachte, klebte ihr die Zunge am Gaumen, und ein letzter Lichtstrahl fiel von oben durch einen schmalen Spalt.

Erst jetzt fiel Asena auf, dass sie sich in einer Höhle befand. Grob behauene Stufen führten nach unten. Die Höhle war … riesig! Von irgendwoher kam das Geräusch von plätscherndem Wasser.

Gerade, als sie sich auf die Suche nach der Quelle machen wollte, drangen gedämpfte Stimmen zu ihr. Jemand hatte ihr Versteck entdeckt. Asena zog das Messer und hielt den Atem an.

2

Rana - 1209, das Jahr der Schlange

Die Sonne brannte erbarmungslos auf die Köpfe der beiden Frauen auf dem Karren. Einer der Ochsen war von den Hunden ihrer Verfolger zerfleischt worden. Seitdem half der Gaul störrisch und widerwillig, den Wagen zu ziehen. Das ungleiche Gespann schleppte sich durch den glühenden Sand. Die Beckenknochen der abgemagerten Tiere stachen durch das fleckige, kahle Fell, das ihnen vom Bauch hing. Sie bissen und traten einander, wann immer sie konnten.

Der Wagen selbst war hübsch und bequem. Anders als die gewöhnlichen Ochsenkarren hatte er vier Räder und sogar ein Filzdach. Ein kunstvoll eingravierter Hirsch zierte die Seitenwand.

Rana wandte den Blick vom flirrenden Horizont ab und sah zu dem Mädchen neben sich. Ihre Tochter Ak-Su war sechzehn – in Ranas Augen noch immer ein Kind. Ihr hübsches Gesicht war aufgedunsen, die Augen verschwanden unter den Lidern. Mit geschwollenen Händen hielt sie sich den Bauch.

Ranas Mutter war mit fast fünfzig noch einmal schwanger geworden und bei der Geburt gestorben. Kurz vor ihrem Tod hatte sie genauso ausgesehen. Vielleicht war es ein Fehler gewesen, ihre Tochter nach ihr zu benennen.

»Unsinn!«, murmelte sie und verscheuchte den Gedanken.

Ak-Su stöhnte leise, als der Ochse stolperte. Rana zog ein Fläschchen mit einer bräunlichen Flüssigkeit aus den Falten ihres Kleides.

»Trink das aus und geh nach hinten in den Wagen«, sagte sie mit belegter Stimme. »Dummes Mädchen«, fügte sie leise hinzu – nur um ihre Angst zu verbergen.

Ohne ein Wort trank Ak-Su das bittere Getränk. Dass sie keinen Widerstand leistete, beunruhigte Rana noch mehr. Das Mittel sollte die Wehen aufschieben, bis sie in Sicherheit waren. Ein paar Schlucke zu viel konnten aber tödlich sein.

Rana hatte die Gobi schon mehrfach durchquert, doch nie allein und nie in der heißen Jahreszeit. Einmal war sie durch einen Sandsturm von ihrer Karawane getrennt worden. Nur eine Höhle mit einem unterirdischen See hatte sie damals gerettet. Bevor sie weitergezogen war, hatte sie den Eingang mit ein paar Steinen getarnt. Jetzt, zu Beginn des Sommers, war der See vermutlich nur noch ein Tümpel, aber es würde reichen.

Ihre Wasserschläuche waren längst leer. Seit Tagen kauten sie wie die Tiere auf der zähen Rinde des Saxauls, der hier noch wuchs. Lange würden sie so nicht mehr überleben.

Wie um Rana recht zu geben, stürzte der Ochse röchelnd in den Sand.

Rana schnappte sich einen Kessel, murmelte ein paar Dankesworte und schlitzte das Tier auf. Sie entfernte die Leber und das Herz und ließ beides in den Kessel plumpsen. Das Ganze ging so schnell, dass der Gaul sich nicht einmal über das Drama seines Kumpels freuen konnte. Rana löste den Kadaver vom Geschirr und schulterte seufzend das Joch. Der Gaul schien zu überlegen, ob er sie beißen oder doch eher treten sollte.

»Denk nicht mal dran!«, zischte sie.

Ak-Sus Stöhnen war inzwischen in ein Wimmern übergegangen. Trotz der Angst um ihre Tochter konnte Rana den Wagen nicht zurücklassen. Alles, was sie besaß, war darin. Sie spannte ihre Muskeln bis zum Zerreißen und setzte einen Fuß vor den anderen.

Mit der Zeit passte sie sich dem störrischen Gaul an. Eine Weile trotteten sie Seite an Seite. Blut sickerte von ihren aufgeschürften Schultern in das Kleid, und der Sand in den Stiefeln scheuerte ihre Füße wund.

Als sie den Blick hob, erstarrte sie. Ihre Unterlippe platzte auf, als sie aufschrie. Der Gaul grunzte irritiert, doch Rana achtete nicht auf ihn. Inmitten der flirrenden Hitze stand eine Schneeleopardin. Eines der leicht schräg stehenden Augen war grün, das andere blau.

»Ak-Bala!«, schluchzte Rana. Dann fragte sie wütend: »Wo warst du so lange?«

»Ich bin doch keine Wüstenspringmaus!«, gab die große Raubkatze zurück. »Hast du eine Ahnung, wie es ist, bei dieser Hitze mit einem Pelz durch den Sand zu laufen? Meine Pfoten sehen aus wie Dörrfleisch!« Nach kurzem Zögern fügte sie kleinlaut hinzu: »Und ich hab mich verlaufen.«

Als Krafttier ließ Ak-Bala manchmal zu wünschen übrig, aber in ihrem cremigen Sommerfell mit den rauchgrauen Tupfen sah sie hinreißend aus. Sie drehte sich um und lief leichtfüßig voraus, als wüsste sie genau, wo die Höhle sich befand.

Rana biss die Zähne zusammen und zog den Wagen weiter. Kurz vor Sonnenuntergang war sie bereit, aufzugeben. Als sie neben der Schneeleopardin einen grauweißen Wolf sah, dachte sie, ihr Verstand sei wohl endgültig verdampft. In diesem Moment entdeckte sie den Höhleneingang. Sie wäre in Tränen ausgebrochen, wenn sie nicht so ausgetrocknet gewesen wäre wie ein Streifen geräuchertes Ochsenfleisch.

Rana sprang auf die Füße und befreite den Gaul von seinem Joch. Ihre Stirn legte sich in tiefe Sorgenfalten, als sie die Hufspuren vor der Höhle bemerkte. Am Rand der Gobi zogen Mongolen plündernd umher.

Nach einem Blick in den Wagen wurde ihr übel vor Angst. Ihre Tochter lag bleich und leblos auf ein paar Decken. Sie winselte, als ein Krampf durch ihren Körper ging.

Rana musste sich entscheiden, was sie mitnehmen sollte. Unschlüssig hob sie den zerschlissenen Teppich auf. Sie hatte ihn unzählige Male vor die Räder gelegt, sodass er nur noch vom Schmutz zusammengehalten wurde. Immer wieder hatte er sie gerettet, wenn der Wagen im Sand versunken war. Jetzt war er nutzlos. Sie ließ ihn fallen.

Rana versuchte, klarer zu denken. Sie zog zwei Kochkessel unter der Holzpritsche hervor. In einem schwammen die Innereien des Ochsen in geronnenem Blut, der zweite war leer. Sie packte saubere Tücher, Salben,

Kräuter, Feuersteine und die kärglichen Essensvorräte an geräuchertem Yakfleisch ein. *Kumys*, die gegorene Stutenmilch, musste auch mit. Sie würden es brauchen – und vielleicht sogar etwas Stärkeres. Nach kurzem Suchen fand sie den versiegelten Tonkrug mit dem uigurischen Wein.

Die große Truhe aus rötlichem Zedernholz war verziert mit Perlmutt, Silber, Elfenbein, Lapislazuli, Karneol und bunten Holzplättchen. Glaubte man Ranas Mutter, war sie vor tausend Jahren für die Königin Zenobia von Palmyra angefertigt worden. Zu schwer, um sie mitzunehmen.

Rana öffnete den Deckel. Zuoberst lag ihr rotes Kleid mit den eingewebten Mustern und der Umhang mit der aufgestickten Hirschkuh, dem Symbol ihres Stammes. Darunter: das Fell einer Schneeleopardin. Ihre Rasseln und Glöckchen. Sie warf alles achtlos zur Seite. In ihrer Hast riss sie an der Schnur des Stoffbeutels, den sie einst selbst bestickt hatte. Der Inhalt ergoss sich auf den Boden. Kleine, wie rote Hirschgeweihe geformte Steine sprangen klirrend auseinander. Muscheln mit magischen Klängen aus den Tiefen des Ozeans rollten unter die Pritsche. Ein Holzkreuz mit seltsamen Runen, eine Kette mit Wolfszähnen, Amulette, ein gesprungener Bergkristall, ein Handspiegel mit silbernem Rahmen … Mit zitternden Händen sammelte Rana alles wieder ein und warf den Stoffbeutel in den Kessel.

Sie wühlte weiter, bis sie die Pergamente mit ihrer Kosmologie fand. Seit ihrer ersten schamanischen Reise hatte sie ihre Erinnerungen an die anderen Welten darauf festgehalten. Für einen Uneingeweihten waren sie bloß bemalte Ziegenhäute, für Rana aber von unschätzbarem Wert. Doch auch sperrig und schwer. Sie würde sie niemals mitnehmen können.

Sie drückte auf die beiden kleinen Einkerbungen in der Truhe. Mit einem leisen Klicken sprang der Boden auf. Der raffinierte Mechanismus des Meisters aus Palmyra funktionierte noch immer tadellos. Im Geheimfach lag die mit dem Alter spröde gewordene Schriftensammlung ihrer Mutter. Rana zwängte den Großteil ihrer Kosmologie dazu, schloss das Fach und legte den verbliebenen Rest auf den falschen Boden zurück. Die Truhe war längst übervoll, doch ein paar groteske Zeichnungen von Tempelhuren lagen noch herum. Rana fluchte leise und stopfte sie auch hinein. Männer gaben ein Vermögen aus für solche Bilder.

Blieb nur noch ihre Trommel. Von ihrer Trommel durfte sich eine Schamanin erst im Tod trennen. Rana hängte sie sich über die Schulter und half ihrer Tochter beim Aussteigen aus dem Wagen.

Erinnerungen schossen wie ziellose Pfeile durch ihren Kopf, während sie einen Fuß vor den anderen setzte. In diesem Wagen war sie zur Welt gekommen, hatte mit ihrer Schwester gespielt, gestritten, ihre Mutter verloren. In ihrer Einsamkeit hatte sie sich in einen Mann verliebt – und alles vergessen, was ihre Mutter je über Verhütung gesagt hatte. Neun Monde später, der Mann war längst verschwunden, brachte sie ihre Tochter allein zur Welt. Als sie begriff, dass sie die Qualen der Geburt überlebt hatte, gab sie dem Kind den Namen ihrer Mutter: Ak-Su. Mit dem Kind war auch Ak-Bala in ihr Leben getreten. Alles, was in Ranas Leben gewachsen oder zerbrochen war, hatte in diesem Wagen seinen Anfang genommen.

Rana ließ Ak-Su vor dem Höhleneingang zu Boden gleiten. Gerade, als sie ihre Kessel holen wollte, spürte sie die hämmernden Hufe in der harten Erde. Sie stieß ihre Tochter durch den Höhleneingang. So schnell sie konnte, schob sie den Wagen in den Schatten der Felsen und tarnte ihn mit Saxaul-Ästen. Nach einem mörderischen Blick, der den Gaul einschüchtern sollte, versteckte sie sich mit ihm hinter dem gelbbraunen Strauch. Sie zog ihr Messer und wartete.

Wenn der Saxaul genug Wasser bekam, wuchs er zu richtigen kleinen Wäldern zusammen, so wie hier. Jeder mit nur einem Krümel Verstand würde sich fragen, warum er hier so gut gedieh. Er würde nach dem Wasser suchen und die Höhle entdecken.

Die Männer waren jetzt so nah, dass ihr der beißende Geruch ungewaschener Körper in die Nase stieg.

»Mongolen!«, dachte sie. »Krummbeinige Wilde in Tierfellen und ausgefransten Wollgewändern. Dumm wie Yakdung.«

Fast hätte sie verächtlich auf den Boden gespuckt. Doch einer der Männer stieg unerwartet elegant vom Pferd und ihr blieb die Spucke im Hals stecken. Er schien sie direkt anzuschauen. Eine blutige Wunde zog sich von seinem verstümmelten Ohr bis zum Hals. Rana senkte die Augen, damit er ihren Blick nicht spüren konnte. Der Mann bellte einen Befehl und schwang sich wieder auf sein Pferd.

Sobald sich Rana zu rühren wagte, rannte sie mit den beiden Kesseln zur Höhle. Den Eingang hatte sie selbst vor Jahren mit ein paar Steinbrocken versperrt. Fiebrig räumte sie sie beiseite und versuchte, den Gaul mit Tritten und Verwünschungen durch den engen Eingang zu ziehen. Das Tier stemmte die Vorderhufe in den Boden und wieherte aus Leibeskräften. Rana kroch in die Höhle und zog mit der Kraft der Verzweiflung an den Zügeln. Als der Gaul nachgab, fiel sie auf ihren Hintern. Sie konnte sich gerade noch zur Seite rollen, um seinen Hufen zu entkommen.

»Ich schwöre, ich schlachte dich, falls du dich beim Hinausgehen genauso dämlich anstellst«, knurrte sie.

In diesem Moment fühlte sie etwas Kaltes an ihrer Kehle. Ein stechender Schmerz folgte. Warmes Blut rann ihren Hals hinab.

3

Lewellyn - 1209, das Jahr der Schlange

»Hoch mit dir, du fauler Hund!«, brüllte der Maat und beförderte den Jungen mit einem Fußtritt aus der Hängematte.

Lewellyn biss die Zähne zusammen, während er auf allen vieren auf das Deck krabbelte. Mit fest zugekniffenen Augen tastete er sich voran. Er war sich sicher, er würde das Deck vollkotzen, wenn er einen Blick auf die schäumenden Wellen werfen oder seinen Mund öffnen würde. Erst als ihn jemand an der Schulter rüttelte, machte er die Augen einen Spalt auf und sah das hagere Gesicht von Vater Columban.

»Beeil dich, John, sonst segelt der Maat mit dir wieder zurück nach Irland«, sagte der Priester.

Obwohl der Junge am ganzen Leib zitterte, brachte er es fertig, die Augen zu verdrehen. »Mein Name ist Lewellyn! Er bedeutet: wie ein Löwe!«, erklärte er wohl zum tausendsten Mal.

Der Schluss des Satzes ging in einen Rülpser über. Der Junge schaffte es gerade noch, den Kopf über die Reling zu halten und würgte den bitteren Magensaft in die Wellen. Er war sicher, dass er gleich sterben musste. Doch als er den Kopf wieder hob, sah er mit tränenden Augen den grünen Landstreifen, der rasch näher kam, und seine Übelkeit verflog schlagartig.

»Wir legen gleich im Königreich der Franken an!«, rief der Priester. Der Junge rannte los, um seine Tasche zu holen.

Der Derwisch setzte sich so ruckartig auf, dass es in seinem Nacken knackte. Er hörte noch die tosenden Wellen, die gegen den Schiffsrumpf schlugen. Der Wind, der um seine Ohren heulte, wurde zum Wehklagen eines Schakals. In der Ferne sah er statt der Wellen die endlosen Sanddünen der Gobi. Sein Herz schlug wild gegen den Brustkorb, als wollte es davongaloppieren. Er richtete die Augen auf die funkelnden Sterne. Allmählich floss sein Atem wieder ruhig wie der Weg der weißen Kuh am nächtlichen Himmel.

Ihn fröstelte, aber Feuer machen konnte er nicht. Die Mongolen könnten immer noch in der Nähe sein. Er zog seinen zerschlissenen Mantel enger um sich und löste die Schnur des Beutels mit seinen Habseligkeiten. Niemand würde einen Blick in die dreckstarrende Tasche eines Derwischs werfen. Als er sie öffnete, hörte er ein verächtliches Schnauben. Behutsam holte er den Schädel seines Großvaters aus dem Sack und stellte ihn auf einen Stein.

»*Daingead!*«, fluchte der Schädel in einer fremdartigen Sprache.

»Dir auch einen guten Morgen, Großvater!«, sagte Lewellyn schmunzelnd.

»Ist es nicht mehr Nacht?«, brummte Großvater Dylans Schädel. »Schwer zu sagen, wenn man in diesem stinkenden Sack steckt. Wo sind wir hier?«

»Am Rand der Wüste Gobi«, seufzte der Derwisch, oder Lewellyn, wie ihn sein Großvater nannte, erschöpft. »Ich ruhe mich aus, bevor ich mich wieder auf die Suche mache.«

»Was hast du eigentlich mit dem Körper der Frau gemacht? Wie hieß sie noch mal?«, fragte Großvater Dylan.

»Alma!«, antwortete Lewellyn mit einem Augenrollen. Sein Großvater wusste genau, wie sie hieß. »Ich habe sie begraben, damit keine wilden Tiere ihre Ruhe stören.«

Alma hätte es gefallen, unter einem Baum zu schlafen, aber in der Wüste gab es keine Bäume. Und die Zeit drängte. Er wollte sich wieder auf die Suche nach Asena machen. Wie ein Irrer hatte Lewellyn mit seinem Maultier die ganze Gegend abgesucht. Aber Asena war wie vom Erdboden verschluckt. Er war überzeugt, dass die Mongolen sie nicht verschleppt hatten und auch, dass er es spüren würde, wenn sie nicht mehr lebte.

Sein Großvater unterbrach seine Gedanken. »Du hast das Pentagramm zusammen mit Alma begraben. Unser Pentagramm!«

Lewellyn nickte. Seine Augen brannten vom Wind und den Tränen, die er unterdrückte.

»Hm. Es wird schon seine Richtigkeit haben«, sagte Dylan sanft. »Erzähl mir etwas, kleiner Löwe. Schlaf finden wir diese Nacht sowieso nicht mehr.«

»Du kennst ja schon all meine Geschichten«, erwiderte Lewellyn.

»Dann fang wieder von vorne an. Glaubst du, ich habe mir alles gemerkt? Das Letzte, woran ich mich lebhaft erinnere ist, dass ich in der Krone meiner Eiche sitze und von vollbusigen Dorfhexen träume. Dann bricht der Ast – und ich falle.«

Lewellyn lächelte. Ohne den Schutz eines Feuers durfte er in dieser Wildnis nicht schlafen, aber er konnte ein paar Stunden in netter Gesellschaft mit seinem Großvater verbringen.

4

Rana - 1209, das Jahr der Schlange

»Ich bringe dich um, wenn du dich rührst«, zischte jemand in Ranas Ohr. Trotz des Flüstertons erkannte Rana, dass es die Stimme eines jungen Menschen war. Eines Mädchens, vermutete sie. Rana konnte ihre Angst riechen. Allerdings hielt sie auch ein sehr scharfes Messer in ihrer zitternden Hand.

»Meine Tochter Ak-Su bekommt gerade ein Kind. Sie werden beide sterben, wenn ich ihnen nicht helfe«, antwortete Rana. Ak-Su stieß in diesem Moment einen gellenden Schrei aus, der in ein animalisches Geheul überging.

»Ich schneide euch allen die Kehle durch, wenn ihr noch mehr Krach macht«, drohte das Mädchen.

»Leg das Messer weg und lass mich meine Arbeit machen«, befahl Rana.

Nach kurzem Zögern wurde das Messer von ihrer Kehle entfernt. Langsam drehte sich Rana um. Vor ihr stand ein höchstens vierzehnjähriges Mädchen mit seltsam runden Augen. Noch seltsamer als ihre Form war deren Farbe. Ein leuchtendes Grün, wie bei einer Katze. Ranas Blick fiel auf ihr zerrissenes, blutiges Kleid und sie dachte angewidert an den Mongolen mit dem zerschnittenen Gesicht.

»Trag die Kessel herein«, sagte sie. »Ich helfe meiner Tochter und versuche das störrische Tier nach hinten zu bringen.«

Sie erinnerte sich, dass der hintere Teil der Höhle sehr geräumig war. Den Wandmalereien nach musste sie schon seit Tausenden von Jahren Menschen beherbergt haben. In den Nischen einiger Räume, in denen uralte Völker ihre Toten aufgebahrt hatten, lagen noch Kinderskelette.

Rana warf die Tücher und die getrockneten Heilkräuter auf den Boden. Sie drückte dem Mädchen den leeren Kessel in die Hand und zeigte in einen der dunklen Gänge.

»Dort ist ein Tümpel. Bring Wasser.«

Dann beugte sie sich über ihre Tochter. Sie zog ihr alle hinderlichen Kleidungsstücke aus und bettete sie auf ein sauberes Tuch. Ak-Sus Puls raste, war aber noch kräftig.

Rana entfachte ein Feuer mit den Saxaul-Sträuchern. Die verholzten Teile fingen rasch Feuer. Die Rinde schnitt sie in Stücke und steckte sie sich und ihrer Tochter in den Mund. Gierig saugten sie den bitteren Saft aus. Die Heilpflanze, die sich um die Wurzeln schlang, warf Rana in ihren Beutel und hielt ihr Messer in die Flammen. Wenn alles gut ging, würde sie es nur brauchen, um die Nabelschnur zu durchtrennen.

»*Yer*, Mutter Erde; *Su*, die Gewässer, das Blut der Erde, helft mir und meiner Tochter«, murmelte sie leise. »Und *Tengri*, Vater Himmel«, fügte sie rasch hinzu. Die Geburt war zwar eine reine Frauenangelegenheit, aber *Tengri* sah das vermutlich nicht so.

Sie warf eine Handvoll Rosmarin ins Feuer, und sogleich verströmten die Kräuter ihren harzigen Duft. Mit gerunzelter Stirn schaute sie dem aufsteigenden Rauch nach. Die Höhle hatte einen natürlichen Kamin. Sie musste Wasser kochen, ihre Instrumente reinigen, später die Leber und das Herz des Ochsen braten. Außerdem war es dunkel und kalt. Auch wenn *Erlik Khan*, der Herr der Unterwelt persönlich draußen auf sie lauerte, sie brauchten das Feuer.

Das Mädchen kehrte mit dem bis zur Hälfte mit Wasser gefüllten Kessel zurück. »Die Mongolen ...«, stammelte sie mit weit aufgerissenen Augen. »Sie werden den Rauch sehen!«

Rana stellte den Kessel auf das Feuer. Das Wasser war noch trüb, aber der Sand würde sich bald setzen.

»Wir sind hier sicher.« Sie hielt die Hände des Mädchens, bis es aufhörte zu zittern. »Verwische unsere Spuren vor der Höhle. Und ... wie heißt du?«

»Asena«, antwortete das Mädchen, schon etwas ruhiger. Sie entfernte sich mit einem Nicken.

Rana reinigte ihre Hände mit *Kumys*, vergorener Stutenmilch. Die meisten Heilerinnen benutzten dazu ihren eigenen Urin. Sie hielt nichts von diesem ekligen Brauch.

Im Geburtskanal tastete sie einen Fuß anstelle des Kopfes. Ak-Su biss sich auf die Faust, um nicht laut zu schreien.

Rana begann leise zu summen. Die Höhle füllte sich mit Wesen aus der oberen und unteren Welt. Sie nahmen ihren Platz in den vier Himmelsrichtungen ein und sangen mit. Behutsam schob Rana den Fuß wieder in die Gebärmutter zurück und wartete auf die nächste Geburtswehe. Sie wünschte, Ak-Bala würde ihr helfen, aber sie hatte sich aus dem Staub gemacht. Die Schneeleopardin hasste Geburten.

Asena kam zurück. »Draußen vor dem Höhleneingang ist ein Schneeleopard«, sagte sie so beiläufig, als hätte sie einen Hund gesehen.

Rana schaute sie überrascht an, konzentrierte sich aber weiter auf die Geburt. Der Gesang der Geister wurde kraftvoller, bis die Luft zu leuchten begann und die Angst aus der Höhle verschwand. Ak-Sus Bauch zog sich zusammen.

»Wenn ich es sage, drückst du mit aller Kraft auf ihren Bauch«, wies Rana das Mädchen an. Sie nickte widerwillig.

»Jetzt!«, rief Rana, mit einer Hand im Geburtskanal.

Es war nur noch das Knistern des Feuers zu hören und der Duft von Rosmarin zu riechen. Für einen Moment fühlte sich Rana zurückversetzt in den sonnigen Morgen, an dem sie das erste Mal das Mittelmeer gesehen hatte.

Ak-Su knurrte wie ein wildes Tier. Die Kraft, die vorher in der Angst und im Schmerz gebunden war, entfaltete sich explosionsartig mit der Geburt des Kindes.

Es war ein Mädchen. Kaum hatte es den kleinen Mund zu seinem ersten Schrei geöffnet, legte Rana es an Ak-Sus Brust. Die junge Mutter verzog schmerzhaft das Gesicht. Durch aufgeplatzte Lippen flüsterte sie: »*Su!*« – Wasser. Ihre Mutter gab ihr zu trinken.

»*Su!*«, flüsterte sie dem Kind ins Ohr. »*Su,* Wasser. Du bist so schön wie deine Mutter. Werde weise wie deine Urgroßmutter und … wie deine Großmutter. Und werde …«

Sie überlegte, ob ihr etwas anderes als rücksichtslos oder selbstsüchtig zu ihrer Schwester einfiel. »Werde … unbeschwert wie deine Großtante Al-Su«, sagte sie schließlich.

»Su, gefällt dir dein Name?« Die Kleine machte ein Auge auf und rülpste. Eine Milchblase bildete sich in ihrem Mundwinkel. Dann entspannte sich der winzige Körper und sie schlief ein. »Ich nehme an, das bedeutet ein Ja«, sagte Rana.

Eine Stunde später erfüllte der Duft der gebratenen Leber die Höhle. Sie waren alle satt und müde.

»Du konntest also Ak-Bala sehen?«, wandte sich Rana an das junge Mädchen. Sie sprachen leise, um die schlafende Neugeborene und ihre Mutter nicht zu wecken.

»Ak-Bala?«

Rana nickte. »Die Schneeleopardin. Ak-Bala, das weiße Kind.«

Das Mädchen warf ihr einen misstrauischen Blick zu. Rana stocherte nachdenklich mit einem Stock im Feuer. »Und du heißt Asena?«, fragte sie nach einer Weile.

Sie nickte.

Der Name einer Kriegerin. Manche Turkstämme verehrten eine graue Wölfin, die sie Asena nannten. »Die grauweiße Wölfin vor der Höhle gehört also zu dir«, bemerkte sie.

Asena zuckte zusammen. Sie berührte das Amulett, das sie um den Hals trug – verziert mit einem blauen Steinchen und einer Rabenfeder –, und spuckte dreimal über ihre linke Schulter. Rana schaute ihr amüsiert zu.

»Bist du eine Hexe?«, fragte das Mädchen.

»Wenn ich eine Hexe wäre, hätte ich zu verhindern gewusst, dass meine Tochter von einem Tanguten-Fürsten geschwängert wird. Wir irren durch diese Hölle, weil sein eifersüchtiges Weib eine Horde Mörder auf uns gehetzt hat.« Ranas Augen sprühten Funken.

»Die Bluthunde bissen sich an einem meiner beiden Ochsen fest. Ich musste ihn zurücklassen und den Gaul vor den Wagen spannen, während die Hunde den Ochsen bei lebendigem Leib fraßen. Die Männer verfolgten uns immer tiefer in die Wüste, bis sie sicher waren, dass wir langsam und qualvoll verenden würden«, knurrte Rana ohne Atem zu holen.

»Schamanin … Heilerin … Hexe … Du kannst dir aussuchen, was du willst.«

Der Säugling schmatzte im Schlaf. Ranas Gesichtszüge wurden weich, ihre Stimme brach. »Und seit heute bin ich auch noch Großmutter.«

Nach einem Räuspern fuhr sie fort. »Mein Name ist Rana. Bedeutet anscheinend „Fesselnde Augen". Behauptete jedenfalls meine Mutter.«

Rana hatte da ihre Zweifel. Ihre Mutter hatte ihr verraten, dass sie den Namen auf einem der Pergamente mit den nackten Frauen gesehen hatte, als sie mit Rana schwanger war. Wahrscheinlicher war, dass der Künstler einen anderen Körperteil fesselnd fand.

»Und meine Tochter heißt Ak-Su. So hieß auch meine Mutter.«

»Ak-Su, Ak-Su und Ak-Bala, also«, sagte das Mädchen mit betont ernstem Gesicht. »Und wie heißt der dort?« Sie deutete auf das Pferd, das gerade den Schwanz hob, um einen Riesenhaufen auf den Boden fallen zu lassen. »Acker-Gaul?«

»Nein, er hat keinen ...«, begann Rana. Dann merkte sie, dass das Mädchen kicherte.

5

Rinpoche - 1209, das Jahr der Schlange

Der Mönch streifte sein safrangelbes Gewand ab und ließ es zu Boden gleiten. Tätowierungen schlängelten sich über Bauch und Rücken bis hinauf zu seinem rasierten Schädel.

Er stellte die Schale mit dem duftenden Räucherkegel auf den angefrorenen Boden. Der Kegel hatte die ganze Nacht gebrannt, um Dämonen und Krankheiten fernzuhalten. Aus der glühenden Spitze stieg eine dünne Rauchsäule auf. Die Mischung aus Sandelholz, Narde, Zeder, Heilkräutern und dem Saft der Zypressenzweige würde erst bei Sonnenaufgang zu Asche zerfallen.

Die dünne Luft der tibetischen Hochebene war selbst jetzt, im Hochsommer, eisig. Doch der Mönch spürte die Kälte nicht. Er hob seinen Stock und begann sich langsam, geschmeidig zu bewegen. Dann wurde er immer schneller, verschmolz mit den Schatten, wurde zum Wind in der Dämmerung. Der Stock zischte und wirbelte durch die Luft – und fiel ihm aus der Hand.

Rinpoche starrte entsetzt auf den Stock am Boden. So etwas war ihm das letzte Mal passiert, als er noch ein zahnlückiger Bengel gewesen war. Er konnte noch hören, wie Meister Lobsang schimpfte: »Konzentrier dich, Dawa! Deine Gedanken sind heute wieder wie Hundewelpen!«

Er murmelte eine Entschuldigung an seinen verstorbenen Meister. Ein Schatten löste sich aus der

Dunkelheit und ein riesiger Hund mit einem Kopf, der einem Löwen alle Ehre gemacht hätte, trottete auf ihn zu. Er öffnete sein Maul zu einem gewaltigen Gähnen, bevor er nach dem Stock schnappte. Schwanzwedelnd stand er vor Rinpoche.

»Danke, Bruder Thrinle«, sagte Rinpoche. Er ließ sich auf den Hintern plumpsen und streichelte abwesend den zottigen Kopf. Thrinle legte sich auf den Rücken und genoss die Aufmerksamkeit. Sein Schwanz klopfte laut wie ein Trommelschlag auf den Boden.

»Dumm!«, murmelte Rinpoche. »Ich war so dumm!« Alma musste etwas zugestoßen sein. Er spürte es.

Die Decke am Eingang der Jurte gegenüber wurde zur Seite geschoben und ein geschorener Schädel schaute heraus. Dem Schädel folgten massige Schultern und der Rest eines büffelartig gebauten Mannes. Wenn Bruder Karpo morgens seine Jurte verließ, fragte sich Rinpoche jedes Mal, wie er da drin überhaupt Platz gehabt hatte.

»*Tashi Delek,* Rinpoche!«, rief der große Mönch fröhlich.

Rinpoche erwiderte den Gruß und schaute Karpo nach, wie er sich am Kopf und Hintern kratzte und hinter einem Rhododendron verschwand, um sich zu erleichtern. Im Dämmerlicht wurden langsam die Gebetsfahnen sichtbar, die zwischen den Jurten hingen. Karpo bereitete den *Po Cha,* Tee mit Yakbutter, zu und brachte Rinpoche eine Schale. Dann begann er *Tsampa* zu stampfen. Während Karpos Oberarme sich rhythmisch hoben und senkten, fühlte Rinpoche die Erde zittern. Irgendwann würden sich wegen Karpos

Frühstücksvorbereitungen Felsbrocken vom heiligen Berg Kailash lösen und ins Tal rollen, dachte er lächelnd. Obwohl Karpo wie ein Blasbalg keuchte, setzte er mit sanfter Stimme zu seinem morgendlichen Gesang an. Die Berggipfel färbten sich violett und rosa. Zögernd nahmen auch die Gebetsfahnen und die Yakfelle auf den Dächern der Jurten die zarte Farbe der Morgenröte an.

Thrinle begann zu knurren und stellte sich mit angelegten Ohren auf seine Beine. Rinpoches streichelnde Hand erstarrte mitten in der Bewegung. Der Hund legte seinen goldschwarzen Kopf in den Nacken und heulte. In sein Geheul fielen alle Hunde im Lager ein.

Felsbrocken lösten sich vom Berg und rollten herunter.

»*Palden Lhamo,* beschütze uns!«, rief Karpo.

Ein winziger Teil von Rinpoche fand es amüsant, dass Karpo, selbst ein Berg, die große Mutter um Hilfe bat. Gleichzeitig krampfte sich seine Brust zusammen. Ihre Schutzgöttin *Palden Lhamo* bestimmte über die Rhythmen von Leben und Tod.

Selbst die Mönche mit dem schwersten Schlaf traten bei dem ohrenbetäubenden Lärm aus ihren Jurten und schauten sich verwirrt um.

Normalerweise fing ihr Tag beschaulich an. Bruder Karpo begann vor Tagesanbruch mit dem Stampfen der gerösteten Gerste und Yakbutter in einem großen Bottich. Er ließ dabei zwar immer die Erde erzittern, aber begleitet von seinem sanften Gesang wirkte das Ganze beruhigend.

Ihre Verwirrung dauerte nur einen Herzschlag. Die Männer waren Anhänger des ewigen Bön, einer Religion, die älter war als die Berge und Täler, die sie durchwanderten. Und sie waren die besten Kämpfer der Welt. Sofort stellten sie sich mit ihren Kampfstöcken hinter Rinpoche. Er drehte sich zu ihnen um.

»Brecht die Zelte ab«, sagte er. »Wir gehen nach Norden.«

»Was sollen wir im Norden, Rinpoche?«, rief Karpo entsetzt. Im nächsten Moment schlug er sich auf den Mund. Er verneigte sich vor Rinpoche und bat um Verzeihung.

»Wir werden Asena suchen. Aber vorher werden wir noch jemanden besuchen«, antwortete Rinpoche.

6

Rana - 1209, das Jahr der Schlange

»Psst! Rana! Bist du wach?«

Rana setzte sich abrupt auf. Sie suchte nach ihrem Messer. Wo hatte sie es hingelegt? Und, wo war sie überhaupt?

»In der Höhle natürlich, wo sonst?«, schnurrte die Schneeleopardin.

»Mir blieb fast das Herz stehen!«, fauchte Rana wütend. »Hast du dich bis jetzt draußen versteckt?«

Ak-Bala leckte ihre Pfoten. »Ich habe mich nicht versteckt! Ich habe Wache gehalten!«, behauptete sie.

Rana musste schmunzeln. Insgeheim teilte sie Ak-Balas Angst vor Geburten. Als Heilerin durfte sie es nur nicht zugeben.

Als Rana zehn Jahre alt war, hatte ihre Mutter sie und ihre Schwester zum ersten Mal zu einer Gebärenden mitgenommen. Die Erinnerung hatte sich in ihren Kopf eingebrannt.

Die Luft in der Jurte war rußig; es roch nach Schweiß, Blut und Kot. Rana war hinausgerannt und hatte sich übergeben.

Am nächsten Morgen, als sie ihre Decke hob, fiel ein glitschiger Wurm zu Boden. Schreiend sprang sie auf und riss sich panisch die Kleider vom Leib. Ihre Schwester hielt sich vor Lachen den Bauch.

Nach ein paar Ohrfeigen der Mutter gestand sie: Es war ein Stück Nabelschnur. Von diesem Tag an hatte sich Rana geweigert, ihre Mutter zu einer Geburt zu begleiten.

Rana war vierzehn, als ihre Mutter erneut schwanger wurde. Der Vater des Kindes war ein junger Hirte – dümmer als seine Schafe. Solange er den Mund nicht auftat, war er scharf. So scharf, dass sich nicht nur die Schamanin, sondern auch ihre beiden Töchter in ihn verknallten. Eines Tages war er verschwunden – und mit ihm Ranas Schwester Al-Su.

Als der Winter hereinbrach, war Al-Su immer noch nicht zurückgekehrt. Trotz ihrer Unerfahrenheit spürte Rana, dass mit der Schwangerschaft ihrer Mutter etwas nicht stimmte. Sie klagte über Kopfschmerzen, ihr Gesicht war aufgedunsen, und ihre Knöchel so geschwollen, dass sie kaum noch laufen konnte. Es war, als würde das Kind sie vergiften.

»Ein Mädchen. Sie kommt zum Frühlingsanfang«, prophezeite sie.

Als die Mandelbäume die ersten Blüten trugen, wisperte ihre Mutter sanft: »Ich werde sie mit dem Trommelschlag zu uns rufen.«

Sie begann zu trommeln und Rana schmiegte sich an sie. Nach einer Weile setzten die Wehen ein. Ihre Mutter trommelte weiter. Rana betete zu allen Schutzgeistern, die sie kannte.

Plötzlich verwandelte sich das rhythmische *Bum, Bum* der Trommel in ein *Ratsch*. Ihre Mutter schrie auf.

Die Trommel hatte einen langen Riss bekommen und zwischen ihren Beinen lief übelriechendes Fruchtwasser, das wie Flussschlamm aussah.

Rana hörte den Schreien ihrer Mutter hilflos zu, bis sie endlich, nach Stunden, ein winziges, verschrumpeltes Mädchen gebar. Schlaff und blass blieb es auf dem Boden liegen. Rana hob das leblose Kind auf. Verzweifelt drehte sie sich zu ihrer Mutter um – und sah den Blutschwall, der aus ihr herausströmte.

Seit dem Tod ihrer Mutter waren achtzehn Jahre vergangen. Rana rieb ihre Hände aneinander und schüttelte sie dann, als wollte sie die Erinnerungen so loswerden. Sie kraulte Ak-Bala unter dem Kinn.

»Du hast Sus Geburt verpasst«, sagte sie.

»Ich war dabei, als Ak-Su auf die Welt kam. Das hat mir gereicht. Du hast geschrien wie ein Wildesel.«

Rana hielt einen Themenwechsel für angebracht. »Wir haben die Höhle einen ganzen Tag lang nicht verlassen«, bemerkte sie. »Wenn die Mongolen den Wagen gefunden haben, sind sie mit ihrer Beute schon über alle Berge.«

Aber, so wie sie diese Wilden einschätzte, hatten sie den Wagen in Brand gesteckt und ihre unersetzbaren Schriften den Pferden zum Fraß gegeben.

»Es gab weder Jubelrufe, noch Rauch«, gab Ak-Bala zu bedenken. »Vielleicht sind sie weitergezogen.«

Ak-Bala beugte sich über die schlafende Ak-Su und schnupperte am Gesicht der Neugeborenen, die an ihrer

Brust lag. »Geh, sieh nach dem Wagen. Es lässt dir ja eh keine Ruhe. Ich wache über sie.«

Im Schutz der Dunkelheit verließ Rana die Höhle und schlich zu der Stelle, wo sie den Wagen versteckt hatte. In der mondlosen Nacht versuchte sie die Saxaul-Sträucher auszumachen, hinter denen sich ihr Wagen verbarg. Einer der Bäumchen sah merkwürdig aus. Fast wie ein ...

Rana roch den Mann, bevor sie ihn sah. Sie erstarrte mitten in der Bewegung, aber es war schon zu spät. Er schien genauso erschrocken zu sein wie sie. Er hob den Stock in seiner Hand und sie tastete vergeblich nach ihrem Jagdmesser, das sie in der Höhle vergessen hatte.

Ihr blieb keine Zeit zum Bedauern, denn in diesem Moment surrte etwas dicht an ihrem Arm vorbei. Der Mann schaute überrascht auf den Pfeil, der in seinem Oberschenkel steckte.

Asena sprang aus dem Schatten. Sie riss den Pfeil aus der Wunde und trat brutal auf den Mann ein. Er brüllte, weinte und winselte vor Schmerzen. Rana versuchte, das Mädchen zurückzuhalten.

»Die anderen könnten noch in der Nähe sein«, warnte sie. Asena trampelte auf dem verletzten Bein des Mannes herum. Erst als sie das Neugeborene weinen hörten, hielt sie inne.

Ak-Su stand mit dem Kind in den Armen vor dem Höhleneingang und rieb sich die Augen. »Ihr habt meine Tochter geweckt«, sagte sie schlaftrunken.

Rana ließ Asena los und plumpste keuchend auf ihren Hintern. Ihr war übel. Das Mädchen wirbelte in der Luft herum und versetzte dem jaulenden Mann einen Fußtritt an den Kiefer. Der Mann sackte zusammen wie eine leere Hülle.

Rana schüttelte ungläubig den Kopf. Die verängstigte Asena hatte sich auf einmal in das Waldmonster *Archura* verwandelt.

Sie hatte aber im Moment wichtigere Dinge im Kopf als das rätselhafte Mädchen. An die anderen Mongolen verschwendete sie auch keinen Gedanken. Wenn sie in der Nähe gewesen wären, hätten sie das Geschrei längst gehört. Sie konnte nur noch an ihren Wagen denken.

Im schwachen Licht des aufgehenden Neumondes sah sie, was sie befürchtet hatte. Die Wüstensträucher vor dem Wagen waren niedergerissen worden. Beklommen hob sie das schwere Tuch, das dem Wagen als Sonnenschutz diente. Das Herz sackte ihr wie ein Stein in die Magengrube. Bis auf ein paar zerschlagene Tiegel mit Gewürzen und Parfüms, deren Inhalt auf dem Boden lag, und ein Stück Seife war alles verschwunden.

Der Anblick trieb ihr Tränen in die Augen und gab ihr gleichzeitig Rätsel auf. Mit Seife und Parfüm konnten nicht mal die weniger stinkenden Exemplare als der bewusstlose Mann etwas anfangen. Mongolen irritierte es, wenn ihre Frauen nach reifen Früchten rochen. Gewürze brauchten sie auch keine – sie aßen ihr Fleisch ungewürzt und ohne Beilagen. Soweit war klar, warum sie das Zeug nicht mitgenommen hatten. Aber wo war der Rest?

Sie hatte eine Verwüstung erwartet: Scherben von zerbrochenen Töpfen und Schalen, zerrissene Kleider und Manuskripte, böswillig zertretene Rasseln und Glöckchen. Aber da war nichts. Von der schweren, geschnitzten Truhe ihrer Mutter fehlte ebenfalls jede Spur. Nur der alte Teppich lag auf dem Boden.

Ratlos kehrte sie zu den anderen zurück. Sie musste den Mann befragen und betete zu *Yer* und *Tengri,* dass Asena ihn nicht umgebracht hatte. Und dass er eine menschliche Sprache sprach.

Asena starrte den Verwundeten hasserfüllt an. Sein Pferd, ein schöner Schimmel, langbeinig und elegant, ganz anders als die kräftigen Ponys der Mongolen, rieb den Kopf an Asenas Schulter. Abwesend streichelte sie den Kopf des Pferdes. Sie kniete sich hin und berührte den Boden, der an dieser Stelle dunkel verfärbt war.

»Ein Blutfleck«, dachte Rana schaudernd. Daneben waren Schleifspuren zu sehen.

Rana löste die lange Schärpe, die der Mann um die Taille seines Mantels aus Schafleder gewickelt hatte und band damit sein Bein ab.

»Wir müssen ihn in die Höhle tragen«, sagte sie nach kurzem Zögern. Ohne auf Asenas Protest zu achten, packte sie ihn und schleifte ihn in die Höhle. »Und jetzt das Pferd«, sagte sie, als sie wieder herauskam.

Asena und Ak-Su drückten sich angewidert an die Höhlenwand und versuchten flach zu atmen. Rana warf Rosmarin ins Feuer, um den Gestank des Mannes zu überdecken. Die Mädchen rochen abwechselnd am

Seifenstück, das Rana aus dem Wagen mitgebracht hatte. Schließlich sah sie ein, dass sie etwas tun musste.

»Hol Wasser!«, befahl sie Asena barsch.

»Willst du ihn etwa waschen?«, fragte Ak-Su entsetzt.

Als Asena zurückkam, übergoss Rana den Mann mit kaltem Wasser. Sobald er zu sich kam, begann er zu fluchen.

Rana besaß ein feines Gehör für Sprachen. Trotzdem hatte sie Mühe, seinen eigenartigen Dialekt zu verstehen. Dass Asena ihm einen Zahn ausgeschlagen hatte, war auch nicht hilfreich. Er fluchte und weinte abwechselnd, dann fiel er wieder in Ohnmacht. Rana schnitt ihm das Hosenbein auf. Die Wunde war tief, blutete aber kaum noch. Sie verband sie notdürftig.

Inzwischen war der Mongole wieder aufgewacht und zeterte nun auch noch über sein zerschnittenes Hosenbein. Als sie ihm Wasser gab, biss er ihr in die Hand. Rana juckte es in den Fingern, ihm noch ein paar Zähne auszuschlagen.

»Bring mir den Tonkrug und brich das Siegel auf«, bat sie Asena. Dann packte sie den Mann an den Haaren, zwang seinen Kopf in den Nacken und hielt ihm die Nase zu. Mit Asenas Hilfe flößte sie ihm den Wein ein.

Ihr Gefangener schilderte gerade wortreich, was er mit ihr, mit den Mädchen, dem Säugling und dem Gaul alles anstellen würde, als sich im nächsten Moment ein zahnlückiges Grinsen in seinem Gesicht ausbreitete.

»Noyan! Noyan!«, wiederholte er mit Nachdruck und klopfte sich auf die Brust.

»Also gut, Noyan«, sagte Rana süßlich. »Nimm noch einen Schluck und erzähl mir, was du hier getrieben hast.«

Sie hatten Reisende überfallen. Danach sprach der junge Mongole von einer Hochzeit, der Tochter des Großkhans und einem Treffen an einem Ort namens Karakorum. Mehr konnte Rana von dem Gebrabbel nicht verstehen. Sie setzte ihm das Messer an die Gurgel und er wechselte in einen türkischen Dialekt, dem Rana besser folgen konnte.

»Dem hässlichen Mongolen, dem das verrückte Mädchen die Fratze zerschnitten hat, sind wir vor ein paar Tagen begegnet. Er gab sich als Dschingis Khans Hauptmann aus.«

Der Rest ging in ein Schnarchen über, bis Asena seinem Redefluss mit einem Fußtritt weiterhalf.

»Er sagte, er ist unser Anführer, weil wir alle dumm sind.« Noyan runzelte nachdenklich die Stirn und rülpste dann laut. »Er ist kein Mensch – nein, ein Dämon!« Er lachte, als hätte er einen Witz gemacht.

»Was habt ihr mit der Truhe gemacht?«, fragte Rana.

»Die Truhe?« Der Mann schaute mit glasigen Augen in die Ferne. »Wir haben den Wagen gefunden. Dann … Prügelei wegen Pferd. Der Dämon tötete alle. Nur mich hat er nicht gekriegt. Die Truhe nahm er mit. Das Pferd auch.«

Noyan richtete sich auf und kicherte. »Aber das kluge Tier ist in der Nacht zu mir zurückgekommen.« Seine Augen rollten nach oben und er begann wieder zu schnarchen.

7

Khünbish - 1209, das Jahr der Schlange

Hauptmann Khünbish wachte auf, weil jemand ununterbrochen schrie.

»Ruhe!«, krächzte er heiser.

Er lag in einem stinkenden Loch und seine Kehle war wund vom Schreien. Die linke Hälfte seines Kopfes fühlte sich an, als würde sie jemand mit glühenden Zangen kneifen. Bevor er wieder das Bewusstsein verlor, merkte er noch, dass er in seinen eigenen Exkrementen lag.

Als er wieder zu sich kam, sang jemand. Das Lied trieb ihm Tränen in die Augen. »Ruhe!«, krächzte er erneut.

Der Gesang ging in ein Kichern über. Das verrunzelte, zahnlose Gesicht einer Frau beugte sich über ihn. Zwischen ihren Lippen steckte ein rauchender Stumpen. Als sie daran zog, glühte das Ende auf. Sie nahm ihn aus ihrem Mund und blies ihm den Rauch ins Gesicht. Wütend versuchte er sie wegzustoßen, aber das Weib war erstaunlich stark.

Er lag nackt auf einer kratzigen Decke. Das Weib näherte ihren Mund seiner Wange und saugte. Dann spuckte sie grünlichen Schleim mit schwarzen Klumpen auf den Boden. Khünbish riss die Augen auf. Knochensplitter, Steinchen und, zu seinem Entsetzen, ein paar sich windende Würmer klatschten auf den Boden. Sie grinste und wiederholte die eklige Prozedur. Die Schmerzen ließen nach. Sie legte ein Ohr auf seine Brust und horchte. Dann schnalzte sie mit der Zunge.

»Ich weiß nicht, wessen Blut an deinen Händen klebt, aber böse Taten rächen sich. Du hast dein Windpferd erschöpft. Dein Geist hat keine Kraft mehr.« Sie begann wieder zu singen.

Das nächste Mal, als Khünbish die Augen wieder aufschlug, flößte ihm die Alte warme Milch ein. Er lag immer noch nackt auf der Decke. In der Jurte brannte ein Feuer gegen die nächtliche Kälte der Wüste.

Die Truhe stand in einer Ecke und seine Kleider trockneten vor dem Feuer. Sie musste ihn gesäubert und seine Kleider gewaschen haben. Das Fieber hatte ein wenig nachgelassen, obwohl seine Wange immer noch pochte.

»Wo sind meine Pferde?«, knurrte er.

Das Weib schnaubte. »Das Braune ist noch hier. Das Weiße hat sich losgerissen und ist fort.«

Wahrscheinlich log sie. »Hast du ein Pferd oder einen Esel?«, fragte er.

»Nein«, sagte sie misstrauisch.

»Kein Maultier?«

Das Weib murmelte undeutlich einen Fluch und schüttelte den Kopf.

Hauptmann Khünbish fühlte sich stark genug, um aufzustehen. Er zog sich an und fand hinter der Jurte ein Maultier. Mit Mühe lud er die schwere Truhe auf den Rücken des Lasttieres und befestigte sie mit einem Seil. Das Weib lief ihm nach.

»Verflucht sollst du sein und dein Geschlecht! Siebenmal verflucht sollen deine Nachkommen sein! Deine Söhne, deine Enkel, Enkelsenkel, deine ...«

Sie hörte mit ihrem Gezeter erst auf, als Khünbish ihr die Kehle durchschnitt.

8

Rana - 1209, das Jahr der Schlange

Beim ersten Morgenlicht, das durch den Felskamin fiel, schlug Rana die Augen auf. Ihr Blick suchte sofort ihren Gefangenen. Im Schlaf sah er wie ein Lausebengel aus, kaum älter als ihre Tochter Ak-Su. Rana weckte Asena.

»Wir müssen ihn loswerden«, sagte sie leise.

Asena zog ihr Messer.

»Nein!«, rief Rana. »Wir bringen ihn hinaus und lassen ihn liegen. Wir sind weg, bevor er aufwacht.«

Gemeinsam schleiften sie den immer noch schlummernden Mann aus der Höhle.

»Wecke Ak-Su. Beeilt euch«, sagte Rana. Sie schleppte die gefüllten Wasserschläuche zum Wagen.

Der Schimmel mit dem schlanken Kopf und den klugen Augen ließ sich ohne Widerrede neben ihren Gaul spannen. Bevor sie losfuhren, verwischte Rana die Spuren vor dem Höhleneingang und löste die Fesseln des Mannes.

Vielleicht hielt er das alles für einen wirren Traum.

Vielleicht verdurstete er auch.

Oder starb an Wundfieber – falls ihn nicht vorher Tiere zerfleischten.

Rana schaute über ihre Schulter zurück. Er lag immer noch reglos dort, wo sie ihn hingelegt hatten. Fliegen

schwirrten über seinem Bein und ein riesiger Lämmer-
geier kreiste über ihm. Sie drückte Asena den Ast in die
Hand, mit dem sie die Pferde lenkte. Mit verkniffenem
Mund nahm sie einen Wasserbeutel und sprang vom
Wagen. Bevor sie es sich anders überlegen konnte, legte
sie den Beutel und den Stock, mit dem er vermutlich un-
zähligen Männern den Schädel gespalten hatte, neben
den Verletzten.

Sie wurde das Gefühl nicht los, dass sie Noyan nicht
zum letzten Mal gesehen hatten.

Rana führte ihren Wagen vorsichtig auf einem Pfad
aus trockenem Steppengras. Zu ihrer Rechten erhoben
sich mächtige Sanddünen.

Jetzt, da sie wieder Wasser hatten und ihre Tochter
die Geburt überlebt hatte, genoss sie das gewaltige
Schauspiel. Die Dünen leuchteten im Sonnenlicht wie
Gold, um sich dann rot und violett zu färben. Dann begannen sie sich zu bewegen. Mit sanften Klängen rutschten Sandlawinen herunter.

Die Dünen sangen!

Rana sah Tränen in den Augen ihrer Tochter. »Danke,
Mutter *Yer,* danke«, schluchzte das Mädchen.

Das war Ak-Su so gar nicht ähnlich. War ihre kleine,
freche, unvernünftige Tochter etwa erwachsen geworden?

In der Ferne ragten die Berge mit ihren schneebe-
deckten Gipfeln in den blauen Himmel. Eine Herde wilder, weißer Kamele zog an ihnen vorbei. Rana hatte Kamelen immer misstraut. Diese hier ähnelten einer Horde

tangutischer Edeldamen mit weißgepuderten Gesichtern, die hochnäsig aus ihren Sänften herabschauten.

Ak-Su jedoch rief begeistert: »Weiße Kamele! Sie sollen Glück bringen!«

Asena antwortete mit einem verächtlichen Schnauben. »Glaub nicht alles, was du hörst. Tanguten erzählen solchen Unsinn, damit sie ihre Tiere teuer an irgendwelche Trottel verkaufen können. Kamele bringen nur Ärger.«

Rana unterdrückte ein Lachen. Sie hatte sich gefragt, von wem ihre Tochter das mit den weißen Kamelen gehört hatte. Vermutlich von ihrem siebenmal verfluchten tangutischen Liebhaber.

Ak-Sus Gesicht lief hochrot an. »Wenigstens kommt nicht jedes Mal Kameldung aus meinem Mund, wenn ich rede! Meine Milch wird noch sauer von deinem ständigen Genörgel«, fauchte sie.

Asenas Antwort ging in einem lauten Krachen unter. Ihr Wagen neigte sich zur Seite. Ein Rad steckte im Sand fest.

Rana schimpfte vor sich hin, als sie den alten Teppich aus dem Wagen holte. Sie legte ihn vor das eingesunkene Rad und schaufelte mit den Händen den Sand weg. Als sie an den Zügeln der Pferde zog, kamen die Tiere nicht vom Fleck.

Ak-Su war noch zu schwach, um helfen zu können. Sie trug ihr Baby in einem Tragetuch an der Brust und bewegte sich vorsichtig wie eine alte Frau mit Hexenschuss. Asena stand abseits und schaute ihr mit leerem

Blick zu. Erst als Rana zum zweiten Mal ihren Namen rief, erwachte sie aus ihrer Starre.

Bald lief ihnen der Schweiß herunter und hinterließ Spuren in ihren staubigen Gesichtern. Aber je mehr sie zogen und stießen, umso mehr versank der Wagen im Sand.

»Es hat keinen Zweck«, sagte Rana schließlich. »Wir sollten etwas essen und uns schlafen legen. Die Sonne geht bald unter. Morgen, wenn die Pferde sich erholt haben, ziehen sie den Wagen im Nu raus.«

Rana klang zuversichtlicher als sie war. Sie löste die Pferde vom Wagen und band ihre Vorderbeine zusammen.

Ak-Su hatte trockene Äste und Wurzeln aufeinandergehäuft. Sie schlug die Feuersteine aneinander, bis die ersten Funken die kleineren Äste zum Qualmen brachten. Erschöpft setzte sich Rana zu den anderen.

Plötzlich krallte Asena ihre Finger in Ranas Schulter und zischte: »Reiter!«

Sie mussten ihr Feuer gesehen haben, denn sie kamen auf sie zu. Das Donnern der Hufe wurde lauter. Rana bemerkte, wie Asena ihr Messer griffbereit hatte. Ihr Eigenes lag, wie immer, wenn sie es brauchte, im Wagen. Nicht, dass sie gegen ein Dutzend Reiter etwas würde ausrichten können. Mit hämmerndem Herzen schob sie Ak-Su mit ihrem Baby schützend hinter sich, als die Pferde vor ihnen zum Stehen gebracht wurden.

Der Anführer trug einen ärmellosen Mantel aus Wolfsfell und einen großen Hut aus weißem Filz, der ihn um einen Kopf größer erscheinen ließ. Rana wich einen Schritt zurück, als er vom Pferd stieg und auf sie zukam. Sein von Wind und Sonne gegerbtes Gesicht glich einer Walnuss und er hielt sich aufrecht wie ein Baum.

»Wo ist dein Mann?«, fragte er Rana in einem der westlichen Dialekte. Es geschah oft, dass man Rana nach ihrem Mann, Vater oder Onkel fragte. Die Frage ärgerte sie jedes Mal.

»Er war ein Nichtsnutz. Habe ihn davongejagt«, antwortete sie. Es war die Antwort, die auch schon Ranas Mutter bei solchen Gelegenheiten gegeben hatte. Und es war nicht einmal gelogen.

Zwischen den Augenbrauen des Mannes bildete sich eine tiefe Furche. »Hast du keinen Vater oder Onkel, der auf dich aufpasst?«, fragte er.

»Sind beide tot«, antwortete Rana scheinbar unbeeindruckt. Gleichzeitig verlagerte sie leicht ihr Gewicht und spannte ihren Körper an. Sie war bereit, dem Mann die Augen auszukratzen, falls er noch einen Schritt näher kam.

In diesem Moment gab die kleine Su einen glucksenden Laut von sich. Der Mann stutzte, dann entdeckte er das Baby, das im Tragetuch seiner Mutter strampelte. Sein ledriges Gesicht wurde weich und zersprang in tausend Lachfältchen. Ein wenig ratlos schaute er vom Säugling zu dessen Mutter, dann zu Rana und Asena, als suche er immer noch nach einem Mann.

»Ich reise mit meinen Töchtern allein«, erklärte Rana.

Der Anführer legte die rechte Hand auf sein Herz und streckte die linke nach Rana aus – ein Begrüßungsritual unter Männern. Wie es aussah, hatte er Rana gerade zum Mann erklärt. Sie erwiderte die Geste, berührte mit der linken seine ausgestreckte Hand. Dann löste er seine Rechte von der Brust, legte beide Handflächen an ihre. Zum Schluss umarmte er sie herzlich.

Inzwischen näherte sich eine kleine Karawane aus Pferden, Lasttieren und Yaks. Noch bevor die Pferde stillstanden, sprangen ihre Reiter ab.

»Oh!«, entfuhr es Ak-Su, als eine uralte Frau neben ihr landete.

Rana konnte ihren Dialekt immer noch nicht einordnen. Schließlich konnte sie ihre Neugier nicht mehr zügeln.

»Woher kommt ihr, Großmutter?«, fragte sie die greise Reiterin, die sich gerade das Kreuz hielt und ihren Oberkörper hin und her drehte. Ihre Gelenke knackten dabei wie ein Bündel trockener Äste. Rana hoffte, sie sei nicht zerbrechlich und ihre Frage nicht unhöflich.

»Wir sind Kirgisen«, erklärte die alte Frau und zeigte eine Reihe von Goldzähnen, als sie lächelte. So weit im Osten war Rana noch nie Kirgisen begegnet. Hier, jenseits der Wüste Gobi, hatte sie nur Mongolen erwartet.

Der Anführer befahl ein paar jungen Männern, den Wagen auszugraben und lud Rana und die Mädchen ein, neben ihrer Karawane zu lagern.

Die Kirgisen hielten es wie die meisten Reisenden: Jurten aufzubauen lohnte für eine Nacht kaum. Einfache

Zelte für Frauen und Kinder genügten. Die Männer schliefen unter freiem Himmel.

Sie setzten sich ans Feuer, über dem ein Kessel hing. Der würzige Duft des Essens ließ ihnen das Wasser im Mund zusammenlaufen. Eine junge Frau, die trotz der Hitze des Feuers eine wattierte Weste über ihrem Kleid trug, schöpfte ihnen Reis mit Hammelfleisch.

Sobald ihre Holzschalen leer waren, füllte die Frau sie wieder auf. Nach dem dritten Mal war Rana so voll, dass sie glaubte, ihr Bauch würde gleich platzen. Sie ließ einen Löffel voll in ihrer Schale übrig. So viel, dass die Gastgeberin nicht beleidigt war, aber sah, dass Rana wirklich satt war. Rana leckte ihren Holzlöffel sauber, warf den Rest in ihrer Schale ins Feuer und rieb sie mit Sand aus. Ein hübsches Mädchen im Alter von Ak-Su schenkte allen Tee ein.

»Warum seid ihr allein unterwegs?«, fragte die alte Reiterin mit den Goldzähnen. Sie neigte ihren Hals ruckartig nach rechts und links. Ihre Knochen machten eine Reihe schauderhafter Knackgeräusche. »Ooch!«, seufzte sie zufrieden.

»Ich bin eine Schamanin. Wir sind unterwegs zu einem Schamanentreffen«, antwortete Rana. Mit etwas Glück waren die Leute von dieser Antwort beeindruckt genug, um nicht weiter nachzubohren. »Und ihr, was macht ihr so weit weg von eurer Heimat?«, fragte sie, um sie von sich abzulenken.

»Dschingis Khans Tochter heiratet den Fürsten der Uiguren. Wir bringen der Braut Hochzeitsgeschenke«, antwortete die alte Frau.

»Dschingis Khan?«, fragte Rana. Auch Noyan, ihr mongolischer Gefangener, hatte diesen Dschingis Khan in seinem Rausch erwähnt.

Der Anführer setzte sich mit einer Schale *Kumys* zu ihnen. »Er hat sich zum Großkhan erklärt. Sein Lager liegt in Karakorum, am Fuße des Changai-Gebirges, am Ufer des heiligen Flusses Orchon. Viele mongolische und türkische Stämme haben sich ihm unterworfen, ebenso wie die kleinen Königreiche der Tibeter«, erklärte er.

»Unser Fürst hat sich letztes Jahr Dschingis Khan angeschlossen.«

Rana konnte aus den Gesichtszügen des Anführers nicht herauslesen, ob er darüber glücklich war.

Ein Mann mit einem langen weißen Schnurrbart nahm am Feuer Platz. Er trug einen bestickten Kaftan, der bis zum Boden reichte, und einen Filzhut wie der Anführer.

»Die *Kirkkiz* waren unbesiegbare Kriegerinnen«, begann er mit seiner tiefen Stimme zu erzählen. Sofort wurde es still.

„*Kirkkiz*" bedeutete vierzig Mädchen. Rana kannte die Sagen um die vierzig Kriegerinnen.

»Sie ritten so schnell wie der Wind und konnten Pfeile bis zum Mond schießen. In einer Vollmondnacht badeten sie im heiligen See Isikkul – und wurden schwanger.«

Ak-Su knuffte Asena in die Seite. »Merk dir das! Niemals im Isik-Dingsbums baden. Sonst sind wir die schwangeren Mädchen Einundvierzig und Zweiundvierzig«, raunte sie ihr zu.

»Ihre Kinder gründeten den Stamm der Kirgisen«, fuhr der Geschichtenerzähler fort.

»Ich wollte kein Unglück über uns bringen«, flüsterte Asena. Sie zitterte. Rana sah sie verwundert an. Ak-Su war genauso verwirrt.

»Als ich sagte, Kamele bringen Ärger, sank der Wagen ein«, erklärte Asena verzweifelt. »Und ich will auch nicht, dass wegen mir deine Milch sauer wird. Oder, dass der kleinen Su etwas Schlimmes passiert.« Tränen glänzten auf ihren Wangen.

Ak-Su nahm das jüngere Mädchen in die Arme. »Und ich sagte, du redest Kameldung. Also, ich will ja auch nicht, dass du das jetzt wirklich tust«, sagte sie ernst. Dann prustete sie los.

Mehrere Leute riefen: »Sch!«

Ak-Su senkte ihre Stimme ein wenig, war aber immer noch laut genug, um missbilligende Blicke auf sich zu ziehen.

»Vergiss das mit der Milch und dem Kameldung. Hier, halt das Baby! Su ist so fett geworden, mir fallen schon die Schultern ab.«

Ak-Su drückte Asena das Baby in die Arme. Sie hielt die kleine Su so, als wüsste sie nicht, wo das Kopfende war, strahlte aber stolz wie eine frischgebackene Mutter. Rana stand Entschuldigungen murmelnd auf und trieb die Mädchen zu ihrem Wagen.

Sie selbst verbrachte die Nacht unter dem klaren Sternenhimmel, wie es sich für einen echten Mann gehörte. Neben ihr brummte Ak-Bala zufrieden. Tief und vertraut. Rana stupste den pelzigen Rücken der großen Katze an.

»Wo warst du eigentlich, als unser Wagen im Sand stecken blieb?«, fragte sie.

»Hmmm?«, brummelte Ak-Bala schläfrig. Rana rüttelte an ihrer Schulter.

»Wie ich sehe, steckt dein Wagen nicht mehr im Sand und dein Bauch ist so voll, dass ich kaum noch Platz unter der Decke habe«, maunzte Ak-Bala.

»Was ich nicht dir zu verdanken habe!«

»Hätte ich mich vor deinen Wagen spannen sollen wie ein Ochse? Ich bin eine Schneeleopardin, in der Hitze wird mein Fell stumpf.« Der Schluss ihrer Worte ging in einem gewaltigen Gähnen unter.

»Ich habe mich selbst vor den Wagen gespannt, schon vergessen?«, sagte Rana, aber Ak-Bala schnarchte schon.

Später in der Nacht spürte Rana eine lindernde Kühle auf ihren wundgescheuerten Schultern. Ak-Bala blies mit ihrem Atem ihre Schmerzen weg.

»Ich ziehe keine Ochsenkarren. Aber ich habe diese Karawane zu euch geführt«, schnurrte die Schneeleopardin.

Ranas verkrampfte Muskeln lösten sich erstmals seit Wochen wieder und sie verfiel in einen tiefen Schlaf.

Als sie am nächsten Morgen aufwachten, hatten die Kirgisen ihre Zelte schon abgebrochen. Der Anführer saß auf seinem braunen Pferd, dessen Mähne mit bunten Schleifen geschmückt war. Er hob seine Hand zum Gruß und galoppierte dem Sonnenaufgang entgegen. Die anderen folgten ihm unter fröhlichen Jubelrufen.

9

Rinpoche - 1209, das Jahr der Schlange

Alles war immer noch genauso, wie Rinpoche es in Erinnerung hatte. Die Jurten standen an der Stelle, wo der Schwarze Fluss die Schlucht verließ, um sich dann sanft durch das Gras der Ebene zu schlängeln.

Sein Herz flatterte in seiner Brust wie ein verletzter Vogel, als er die ärmliche Jurte erkannte. Die einst bunt bestickte Decke am Eingang hing fadenscheinig herab, das Yakfell auf dem Dach wirkte wie von Räude befallen, die Gebetsfahnen waren verblichen.

»Rinpoche!«, rief jemand. Andere fielen ein. Ein etwa achtjähriger Junge, der wie eine kleinere Ausgabe von Karpo aussah, schüttelte begeistert die *Shang,* eine bronzene Handglocke. Rinpoche stieg von seinem Yak und segnete den Jungen, damit er aufhörte, die heilige Ritualglocke zu missbrauchen.

Der Lärm lockte die Leute aus ihren Jurten. Die wenigsten von ihnen hatten Rinpoche jemals zuvor zu Gesicht bekommen, aber sie verbeugten sich vor ihm mit ehrfürchtigem Gemurmel. Er gab allen seinen Segen. Sein mildes Lächeln fühlte sich so echt an wie die grinsende Maske eines *Cham-Tänzers*, als er die Decke am Eingang der Jurte seiner Kindheit aufschlug.

Der ranzige Geruch von Butterlampen hatte sich tief in die Stoffe gefressen und brannte ihm in der Kehle. Rinpoche wartete nicht, bis sich seine Augen nach dem gleißenden Tageslicht an das Halbdunkel gewöhnt hatten.

Er kniete sich vor dem Haufen aus Schaffellen zu seiner Linken nieder. Der zierliche Kopf einer alten Frau schaute unter den Decken heraus.

Sie öffnete die Augen. »Dawa!«, rief sie und schlug sich erschrocken die Hände vor den Mund, als hätte sie etwas Ungehöriges gesagt. »Rinpoche!«, verbesserte sie sich hastig.

Vor dem Zelt schüttelte der kräftige Junge erneut die *Shang*. Karpo feuerte ihn mit seinem Gesang an. Gemeinsam machten sie genug Lärm, um sämtliche Dämonen zwischen Himmel und Erde zu verjagen.

»Dawa ist in Ordnung, *A ma*«, sagte Rinpoche sanft. Er stand auf, um zwei irdene Schalen mit dem Tee zu füllen, den jemand für seine Mutter zubereitet hatte. Rinpoche hatte einen Umweg von zwei Tagen gemacht, um hierherzukommen. Es war Asenas und Almas Zeit, die verrann.

»Nach all diesen Jahren hätte es auch keine Rolle gespielt, wenn du dir den Besuch gespart hättest«, sprach eine bittere Stimme in ihm.

Er half seiner Mutter, sich aufzusetzen. Die alte Frau nahm einen Schluck Tee.

»Ich wusste, dass dieser Tag kommen würde«, sagte sie mit einer Stimme, die kaum mehr als ein Wispern war.

Die Wände der Jurte schienen näherzurücken, um Rinpoche unter sich zu begraben.

Er war jünger gewesen als der lärmige Junge draußen, als Tenzin Rinpoche ihn aus seinem Dorf holte. Bis zu jenem Tag hatte er im Lager seiner Mutter geschlafen. Der kleine Dawa glaubte anfangs, vor Heimweh sterben zu müssen. Mehrmals lief er fort – jedes Mal brachte man ihn zu den Mönchen zurück. Trost fand er erst, als Meister Lobsang den Jungen mit den runden Augen und der seltsamen Sprache von einem seiner Ausflüge mitbrachte. Danach kam Dawa nur noch einmal, zum Begräbnis seiner Großmutter, hierher zurück.

Seine Mutter streichelte mit ihren zierlichen Händen sein Gewand. Mit einem zittrigen Finger zeigte sie dann auf etwas neben der Feuerstelle. Eine neue Welle schmerzhafter Erinnerungen drückte Rinpoches Herz zusammen, als er die beiden Gegenstände erkannte. Der eine war eine *Thöpa Damaru,* eine doppelköpfige Trommel aus zwei menschlichen Schädeln. Man hatte die oberen Hälften eines männlichen und eines weiblichen Schädels abgetrennt und sie am Scheitel mit einem dicken Band aus Leder und Kupfer miteinander verbunden. Der andere Gegenstand war eine Flöte aus einem menschlichen Oberschenkelknochen. Trotz ihrer Herkunft waren es zwei wunderschön geschnitzte Meisterwerke. Die *Damaru* war auf beiden Seiten mit Schlangenhaut bespannt. In der Mitte, an der Verbindungsstelle der beiden Hälften, war sie mit einer Baumwollschnur umwickelt, in die Türkissteinchen eingefasst waren.

Rinpoche ließ sich zu den Füßen seiner Mutter nieder. Sie konnte die Trommel kaum halten, dennoch fing sie an, sie hin und her zu bewegen. Die Türkissteinchen schlugen gegen die Trommelfelle und erzeugten einen monotonen Rhythmus. Rinpoche setzte die Flöte an die Lippen. Die Jurte wurde größer, heller, die Decke auf dem Bett leuchtete in frischen Farben.

Er war wieder sieben Jahre alt.

Der kleine Dawa prustete los und Tsampa flog aus seinem Mund. Nima, seine Mutter, hatte gerade etwas Respektloses über das Hinterteil ihrer Schwiegermutter gesagt. Die giftige Alte verdiente es nicht besser, denn sie sparte selbst weder mit Schlägen noch mit Beschimpfungen. Verlegen kichernd schlug sich Nima mit beiden Händen vor den Mund. Mit ihren roten Wangen und den schwarzen Haarzöpfen sah sie aus wie ein junges Mädchen.

Dawas Vater war schon alt gewesen, als er die schöne Nima heiratete. In der Hochzeitsnacht hatte er Dawa gezeugt – und in der Aufregung den Geist aufgegeben. Seine Mutter ließ Nima und Dawa täglich spüren, dass sie ihren Sohn auf dem Gewissen hatten. Zudem glich ihr Hintern wirklich einem Yakarsch.

Die beiden lachten noch immer, als das Tuch am Eingang beiseitegeschoben wurde. Ein Lama in safrangelbem Gewand betrat die Jurte. Über seine linke Schulter hatte er einen roten Umhang geworfen. Nima riss die Augen auf und ließ sich vor ihm auf den Boden fallen.

»Tenzin Rinpoche!«, rief sie.

Dawa wusste, dass „Rinpoche" ein Ehrentitel für einen heiligen Mann war, und tat es seiner Mutter gleich. Trotzdem beäugte er den großen Mann misstrauisch, der es sich gerade in ihrer Jurte gemütlich machte. Er lächelte zwar, aber das taten diese Mönche immer. Er bat Dawa und seine Mutter, sich zu ihm zu setzen.

Aus seiner Umhängetasche holte er eine zweiköpfige Trommel, eine Glocke und eine seltsame Flöte, die wie ein Ziegenbein aussah. Sanft legte er Dawas Finger auf die Löcher des Instruments. Die Hände des Jungen waren zu klein, um die Löcher zu bedecken. Um es wettzumachen, blies er so kräftig hinein, wie er nur konnte.

»Tönt wie ein Furz«, sagte Tenzin Rinpoche. »Wenigstens stinkt er nicht wie einer.« Er lachte herzhaft. »Spiel weiter, Dawa.«

Er selbst nahm die Trommel in die rechte Hand, die Glocke in die linke und begann sie zu schütteln.

Dawa wurde schwindlig vom Pusten, aber ab und zu entlockte er der Flöte einen klaren Ton. Er schloss die Augen. Als er sie wieder öffnete, bebte seine Mutter am ganzen Körper, als hätte sie einen Anfall von Wechselfieber. Danach flüsterten Nima und Tenzin Rinpoche lange miteinander.

Der Lama nickte und seine Mutter stand schwankend auf. Mit leerem Blick packte sie Tsampa in eine Bambusrolle. Sie gab Dawa einen Kuss auf den geschorenen Schädel. Dann sagte sie, er müsse nun mit dem Lama mitgehen.

Rinpoche war überrascht über den brennenden Schmerz und Groll, den er nach all den Jahren immer noch empfand.

Er warf einen Blick auf seine alte Mutter, die jetzt die Schädel-*Damaru* kräftiger schüttelte. Er hatte in den letzten Jahrzehnten gelernt, mit der Flöte mehr als nur Furzgeräusche zu machen.

Nima bebte wieder, wie damals. Die Jurte füllte sich mit der Melodie, begleitet von Karpos Stimme und dem hellen Klang der *Shang* von draußen.

Er sah, wie Alma starb. Ein Dämon mit einer Narbe im Gesicht suchte nach Asena. Sie war verängstigt, aber nicht allein. Eine Schamanin reiste mit ihr den heiligen Fluss Orchon entlang, ins Land der Mongolen. Jemand folgte ihnen im Verborgenen. Kurz glaubte Rinpoche den Schatten eines Berglöwen zu sehen.

Die Szene wechselte. Er sah seine Mutter als junge Frau. Sie weinte, alterte – und wartete auf den heutigen Tag.

Rinpoche schnappte nach Luft. Auf Nimas Visionen war er nicht vorbereitet gewesen. So etwas hatte er bisher nur bei sehr begabten Orakeln erlebt. Seine Mutter musste vorausgesehen haben, was ihrem Sohn bestimmt war.

Nima schien zu schlafen. Von draußen drangen Karpos Gesang und die Klänge der *Shang* in die Jurte. Rinpoche bettete seine Mutter vorsichtig auf die Schaffelle und deckte sie zu. Bei der Feuerstelle fand er einen Rest *Tsampa*. Aus dem klebrigen Teig formte er *Tormas,* kleine Tierfiguren.

»Nehmt mein Opfer an und lasst meine kranke Mutter in Ruhe«, murmelte er und warf sie ins Feuer.

Rinpoche fand es schäbig von den Geistern, dass sie sich bestechen ließen, aber so waren sie nun mal.

Während die *Tormas* zischend verbrannten und die Jurte mit noch mehr Rauch füllten, holte er farbige Garnknäuel aus seiner Tasche. Mit geübten Händen flocht er daraus ein Spinnennetz.

Er schlug die Decke am Eingang zurück. Ohne seinen Gesang zu unterbrechen, half ihm Karpo, das Geflecht aufzuhängen. Die fünf Farben standen für Erde, Wasser, Feuer, Metall und Holz. Sie sollten die Geister besänftigen.

Er bereitete noch einen Tee mit Heilkräutern für seine Mutter zu. Schließlich setzte er sich zu Karpo. Der Junge mit der *Shang* hatte sich auf dem Boden zusammengerollt und schnarchte sanft.

Beim Sonnenaufgang wurde die Decke der Jurte aufgeschlagen. Nima trat mit rosigen Wangen und einem strahlenden Lächeln heraus. Rinpoche konnte nicht anders. Er sprang auf und umarmte seine Mutter, als wäre er wieder sieben Jahre alt. Dann machten sie sich auf den Weg, um Asena zu suchen.

10

Rana - 1209, das Jahr der Schlange

Die Morgensonne färbte die schroffen Felsen am Wegrand orangerot und ließ sie leuchten, als hätten sie Feuer gefangen. Der knorrige Saxaul wuchs hier ungehindert, Tamarisken mit purpurnen Blüten und filzig behaarte Ohrweiden gesellten sich dazu. Immer häufiger trotzten auch wilde Zwiebeln und Salbei dem steinigen Boden und verströmten ihren würzigen Duft.

Tagelang fuhren sie, ohne einer Menschenseele zu begegnen. Einmal begleitete sie eine Familie von Wildpferden. Einem hellbraunen Hengst mit stacheliger Mähne folgten seine vier Frauen und sechs übermütige Fohlen. Der Schimmel fiel in einen Galopp und zog den Wagen mitsamt dem Gaul hinter sich her. Rana bekam Angst, dem alten Klepper würde das Herz stehen bleiben. Asena zupfte sie aufgeregt am Ärmel.

»Darf ich Ilayda reiten? Den Schimmel meine ich. Bitte, darf ich ihn losbinden und mit ihm reiten?«

Rana machte den Mund auf, um ihr eine gereizte Antwort zu geben, aber Ak-Su, die inzwischen die Zügel hielt, stieß ihre Mutter kräftig mit dem Ellbogen an. Mit einem übertrieben lauten Seufzer sprang Rana vom Wagen und band den Schimmel los. Eines der Fohlen blieb stehen und trippelte ungeduldig auf seinen langen Beinen.

Asena schwang sich auf das weiße Pferd. Sie schmiegte sich an seinen Hals und sprengte mit einem

58

wilden Schrei davon. Das Fohlen stolperte vor Aufregung beinahe über die eigenen Beine, als es ihnen folgte.

Die nächsten Tage ritten sie in die östliche Richtung weiter. Jedes Mal, bevor ihr Wasservorrat zu Ende ging, kamen sie wie durch ein Wunder an einem Teich oder Rinnsal vorbei. Schon als Kind hatte Rana die Fähigkeit gehabt, Wasser aufzuspüren. Sie konnte sich nicht erklären, wie sie das machte, aber bisher hatte sie diese Wahrnehmung selten im Stich gelassen.

Sie hielt gerade wieder nach einer Wasserstelle Ausschau, als Asena auf ein Gerippe zeigte, das abseits des Weges auf dem bläulichen Kieselsteinboden lag. Es sah aus wie ein Kamelgerippe, war aber groß wie ein kleiner Berg.

»Ein Drachenskelett!«, riefen Ak-Su und Asena aufgeregt.

Rana kniff die Augen zusammen und lenkte den Wagen in diese Richtung. Zwischen Sand und Steinen lag das bleiche Skelett des größten Wesens, das Rana jemals gesehen hatte. Ehrfürchtig blieben sie stehen. Rana hatte Zeichnungen von Drachen gesehen und auch Stickereien auf den Kleidern reicher Chinesen. Aber sie hatte bisher nie geglaubt, dass es Drachen wirklich gab.

»Also, wenn das nicht Glück bringt!«, rief Ak-Su begeistert. Asena nickte zustimmend.

Tatsächlich fanden sie in der Nähe Wasser und verbrachten dort die Nacht. Als sie am nächsten Morgen weiterfuhren, stellte Ak-Su die Frage, der Rana bisher ausgewichen war.

»Wie willst du die Truhe in dieser von Mutter *Yer* verlassenen Gegend wieder finden?«

Rana ließ sich mit der Antwort so lange Zeit, bis ihre Tochter sich mit einem Schnauben abwandte.

»Bin ich die Einzige, die den Eindruck hat, dass wir ziellos umherfahren?«, grummelte Ak-Su verärgert.

»Vertraut mir einfach«, sagte Rana.

Nun schnaubte auch Asena.

Die unheilvolle Wahrheit war, dass Rana keine Ahnung hatte, wie es weitergehen sollte. Ak-Bala führte sie und Rana vertraute ihr. Versuchte es jedenfalls. Die Zweifel nagten an ihr wie Hyänen an einem Kadaver, aber Ak-Bala versicherte ihr, es sei alles in Ordnung. Rana graute vor dem Moment, wenn die Schneeleopardin kleinlaut zugeben würde, dass auch sie keinen Schimmer hatte.

Am Horizont tauchte eine Gestalt auf. Sie hielten sie erst für ein Trugbild, denn sie sah aus wie ein Derwisch auf einem Maultier. Rana fielen vor allem seine langen Beine auf. Seine Füße berührten beim Reiten fast den Boden, was irgendwie lustig wirkte.

»Ich bilde mir den jetzt nicht ein, oder?«, fragte Ak-Su, als sie sich ihm näherten.

Der Mann, der einen langen, geflickten Wollmantel trug, grüßte sie flüchtig, indem er die rechte Hand zuerst zur Stirn, dann zum Herzen führte, bevor er weiterritt.

»Das ist ein Wanderderwisch«, sagte Rana zu den staunenden Mädchen. »Sie nennen sich *Sufi*. Von ihm haben wir nichts zu befürchten.« Sie hoffte, dass es auch stimmte.

Am Abend holte der Derwisch sie wieder ein und fragte um Erlaubnis, sein Nachtlager in ihrer Nähe aufzuschlagen.

Rana wäre es normalerweise nicht in den Sinn gekommen, einen einsamen Reisenden unfreundlich zu behandeln. Trotzdem zögerte sie.

Vom Gesicht des Mannes war nichts zu erkennen. Den Großteil hatte er mit einem Schal bedeckt und darunter spross ein mit Henna gefärbter Bart, was bei frommen alten Muslimen durchaus üblich war. Allerdings bewegte sich dieser Mann geschmeidig wie eine Katze und nicht wie ein gebrechlicher alter Mann. Wenn er sprach, hielt er die Augen gesenkt. Seine Stimme klang leise und angenehm – fast zu angenehm.

Er sprach wie einer von den westlichen Turkstämmen, aber irgendetwas an seiner Aussprache war seltsam.

So, als würde er ganz leicht lispeln, überlegte Rana. Oder er spricht einen der tausend Dialekte, die dir noch nicht begegnet sind, schalt sie sich dann.

Er trug einen Stock, in den fremdartige Runen eingeritzt waren. Rana kamen sie seltsam bekannt vor, sie konnte aber nicht sagen, woher. Sie fragte sich, ob er den Stock brauchte, um jemandem damit den Schädel zu spalten. Sie musste dann fast über sich selbst lachen. Wofür brauchte schon ein Wanderer einen Stock?

Alles in allem schien der Mann harmlos genug in seinem Flickenmantel, mit seiner fadenscheinigen Stofftasche und einem Stock, auf den er sich stützen musste.

Die Nächte waren immer noch kühl, obwohl es inzwischen Sommer war. Während Ak-Su ihre Tochter stillte, bereiteten Rana und Asena das Abendessen vor. Sie machten ein kleines Feuer.

Rana brachte in einem Krug Wasser zum Kochen und gab ein paar Salbeiblätter hinein. Es war kein chinesischer Tee, aber fast so gut wie.

Asena warf feindselige Seitenblicke zu dem fremden Mann, während sie Brot, Hartkäse und geräuchertes Yakfleisch auf ein Tuch legte.

Gastfreundschaft war ein uralter, heiliger Brauch und Rana fand den Gedanken unerträglich, ihr Essen nicht mit dem anderen Reisenden zu teilen. Sie stupste Asena mit dem Ellbogen und zeigte mit ihrem Kopf zum Derwisch, der in einiger Entfernung im Dunkeln saß.

Asena stand widerwillig auf, um den Mann zum Essen einzuladen. Der Fremde schien überrascht, als sie ihn ansprach. Er nickte aber und folgte Asena. Bevor er sich setzte, legte er ein wenig Salz und ein paar getrocknete Datteln zu den Esswaren. Dann führte er ein Amulett, das er unter dem Mantel trug, zu einem flüchtigen Kuss an die Lippen.

Der Derwisch hatte sich so hingesetzt, dass sein Gesicht im Schatten verborgen blieb. Sie aßen schweigend.

Die Wanderderwische, die Rana bisher kennengelernt hatte, waren geselliger gewesen. Sie erzählten gerne Geschichten von ihren Reisen, brachten Nachrichten von nah und fern oder sangen Lieder. Dieser jedoch war ungewöhnlich still. Außerdem wirkte er angespannt. Vielleicht war er besonders schüchtern oder sein Orden verbot ihm, Frauen in die Augen zu schauen, vermutete Rana. Immer wieder berührte er sein Amulett. Irgendwann siegte Asenas Neugier über ihr Misstrauen.

»Was trägst du um den Hals?«, fragte sie.

»Das hier?«, fragte der Mann. Er zeigte auf etwas Weißes, Pelziges, das an einem Lederband um seinen Hals hing. »Das ist eine Hasenpfote. Mein Amulett.«

Er schien zu zögern, bevor er weitersprach. »Es gibt Menschen, die sagen, der Hase sei ein Unheilsbringer. Die wissen gar nichts! Mir hat der Hase immer Glück gebracht.«

»Ich kam im Jahr des Hasen auf die Welt«, sagte Asena, die sonst kaum über sich sprach. Rana warf ihr einen überraschten Blick zu.

»Dann solltest du das unbedingt haben«, erwiderte der Mann lachend.

Als er sich über Asena beugte, war sein Gesicht für einen kurzen Moment im Schein des Feuers zu sehen. Er legte das Amulett um Asenas Hals und kniff eines seiner Augen zusammen.

Es war eine scherzhafte Geste, die Rana dennoch erschauern ließ. Die Szene kam ihr so bekannt vor, als hätte sie sie schon einmal erlebt. Als Kind hatte ihr ein seltsamer Fremder sein Amulett geschenkt und erklärt, dass man zwinkert, wenn man ein lustiges Geheimnis teilt.

Asena zögerte kurz, nahm dann ihr eigenes Amulett, eine Rabenfeder mit einem blauen Steinchen, ab. Sie legte es dem Derwisch um den Hals.

Den Rest des Essens verbrachten sie schweigend. Als sie fertig waren, bedankte sich der Mann in ähnlicher Art, wie er sie begrüßt hatte. Er berührte mit der rechten Hand die Erde, dann führte er sie zu seiner Stirn und danach zu seinem Herzen.

Später, als sich schon alle zur Ruhe gelegt hatten, spielte der Derwisch auf seiner Flöte. Rana lag unter dem unendlichen Sternenhimmel und hörte zu, bis die Töne verklangen. Ihr fielen die Augen zu.

Der Mond stand hoch am Himmel, als sie von einem Rascheln erwachte. Ohne sich zu bewegen, machte sie die Augen einen Spalt auf. Der Fremde wühlte in seiner Tasche. Rana griff nach ihrem Messer und beobachtete ihn zwischen halb geschlossenen Augenlidern.

Der Mann leerte den Inhalt seiner Tasche aus und tastete ungeduldig nach den Gegenständen auf dem Boden. Etwas Weißes, Rundliches von der Größe einer Honigmelone rollte weg. Er hob es auf.

Rana blinzelte, um besser sehen zu können. Der Derwisch murmelte gereizt in einer ihr völlig unbekannten, seltsamen Sprache vor sich hin. Für einen kurzen Moment fiel das Mondlicht auf den rundlichen Gegenstand, den er in der Hand hielt.

Ein Totenkopf!

Sie biss sich auf die Zunge, um nicht laut aufzuschreien. Der Derwisch stopfte ihn zurück in den Stoffbeutel. Nach einem Blick auf Rana kam er näher zum Feuer.

In der Hand hielt er eine Schale, einen Wasserschlauch und eine kleine Schachtel. Er goss Wasser in die Schale, dann nahm er etwas aus der Schachtel und streute es ins Wasser.

Ranas Herz pochte laut wie eine Trommel. Wie jede Schamanin wusste sie von schwarzer Magie. Es gab mächtige Schamanen, welche *Erlik Khan*, dem Herrn der Totenwelt und seinen blinden Engeln dienten. Ihre Flüche bargen finstere Gefahren. Sonst waren die meisten Verwünschungen bloßer Aberglaube – eine Kuh gab wegen der bösen Nachbarin keine Milch mehr oder ein Mann verlor seine Manneskraft, weil er mit dem falschen Fuß in die Jurte eingetreten war.

Ranas Mutter war oft zu Hilfe gerufen worden, um solche Flüche zu bannen. Meistens reichte eine Opfergabe, bei hartnäckigen Fällen musste sie in der Nachbarschaft ein paar Ohrfeigen verteilen. Ihre Heilmethoden waren immer erfolgreich. Aber sie hatte Rana auch vor echter schwarzer Magie gewarnt.

Der Derwisch legte die Schale beiseite und nahm einen Stab zur Hand, um den ein großer Bogen Papier gewickelt war. Trotz ihrer Angst beneidete Rana ihn um das schöne Papier, das sich, anders als ihre starren Pergamente, weich um den Stab schmiegte.

Der Fremde warf einen Blick auf die Schale, dann auf das Papier in seiner Hand und schließlich zum Himmel. Er wiederholte das Ganze mehrmals, benetzte die Spitze einer Feder und kritzelte etwas auf das Papier. Rana streckte sich leicht, um besser sehen zu können.

Plötzlich hielt er inne und schaute über die Schulter, als hätte er ihren Blick gespürt. Nach einem kaum merklichen Zögern lächelte er.

»Verzeih, äh, Schamanin. Ich wollte dich nicht wecken«, sagte er leise, während er das Papier wieder zusammenrollte. Er stand vor dem Feuer, sodass sie nicht viel erkennen konnte.

»Was … was machst du?«, fragte Rana misstrauisch und umklammerte ihr Messer.

»Ich wollte aufzeichnen, was ich gerade geträumt habe, bevor ich es vergesse.«

»Oh«, sagte Rana.

Schamaninnen zeichneten Karten ihrer Reisen in die untere und obere Welt. Jede Schamanin hatte ihre eigene Kosmologie. Warum sollte also der Derwisch nicht auch seine Träume festhalten? Sie kam sich dumm vor.

»Gute Nacht, äh … Schamanin«, sagte der Fremde.

»Rana«, erwiderte sie ohne zu überlegen.

»Rana …«, sagte er gedehnt, als würde er den Namen auf der Zunge schmecken. »Was bedeutet dein Name?«

»Fesselnde Augen«, antwortete sie verlegen. Fehlte nur noch, dass sie ihm vom Pergament mit den nackten Weibern erzählte.

Der Derwisch nickte und entfernte sich, ohne ihr seinen eigenen Namen zu verraten.

Rana wickelte sich in ihre Decke und schloss die Augen. Aber ihre Gedanken wanderten weiter. Was hatte der Derwisch in die Schale mit Wasser gemischt? Und wozu? Warum trug er einen Totenkopf bei sich? Der Mann war ihr unheimlich. Und jetzt kannte er auch noch ihren Namen!

Ranas Gedanken verlangsamten sich, drifteten davon und gingen in einen Traum über.

Die Luft roch nach Meer, nach schalem Wein, nach frittierten Muscheln, nach Rauch, und nach etwas Süßlichem. Rana war sechs Jahre alt. Ihre Mutter war mit ihren beiden kleinen Töchtern bis in die Stadt Tyros am Mittelmeer gereist. Die Schamanin hatte einen alten Seemann von einem faulen Zahn erlöst und als Dank lud er sie in eine Hafenkneipe ein. Nach einem Krug Traubenwein nahm der alte Seebär eine Schachtel mit Eisenspänen aus seinem Leinensack und leerte sie in eine Holzschale mit Wasser. Durch einen unerklärlichen Zauber richteten sich die Späne im Wasser immer gleich aus, egal wie oft er umrührte.

»Ob auf hoher See oder in der Wüste, mit dieser Magie kommst du nie vom Kurs ab. Wenn du dazu noch die Sterne kennst, kannst du die genauesten Karten der Welt zeichnen!«

Rana und ihre Schwester gähnten. Auch ihre Mutter war nicht beeindruckt.

»Ich schenke euch das magische Instrument, weil ich nicht mehr zur See fahren werde. Ich will Zwiebeln züchten und den Weibern am Ufer des Euphrats nachjagen.«

Der Atem des Mannes stank nach Wein, vermischt mit dem Fäulnisgeruch seiner Zähne. Sie hatten keine Lust mehr auf sein Geschwätz. Am nächsten Tag verscherbelte Ranas Mutter die Schale und die Eisenspäne auf dem Markt.

Rana schreckte hoch und stieß ein Schnauben aus, um das sie selbst ihr alter Gaul beneidet hätte.

Der Derwisch zeichnete also Karten. Sie hatte noch nie von einem Bettelmönch gehört, der lesen und schreiben konnte und zudem noch Karten studierte. Sie überlegte, ob sie ihn zur Rede stellen sollte, doch er schnarchte leise, und schließlich ging es sie nichts an.

Bald darauf schlief auch Rana wieder ein. Dieses Mal träumte sie von der grauweißen Wölfin, die zu Asena gehörte. Sie hatte grüne Augen – wie Asena. Irgendwann zwischen Wachen und Dösen kam Ak-Bala zu ihr. Die Schneeleopardin streckte sich ausgiebig, bevor sie sich neben Rana legte. Sie begann, ihre Pfoten zu lecken, als gäbe es nichts Wichtigeres auf der Welt.

»Was gibt es denn Wichtigeres als Pfotenpflege?«, fragte Ak-Bala.

»Zum Beispiel, dass ich immer noch keine Ahnung habe, wie ich meine Truhe wieder finde.«

»Dein Orientierungssinn ist eine Katastrophe. Du bist zu weit östlich, du solltest Richtung Nordwesten fahren, nach Karakorum«, schnurrte Ak Bala selbstgefällig.

Als Rana bei Sonnenaufgang erwachte, waren die Traumfetzen bereits aus ihrem Gedächtnis verschwunden. Der Derwisch war fort. Auch Ak-Bala war nicht mehr da. Rana stieg in den Wagen, holte tief Luft und lenkte ihn nach Nordwesten.

11

Lewellyn - 1209, das Jahr der Schlange

Der Derwisch richtete sich auf und lauschte in die Dunkelheit. Das einzige Geräusch war das leise Kläffen eines Steppeniltisses, der gerade eine Mäusefamilie in der Nachbarschaft auslöschte. Er entspannte die Schultern ein wenig.

»Was habe ich mir bloß dabei gedacht?«, murmelte er in jener eigenartigen Sprache, in der er seine nächtlichen Gespräche führte.

Es war gefährlich, in diesen Gegenden in die Sprache seiner Kindheit zurückzufallen, aber Großvater Dylan sprach nun mal keine andere. Mitten in der Wüste leisteten ihm sonst nur das Maultier und der Iltis Gesellschaft. Das Maultier sagte nichts und der Iltis hielt gerade eine zappelnde Maus zwischen den Zähnen, während er das Mäuseloch mit dem Saft aus seinem After vollspritzte. Sein Großvater war da witziger.

Meistens.

»Ja, das war arschknapp«, meldete sich Großvater Dylan zu Wort. Seine Stimme kam aus den Tiefen des Beutels, den der Derwisch über die Schulter trug. Mit einem theatralischen Seufzer löste er die Schnur des Beutels.

»Ich habe übrigens gesehen, wie du die Frau angeschmachtet hast, Lewellyn«, kicherte sein Großvater, sobald seine Augenhöhlen sichtbar waren. »Wie heißt sie noch mal?«

Der Derwisch musste lächeln. »Rana!«, sagte er. Er liebte den Klang ihres Namens.

Im Feuerschein funkelten seine hellen Augen. Sein Bart und seine Haare waren von einem leuchtenden Kupferrot, das bestimmt nicht von Henna stammte. Im Moment würde ihn niemand auch nur mit einem Krümel Verstand für einen alten Derwisch halten. Er sah genauso fremdartig aus, wie sein Name vermuten ließ.

»Diese Rana hat dir kein Wort geglaubt, mein kleiner Löwe.«

»Hm, nein, glaube ich auch nicht. Und dass du aus dem Sack gehüpft bist, war auch nicht hilfreich.«

»Ich bin nicht gehüpft. Gerollt eher«, erklärte der alte Mann. »Weißt du, wie langweilig es hier drin ist? Ich wollte den Mond sehen.«

»Das sagst du jedes Mal, wenn du es tust«, grummelte Lewellyn. Er setzte den Schädel vorsichtig auf einen flachen Stein am Feuer.

»Zufrieden?«, fragte er.

»Also, wenn du schon fragst, eine Schale Wein und eine Frau wären jetzt nicht schlecht. Aber, ich will mich nicht beklagen. Das Feuer wärmt meine alten Knochen auch.«

Lewellyn konnte beinahe hören, wie der alte Mann gluckste. Er legte noch ein paar trockene Wurzeln und Äste nach. Die Flammen züngelten gegen den nächtlichen Himmel.

Vor einigen Nächten war ihm Almas Wölfin begegnet. Nach einem kurzen Schreckmoment hatte er sie erkannt. Die Wölfin hatte sich umgedreht und war davongelaufen. Doch sie blickte immer wieder über die Schulter, als wolle sie, dass er ihr folgte. Lewellyn wagte kaum, sich der Hoffnung hinzugeben, ritt ihr aber nach. Und endlich, nach Tagen und Wochen fiebriger Suche, traf er mitten in der Wüste auf Asena. Sie war in Begleitung einer Schamanin, deren Tochter und ihrer neugeborenen Enkelin. Lewellyn war so überwältigt von seinen Gefühlen, dass er die kleine Gruppe ohne nachzudenken angesprochen hatte.

»Du hast mit Asena gesprochen?«, bemerkte Dylan. Er ließ es wie eine Frage klingen. Lewellyn nickte. »Hast du ihr gesagt, wer …«

»Nein, natürlich nicht!«, fiel ihm Lewellyn ins Wort. Eine lange Stille folgte.

Auf die Wand von Ranas Wagen war ein Hirsch geschnitzt – und sie hatte ihre Tochter Ak-Su genannt. Er hatte mal, vor langer, langer Zeit, eine Schamanin gekannt, die Ak-Su hieß. Sie fuhr einen Wagen mit einem eingravierten Hirsch auf der Seitenwand.

Die Erinnerung an jene Nacht lag so weit zurück wie die Sterne am Himmel. Doch war sie so lebendig, als wäre es gestern gewesen. War die Schamanin aus seiner Jugend Ranas Mutter? Hatte sie ihre Tochter deswegen Ak-Su genannt?

»Hast du wieder von der Reise geträumt?«, unterbrach Dylan seine Gedanken. »Wenn du erzählen willst, bin ich ganz Ohr. Sozusagen.« Er kicherte heiser.

Auf einmal verspürte Lewellyn eine tiefe Sehnsucht nach seiner grünen Heimat.

1180, das Jahr der Ratte

Das Schiff hatte es geschafft, nicht an der rauen Küste der Normandie zu zerschellen. Der Maat beförderte mich mit einem Fußtritt an Land und warf mir meine Habseligkeiten nach. Ich zitterte zu sehr, um aufzustehen, also blieb ich sitzen. Der Kapitän schrie einige Befehle, die im Tosen der Wellen untergingen.

Ohne die Passagiere mitzunehmen, die seit Tagen hier gewartet hatten, wendete das Schiff. Die Leute schulterten unter Verwünschungen ihre Sachen wieder und verließen den Hafen.

Ich hörte ein lautes Knirschen. Mir sprangen beinahe die Augen aus dem Kopf, als ich sah, wie sich der kleinere der beiden Masten bog und wie ein Holzsplitter zerbarst. Er riss mehrere Matrosen mit sich, als er in der sturmgepeitschten See verschwand. Allein mit dem Hauptmast segelten die Überlebenden zurück nach Irland.

Vater Columban murmelte ein Gebet. Ich spürte seine Hand auf meiner Schulter. »Komm, John. Wir müssen weiter«, sagte er.

»Lewellyn«, flüsterte ich, als wollte ich mich selbst überzeugen. »Ich heiße Lewellyn.«

Duftende Tannenwälder wechselten sich mit Hochweiden und Weinbergen ab. Mein Herz fühlte sich an, als würde es vor Kummer zerspringen, wenn ich an meinen Großvater und meine Heimat dachte. Allmählich wurde die Landschaft milder und entlang der sich schlängelnden Flüsse blühten hellgrüne Wiesen.

Vater Columban schwärmte nur so für die Franken. Er fand ihre Sprache melodisch, ihren Wein blumig und ihren stinkenden Käse köstlich. Ich fand alles zum Kotzen. Ich konnte mich einzig für die Mädchen begeistern. Doch die beachteten mich nicht, oder wenn, schauten sie mich an, als wäre ich etwas, was ihnen an der Fußsohle klebte.

Obwohl ich schon vierzehn war, hatte ich noch kein einziges Barthaar. Meine leuchtend roten Locken fielen mir bis auf die Schultern. Niemand hatte sie mehr geschnitten, seit mein Großvater gestorben war. Mit meinen grünen Augen und den langen Wimpern sah ich aus wie ein Mädchen. Wie ein sehr hässliches Mädchen. Mit Krähenstimme und einem Hals wie ein Geier.

Auch andere Teile meines Körpers veränderten sich. Das baumelnde Ding zwischen meinen Beinen, das ich früher nur zum Pissen herausgeholt hatte, machte plötzlich, was es wollte.

»Wir kommen bald nach Lyon. Wir machen hier halt«, sagte Vater Columban und deutete auf einen Bauernhof.

Die Bäuerin hatte uns bereits entdeckt und beruhigte ihre beiden Hunde. Eines musste man dem Priester lassen, von frommen Menschen bekam er immer was zum Essen.

Vom fröhlichen Geplapper der Bäuerin verstanden wir nicht viel. Sie deckte den Tisch mit einem Krug Wein, Brot und verschimmeltem Käse. Vater Columban lobte alles in höchsten Tönen.

Die Bäuerin rief nach jemandem namens Marie. Als diese Marie nicht auftauchte, schnalzte sie verärgert mit der Zunge und drückte mir einen Eimer in die Hand. Sie bewegte ihre Hände so, als würde sie eine unsichtbare Kuh melken und zeigte auf den Stall.

»Die gute Frau möchte, dass du Milch holst«, erklärte Vater Columban überflüssigerweise.

Ich hatte Kühen nie getraut, geschweige denn eine gemolken. Auf Gälisch fluchend stieß ich die Stalltür auf. Meine Augen brauchten einen Moment, bis sie sich an das Dämmerlicht gewöhnten.

Zuerst entdeckte ich die Kuh, dann erst das Mädchen, das auf einem Hocker saß. Mit rhythmischen Bewegungen zog sie an den Zitzen des prallen Euters. Milch spritzte in den Eimer zwischen ihren Beinen. Als sie mich sah, hellte sich ihr Gesicht auf. Lachend sagte sie etwas, das ich nicht verstand. Sie hörte auf zu melken und winkte mich heran. Ganz langsam und verspielt, löste sie die Schnürung ihres Kleides. Ihre Brüste sahen aus wie zwei knackige Äpfel. Mit rosigen, spitzigen Nippeln. Meine Zunge klebte am Gaumen. Ich trat verlegen von einem Fuß auf den anderen, versuchte zu schlucken. Das Mädchen nahm meine Hand und wollte sie gerade auf ihre Brust legen, als draußen die Bäuerin nach ihr rief. Wir sprangen auseinander.

Wir blieben eine Woche an diesem Ort, aber das Mädchen sah ich nicht wieder.

Die Bäuerin war verwitwet und lebte allein auf ihrem kleinen Hof. Vater Columban machte den Eindruck, als wollte er sich hier häuslich niederlassen. Aber eines Morgens packte er unsere Sachen und wir brachen überstürzt auf.

Seit dem Vorfall im Stall träumte ich nachts von nackten Mädchen und wachte mit klebrigem Zeug in der Hose auf. Vater Columban merkte zum Glück nichts davon. Er hätte sicher eine ganze Menge dazu zu sagen gehabt. Und nichts davon wäre hilfreich gewesen.

Großvater Dylan hatte Frauen geliebt und gerne über sie gesprochen. Ich musste grinsen, als mir einfiel, dass er sein Glied scherzhaft „seinen Johnny" genannt hatte. Es war einer der vielen Gründe, warum ich es hasste, dass Vater Columban mich John nannte!

Obwohl ... irgendwie war der Name doch passend! Mein Grinsen wurde breiter.

»Was amüsiert dich, John?«, fragte Vater Columban misstrauisch. Seine eingefallenen Augen strahlten unnatürlich in ihren Höhlen.

Mein Lächeln verschwand, und mein Magen knurrte wie ein bösartiger Hund. Den Rest des Tages liefen wir schweigend weiter. Hin und wieder warf ich dem Priester einen Seitenblick zu, der in seiner verschwitzten schwarzen Kutte neben mir schritt. Sein grauer Bart reichte ihm bis zur Brust, und seine aufgesprungenen Lippen bewegten sich durch endlose Gebete. Er zog das rechte Bein nach und verzog bei jedem Schritt das Gesicht.

Seit unserem Aufbruch aus Lyon war er wie ausgewechselt. Abgesehen von den gemurmelten Gebeten sprach er kaum noch ein Wort.

Ich vermisste meinen Großvater genauso heftig wie an dem Tag vor einem halben Jahr, als ich ihn mit gebrochenem Genick unter der mächtigen Eiche gefunden hatte.

Ich hatte damals alles genauso gemacht, wie er es mir eingeschärft hatte: Ich zog ihm behutsam seinen Hirschfellumhang über, legte seinen Stab und seine Sichel in seine leblosen Hände und legte mich zu ihm auf die Erde. Ich wartete, nur für den Fall, dass mein Großvater es sich anders überlegen und von den Toten zurückkehren würde. Ich aß und trank nichts, leckte nur die Regentropfen von meinen Lippen. Jeden Tag hielt ich ihm den Spiegel vor das Gesicht und hoffte, dass er beschlug – dass seine Seele doch noch atmete.

Am Ende des sechsten Tages wurde mir klar, dass er gegangen war. Mir graute vor dem, was ich als Nächstes tun musste, aber es durften sich schließlich keine rachsüchtigen Seelen im Körper meines Großvaters einnisten. Also enthauptete ich ihn mit seiner eigenen Sichel.

Ich hätte nie gedacht, wie schwer es sein würde, einen Menschen zu verbrennen. Dass es dabei verführerisch nach gebratenem Hasen duftete, hatte ich auch nicht gewusst.

Ich brauchte Stunden, um genug trockenes Hagebuttenholz für den Scheiterhaufen zu sammeln, und nochmals so lange, bis der Körper verbrannt war.

Das Hagebuttenholz war wichtig. Wenn man es auseinanderbrach, zeigte sich die gleiche fünfzackige Sternform wie in meinem Amulett, das mich gegen das Böse schützen sollte. „Ein Pentagramm", nannte mein Großvater die Figur.

Ich hatte den Schädel gerade noch rechtzeitig aus dem Feuer geholt, bevor er auseinanderfiel. Am Schluss begrub ich die Überreste unter der großen Eiche. Vater Columban glaubte bis heute, der alte Mann sei über die Klippen gefallen.

Kurze Zeit später erklärte der Priester, dass er zu einem Kloster in Süditalien pilgern wolle. Er bot mir an, ihn zu begleiten. Ich fragte nicht mal, wo Süditalien lag. Ich wollte nur weg von Zuhause, wo mich alles traurig machte.

Inzwischen bereute ich es. Die unreifen Weintrauben, die ich gepflückt hatte, lagen mir schwer im Magen. Das letzte Mal richtig satt gegessen hatte ich mich auf dem Bauernhof der Witwe in Lyon.

Vater Columban beugte sich am Wegrand nach Kräutern. »Das nennt man Artemisia«, belehrte er mich. »Es ist ein starkes Heilkraut, wirkt besonders gut gegen das Wechselfieber.«

Ich verdrehte wütend die Augen. »Besorg uns lieber was zu Essen«, ging es mir durch den Kopf.

Mein Großvater hatte mir alles beigebracht, was in Irland wuchs. Ich hatte keine Lust, mir auch noch italienisches Unkraut zu merken.

Mein Blick wanderte von der Vogelscheuche zwischen den Weinstöcken auf meine eigenen Füße. Meine nackten Zehen schauten aus den abgeschnittenen Spitzen meiner Schuhe heraus. Mein Körper war in letzter Zeit in die Höhe geschossen, meine mageren Arme und Beine wurden kaum noch von den Fetzen bedeckt, die ich trug.

Meine Eltern waren früh gestorben. Solange ich mich erinnern konnte, hatte es nur mich und meinen Großvater Dylan gegeben. Auch Vater Columban kannte ich, seit ich klein war. Als Kinder waren die zwei unzertrennlich gewesen, bis Columban dem Benediktinerorden beitrat. Später leitete der Priester die Klosterschule im Dorf. Er versprach Dylan glühende Zangen bis in alle Ewigkeit, die ihm das Fleisch von den Knochen reißen würden, wenn er nicht von seinem heidnischen Glauben abließ. Mein Großvater nannte ihn einen „unwissenden alten Esel." Doch am Ende des Tages saßen die beiden vor Dylans Hütte und tranken zusammen einen Krug Bier.

Mein Großvater hegte ein tiefes Misstrauen gegenüber Büchern. Er sagte, Worte verlieren ihre Magie und sterben, sobald man sie niederschreibt. Trotzdem ließ er zu, dass ich in der verstaubten Klosterschule die toten Worte in Vater Columbans Büchern verschlang.

Die magischen Verse meines Großvaters lernte ich draußen – während wir durch den Wald streiften, Hasenfallen aufstellten oder Brennnesseln sammelten, unter den Buchen und Eichen nach stinkender Nieswurz suchten oder Johanniskraut am Waldrand pflückten. In der sechsten Nacht des aufgehenden Mondes gingen wir zusammen zur großen Eiche. Mein Großvater kletterte auf den mächtigen Baum, um mit seiner goldenen Sichel Misteln zu schneiden.

Großvater Dylan war einer der letzten Druiden Irlands gewesen.

»Wir kommen bald nach Venedig. Mach dich am Fluss sauber und zieh deine neuen Schuhe an«, sagte der Priester.

Ich glaubte, Vater Columban hätte gerade den ersten Witz in seinem Leben gemacht. Doch dann zauberte er tatsächlich aus der Umhängetasche ein Paar Schuhe hervor.

»Woher ...?«, stotterte ich.

»Sie gehörten dem verstorbenen Mann der Witwe, die uns beherbergt hat.«

»Danke«, murmelte ich. Aber es fühlte sich nicht richtig an.

Ich verstand nicht, was aus dem gütigen alten Herrn geworden war. Früher hatte er mich oft mit Stolz und Freude angesehen, als wäre ich sein eigener Enkel.

Wenn sein alter Freund Dylan und ein paar Frauen aus dem Dorf indigoblau gefärbte Hände hatten, schaute Vater Columban einfach weg – obwohl er genau wusste, dass sie ihre nackten Körper für nächtliche Rituale im Wald mit Färberwaid bemalten. Er wusste mehr über die alten Bräuche, als er zugab und hatte sie einst respektiert.

Seit unserer Abreise aus Lyon war dieser weise Mann wie verwandelt. Ein bitterer Zug lag ständig um seinen Mund, und seine Laune war unerträglich.

Die Schuhe waren mir eine Handbreit zu groß. Ich riss die Ärmel meines Hemdes ab, das sowieso schon in Fetzen hing und stopfte damit die Schuhe aus.

»Warum habt Ihr mir die Sachen nicht vorher schon gegeben?«, fragte ich.

»Weil du schon eitel genug bist«, antwortete Vater Columban säuerlich. »Die gute Frau hat mir die Kleider ihres Mannes nicht gegeben, damit ich sie an einen verzogenen Bengel verschwende.«

Mein Blick schoss von meinen blutigen Zehen zum Priester. »Was hat die gute Frau euch denn sonst noch gegeben, was früher mal ihrem Mann gehört hatte?«, schrie ich.

Noch während ich die Worte wütend ausspie, merkte ich, dass ich einen Nerv getroffen hatte. Jegliche Farbe wich aus dem Gesicht des Priesters. Ich wusste, dass ich zu weit gegangen war.

»Du bist genauso unverschämt wie dein törichter Großvater«, tobte Vater Columban. Seine Hand landete klatschend auf meinem Gesicht.

Meine Stofftasche rutschte in diesem Moment von meiner Schulter. Der blanke Schädel fiel heraus und rollte langsam bis vor Vater Columbans Füße.

»Dylan?«, krächzte der Priester ungläubig, bevor sein Herz für immer stehenblieb.

12

Rana - 1209, das Jahr der Schlange

Die ockerfarbene Landschaft wich allmählich einem Apfel- und Flussgrün. Aus dem steinigen Boden sprossen neben Grasbüscheln auch wilder Wermut und filzig behaarte Ohrweiden.

Als sie die Ausläufer eines Flusses erreichten, sahen sie die ersten *Gers*, wie die Mongolen ihre Jurten nannten. Immer wieder begegneten ihnen Karawanen auf dem Weg zu Dschingis Khans Lager im Norden. Nur von Ranas Truhe oder vom Mann mit der Narbe fehlte bisher jede Spur.

Rana schaute sich unruhig um. Die Mittagsrast war vorbei. Sie sollten weiter, aber Asena war noch nicht zurück, von was auch immer sie tat. Das Mädchen hatte die Angewohnheit, sich immer wieder mal in Luft aufzulösen. Wenn sie dann verschwitzt und erhitzt wieder auftauchte, ignorierte sie alle Fragen.

Asena könnte überall sein. Rana drückte Ak-Su die Zügel in die Hand und sprang vom Wagen. Sie wollte endlich wissen, was das Mädchen trieb. Leise vor sich hin schimpfend stapfte sie durch die Gegend, zwischen Büschen mit violett blühenden Tamarisken. Schließlich entdeckte sie sie.

Asena schien gegen einen unsichtbaren Feind zu kämpfen. Ihre Zöpfe flogen um ihren Kopf, als sie sprang und durch die Luft wirbelte. Der Stock in ihrer Hand zischte wie eine Giftschlange. Ihr plötzlicher Schrei fuhr

Rana durch Mark und Bein. Sie presste die Hände auf den Mund, um nicht selbst aufzuschreien.

Rana hatte das Gefühl, sie hätte etwas gesehen, das nicht für ihre Augen bestimmt war. Sie wollte sich auf leisen Sohlen wieder davonstehlen, doch Asena hatte sie bereits bemerkt.

»Ich habe mir Sorgen um dich gemacht«, brummte Rana.

Asena bebte vor Zorn. Ihre grünen Augen loderten in der Sonne. Ohne ein Wort zu sagen, rannte sie zurück. Rana folgte ihr. Bis sie am Wagen ankam, war sie stinkwütend auf das Mädchen.

»Habt ihr zwei gerade gestritten?«, rief Ak-Su nach einem Blick auf die beiden. Rana und Asena kniffen ihre Lippen zu einem dünnen Strich zusammen. Sie kletterten wortlos auf den Sitz.

»Oder versucht ihr zu furzen, ohne dass es auffällt?«, fragte Ak-Su.

Asena war die erste, die lachen musste. Durch ihre zusammengepressten Lippen klang es tatsächlich wie ein Furz. Rana und Ak-Su prusteten auch los. Sie lachten, bis ihnen die Bäuche wehtaten.

Am Abend stießen sie auf eine Karawane. Ihr schlichtes Banner bestand aus senkrechten Schriftzeichen. Auch wenn Rana die Schrift nicht lesen konnte, wusste sie, dass sie *Uigur* bedeuteten.

Die Nachhut bildete ein großgewachsener Reiter mit einem Pfeilbogen über seiner Schulter. Rana rief ihm eine Begrüßung zu. Der Bogenschütze drehte sich um. Nach einem flüchtigen Blick auf Asena und Ak-Su heftete er die Augen auf Rana. Er zwirbelte seinen Schnauzer, während er sie von Kopf bis Fuß musterte. Auf seinem Gesicht breitete sich ein unverschämtes Grinsen aus, als sähe er sie schon nackt und willig in seinem Lager.

»Können wir neben euch lagern?«, fragte Rana.

Er warf den Kopf in den Nacken und lachte. »Aber, sicher!«

Na, gut, ihre Wortwahl war nicht gerade geschickt gewesen. Aber in ihren Lenden wütete gerade eine Hitze, die klares Denken unmöglich machte.

»Äh, ich bin Schamanin«, stammelte Rana. Jetzt brannten auch ihre Ohren.

Das Grinsen verschwand schlagartig aus dem Gesicht des Mannes. »Wir sind Muslime«, erklärte er steif.

Er sprach Uigurisch, einen der Turkdialekte, die Rana verstand. Wenn ihr Mund gerade nicht so trocken gewesen wäre, hätte sie ihm eine scharfe Antwort gegeben. Der Mann schaute der sich entfernenden Karawane unglücklich nach. Dann hellte sich sein Gesicht wieder auf.

»Kannst du wahrsagen?«, fragte er.

Rana nickte.

Sobald der Bogenschütze weitergeritten war, rollte Ak-Su die Augen nach oben und sprach mit tiefer Stimme:

»Ich sage wahr, dass meine Mutter diese Nacht das Lager eines heißen Bogenschützen teilen wird!«

Sie stieß Asena an. Die beiden Mädchen kicherten.

Rana brachte ihren Wagen neben dem Nachtlager der Karawane zum Stehen. Die Männer hatten schon ihre Gebetsteppiche ausgebreitet. Der Bogenschütze hatte sich für das Abendgebet den Oberkörper bedeckt und trug auf dem Kopf eine Kappe. Im Licht der untergehenden Sonne sahen die eingewebten Granatäpfel auf den Teppichen aus, als würde roter Saft aus den Früchten fließen.

Kaum war Rana von ihrem Sitz heruntergesprungen, fand sie sich von aufgeregten Frauen umringt. Sie versuchten alle gleichzeitig Rana zu berühren, als wäre sie eine Heilige.

»Die Wahrsagerin ist gekommen!«, wisperten sie ehrfürchtig. Immer wieder warfen sie besorgte Blicke zu den betenden Männern, als sollten diese nicht erfahren, was ihre Frauen taten. Der Kreis um Rana schloss sich enger. Sie bekam keine Luft mehr, als jemand die anderen aus dem Weg fegte.

Eine ältere, großgewachsene Frau in einem schwarzen Kaftan stellte sich vor Rana. Sie war eine eindrückliche Erscheinung. Ihr weißes Kopftuch und die kleine schwarze Lederkappe, die sie darüber trug, ließen ihr kantiges Gesicht noch strenger aussehen. Bestimmt machte sie irgendeiner netten jungen Schwiegertochter das Leben zur Hölle.

»Komm!«, befahl die Frau knapp.

Rana war hungrig und müde und sie konnte alte Hexen nicht ausstehen. Doch die Frau packte sie mit erstaunlich kräftigen Händen und zog sie zu einer Jurte. Rana warf Ak-Su und Asena einen Blick zu, der *Wartet hier!* bedeuten sollte, was die beiden natürlich ignorierten.

Die Frauen drängten sich in die Jurte, wo eine schwangere Frau am Feuer saß. Sie musste im neunten Mond sein und trug ein ähnliches Gewand wie die Alte, nur dass ihr Kaftan eine Spur fröhlicher wirkte, mit aufgestickten türkis- und grünfarbenen Bändern über der Brust.

»Meine Schwiegertochter erwartet ihr viertes Kind«, verriet die Alte mit einem giftigen Blick auf die Schwangere. »Drei Töchter hat sie geboren! Dieses Mal muss sie es richtig machen.«

Die anderen Frauen nickten.

Rana entdeckte eine weiße Schwanzspitze hinter der Gruppe. Ak-Bala schlängelte sich durch die Menge und nahm neben ihr Platz.

»Oh, oh!«, rief die Schneeleopardin nach einem Blick auf die Schwangere.

»Oh, oh, was?«, fragte Rana – obwohl sie es längst wusste. Es würde ein Mädchen werden.

»Dein übliches Pech«, maunzte Ak-Bala. »Du kannst natürlich lügen.«

Rana nahm die Hände der Frau in ihre und fühlte ihren Herzschlag, während alle mit angehaltenem Atem warteten.

Es half nichts. Ihre Aura strahlte das gesunde Mädchen aus, das sie unter dem Herzen trug und ihr Puls war auf der rechten Seite kräftiger, was ein sicheres Zeichen für ein Mädchen war. Sie ließ die Hände der Frau los und wollte aufstehen.

»Der Knochen!«, rief die Alte.

Rana hätte beinahe die Augen verdreht, als sie sah, dass die Frau das Schulterblatt eines Schafs aus dem Feuer holte. Sie legte den geschwärzten Knochen vor Rana auf den Boden. Rana schaute sich den Knochen lange an. Feine Längsrisse durchzogen ihn, was ein gutes Omen war.

Ak-Bala rollte sich genüsslich auf den Rücken und fuhr sich mit gespreizten Krallen über das silbrig schimmernde Fell.

»Weißt du, wer der Vater ist?«, fragte sie mit einem Funkeln in ihren Augen.

Die große Katze schien sich zu amüsieren. Rana schüttelte den Kopf. Sie strengte ihre Augen an, um mögliche Querrisse auf dem Knochen zu erkennen, die auf ein Unglück hindeuten würden. Nichts! Warum auch? Das Kind war gesund.

Sie beschloss zu lügen. Mit ein wenig Glück wäre sie vor der Geburt über alle Berge. Sie machte den Mund auf.

»Es ist ein Mädchen. Ein gesundes, kräftiges Mädchen«, hörte sie sich sagen.

Sie reisten bereits ein paar Tage mit der Karawane der Uiguren, als Asena mit zwei Feldhasen von der Jagd zurückkehrte. Ak-Su half ihr, die Tiere zu häuten. Sie legten die Beute neben den halben Hammel, der schon auf dem Rost brutzelte. Der köstliche Duft des gerösteten Fleisches stieg in den Nachthimmel.

Die schwarze Krähe hatte Rana wegen ihrer Weissagung nur deshalb nicht verprügelt, weil Asena ihren Stock vor ihrer Nase hatte durch die Luft zischen lassen. Mittlerweile versuchte sie Asena als Zweitfrau für ihren Sohn zu gewinnen.

Rana wollte gerade zur Feuerstelle laufen, als sich ihr der Bogenschütze breitbeinig in den Weg stellte.

»Ich führe dich zur Feuerstelle«, bot er an, als könnte sich Rana unterwegs verlaufen.

Rana zuckte die Achseln, als wäre es ihr egal. Doch innerlich kochte sie. Letzte Nacht war sie seiner Einladung gefolgt und hatte sich mit ihm getroffen. Zu ihrer Verwirrung hatte er sie zum Schlafplatz der Kinder und Frauen geführt. Vor einer der Jurten war er stehengeblieben und hatte ihr eingeschärft, sie dürfe kein Geräusch machen.

Misstrauisch hatte sie durch den Eingang gespäht – und hätte beinahe aufgeschrien. In der Jurte schlief die alte Hexe, neben ihr die schwangere Frau, der Rana ein Mädchen geweissagt hatte. Drei kleine Kinder schmiegten sich an sie.

Die Demütigung und die Wut kochten immer noch in Ranas Adern. Trotzdem verwandelte sich ihr Körper in Brei, wenn er wie zufällig ihre Hüfte berührte. Sie war erst zweiunddreißig, und manchmal fehlte ihr einfach ein Mann. Mit einem eiskalten Blick, wie sie hoffte, ließ sie ihn stehen und setzte sich zu den Mädchen.

Als wenig später der Geschichtenerzähler Platz nahm, verstummte das Plappern der Speisenden. Das Klappern des Geschirrs verklang. Nur zwei kleine Jungen ohne Hosen rannten quietschend um das Feuer.

Der Erzähler trug einen langen schwarzen Schnurrbart, der ihm zusammen mit den steilen Falten zwischen den Augenbrauen ein strenges Aussehen verlieh.

»Der große Idikut, unser Fürst, wird Dschingis Khans Tochter ehelichen«, verkündete er mit dem Tonfall eines Weissagers. Dann verfiel er in eine Art Singsang.

»Idikut, der göttliche Fürst, trägt eine rote Robe und eine goldene Krone auf dem Haupt. Er herrscht auf einem Thron aus Gold, geschmückt mit Perlen und Juwelen.«

»So ein Unsinn«, flüsterte Ak-Su. »Was will der Uigurenhäuptling mit all dem Flitter?« Asena unterdrückte ein Lachen.

»Er schenkte dem großen Khan dreihundert mit Gold, Silber, Brokat, Damast, Satin und Traubenwein beladene Kamele«, fuhr der Erzähler fort. Seine Zuhörer hielten den Atem an, als hörten sie die Geschichte zum ersten Mal.

»Idikuts Botschafter ritt vierzig Tage und Nächte, bis er das prächtige Lager Dschingis Khans erblickte.«

Ein Raunen ging durch die Menge.

Die meisten Uiguren waren Muslime, lebten aber unter der Herrschaft einer buddhistischen Dynastie, der *Kara Kitai*. Rana hatte in Erfahrung gebracht, dass Idikut den örtlichen Herrscher ermorden ließ. Kein Wunder also, suchte er Schutz bei Dschingis Khan.

»Der Botschafter las Idikuts Brief vor«, fuhr der Geschichtenerzähler fort. Seine Stimme wurde weich wie Samt.

»Als würde ich die Mutter Sonne erblicken, wenn die Wolken sich verziehen. Als würde ich das klare Wasser im Fluss sehen, wenn das Eis schmilzt. So unendlich war meine Freude, als ich vom Ruhm des großen Dschingis Khan hörte.«

Ak-Su versteckte sich hinter Asenas Rücken und tat so, als würde sie ihren Finger in den Rachen stecken. Asena konnte ein Kichern nicht mehr unterdrücken.

Zum Glück rannten in diesem Moment die zwei unbehosten Jungen ineinander. Eine junge Frau mit ausladenden Hüften schlug die Hände vor ihrem mächtigen Busen zusammen und sprang auf. Die Kinder stoben davon, die Frau nahm keuchend die Verfolgung auf. Kichernd flitzten die Jungen ums Feuer, während sie ihnen japsend nachjagte. Als sie die beiden endlich eingefangen hatte, lachte die ganze Runde schenkelklopfend. Die Frau zwängte die Kinder in Hosen mit Gesäßklappe, die sie zur Sicherheit offenließ. Inzwischen lagen Ak-Su und Asena vor Lachen am Boden.

Der Geschichtenerzähler erhob die Stimme und sprach schnell weiter, bevor ihn wieder jemand unterbrechen konnte. Rana und die Mädchen hatten genug gehört. Sie zogen sich unauffällig zurück.

Am nächsten Morgen wachte Rana wie immer kurz vor Sonnenaufgang auf. Sie hatte unter freiem Himmel geschlafen und den Wagen den Mädchen und der kleinen Su überlassen. Leise Stimmen der Männer drangen an ihr Ohr. Sie wuschen sich zum Morgengebet. Die Frauen würden sich erst vorbereiten, wenn die Männer in einiger Entfernung ihre Gebetsteppiche ausbreiteten.

Rana machte um die Betenden einen Bogen und setzte sich unter einen Maulbeerbaum am Flussufer. Für ihre Andacht hatten sie sich so ausgerichtet, dass sie in Richtung eines heiligen Ortes namens Kaaba schauten. Doch die Sonne ging hinter ihnen auf. Rana schüttelte kaum merklich den Kopf. Sie hatte Mitleid mit den Männern, weil sie den spektakulären Anblick verpassten.

Der Himmel färbte sich purpur. Als sich die Sonne am Horizont zeigte, schloss Rana die Augen. Ihr Geist glitt an einen Ort, wo sie schwerelos in einem kühlen, klaren Fluss trieb.

Seit ihrer Flucht durch die Gobi hatte sie weder eine schamanische Reise unternommen, noch ihre Rituale vollziehen können. Ihre Mutter war eine große Schamanin gewesen. Ihre Lehrerin Baianai ebenso. Beide hatten stets getan, worauf sie Lust hatten. Rana selbst war ein schüchternes Kind gewesen, das nicht rebellierte. Sie durfte nicht, weil ihre Schwester schon genug Ärger machte. Und jetzt trug sie die ganze Verantwortung für ihre Tochter, ihre Enkelin und für Asena. Sogar Ak-Bala ...

»Ja, was ist mit mir?«, fragte die Schneeleopardin dicht an ihrem Ohr. Rana versank vor Schreck im Wasser. Ak-Bala fischte sie wieder heraus. »Pass auf! Beinahe wärest du beim Sitzen auf deinem Hintern ertrunken.«

»Ich meditiere, Ak-Bala!«, schnaubte Rana.

»Aber, sicher«, schnurrte Ak-Bala. »Ich auch.«

Die Schneeleopardin legte sich auf den Rücken und ließ sich neben Rana im Fluss treiben.

»Deine Lehrerin Baianai war eine fiese Hexe. Sie war eifersüchtig auf deine verstorbene Mutter und auf dich – und mich konnte sie nicht ausstehen. Es machte sie wahnsinnig, dass sie mich nie wirklich sehen konnte.« Ak-Bala kicherte selbstzufrieden. »Deine Mutter und deine Schwester kannte ich ja nicht. Aber, sagen wir mal so, dein gutes Herz besaßen sie nicht. Das hast du von einer anderen Seite.«

Rana richtete sich auf. »Du meinst, von meinem Vater?«

»Von deinem Vater?« Die Schneeleopardin prustete los. »Weißt du denn nicht ...?« Ak-Bala hielt sich den Bauch vor Lachen. »Tja, ich gehe denn mal ...«, sagte sie zwischen Lachanfällen und tauchte in den Fluss.

Als sie zu ihrem Wagen zurückkam, war Rana nicht ruhiger geworden. Jetzt ärgerte sie sich auch noch über

Ak-Bala. Sie holte ihren kleinen Spiegel mit dem Silberrahmen aus dem Wagen. Der Spiegel diente dazu, in andere Welten zu schauen. Doch Rana wollte einfach nur wieder einmal ihr eigenes Gesicht sehen. Sie hatte oft genug beobachtet, wie Schamanen sich vor ihren Spiegeln die Barthaare schnitten oder einen Pickel ausdrückten. Trotzdem hatte sie ein schlechtes Gewissen, als sie einen Blick in den Spiegel riskierte.

Ihre Augen waren mandelförmig und hübsch, umrahmt von langen, dichten Wimpern. Die Wangenknochen traten spitz hervor, die Nase war klein, wenn auch nicht so klein wie die der Mongolen. Doch waren ihre Gesichtszüge anders als die ihrer Mutter und ihrer älteren Schwester mit ihren runden Augen und großen Nasen.

Ihre Mutter hatte erzählt, Ranas Vater sei ein blutjunger mongolischer Krieger gewesen. In seiner rechten Handfläche habe er ein rotes Mal getragen – wie Rana auch. Sogar seinen Namen hatte sie ihr verraten. Timur …, Temüdschin oder so.

Anders als ihre Mutter bevorzugte Rana erfahrene Männer. Sie hatte auch nicht deren üppigen Busen oder ausladende Hüften. Sie war schlank mit kleinen, festen Brüsten. Schade, dass der Spiegel so klein war. Sie hätte gern einmal ihren nackten Körper ganz gesehen.

13

Lewellyn - 1209, das Jahr der Schlange

»Großvater, hast du ein schlechtes Gewissen wegen Vater Columban?«

Dylan schnaubte. »Warum sollte ich?«

»Weil …, sein Herz stehengeblieben ist, als du plötzlich vor seine Füße gerollt bist?«

»Der alte Trottel hat es sich selbst zuzuschreiben, dass er ins Gras gebissen hat.«

»Nun ja, ich habe ihn beleidigt und du hast ihn zu Tode erschreckt, also …«

»Unsinn! Mach dir keine Gedanken, es geht ihm gut, wo er jetzt ist.«

»Wirklich?«

»Nein! Keine Ahnung, wie es ihm geht. Erzähl mir, was du gemacht hast, nachdem Columban den Löffel abgegeben und dich in dem Sumpf allein gelassen hat.«

1180, das Jahr der Ratte

Ich hatte ein furchtbar schlechtes Gewissen, aber es gab nichts, was ich für Vater Columban tun konnte. Ich verstaute den Schädel meines Großvaters wieder in meine Tasche. Ich musste weiter, wenn ich in diesem stinkigen Sumpf nicht das Wechselfieber bekommen wollte.

Nach einem unbeholfenen Gebet für den Priester begann ich, mit bloßen Händen im feuchten Boden zu graben. Der Schweiß lockte Stechmücken an. Sie überfielen mich in Scharen und hinterließen juckende, leuchtend rote Stiche auf meiner Haut. Als das Grab tief genug war, ließ ich mich erschöpft auf den Hintern fallen.

Meine Hose machte Ratsch! Ich saß auf meinen nackten Gesäßbacken.

Der unangenehme Geruch, der vom Toten ausging, verstärkte sich mit jedem Moment. Mein Großvater hatte nach seinem Tod nach Laub und Erde gerochen. Die ersten Tage jedenfalls. Nach einem schuldbewussten Blick auf Vater Columban zog ich ihm die schwarze Kutte aus. Der Gestank nach faulem Fleisch traf mich wie eine Faust in die Magengrube.

Sein rechtes Bein war blut- und eiterverkrustet und grotesk geschwollen. Um seinen Oberschenkel war eine dornige Kette gewunden, die sich bis zum Knochen eingefressen hatte. Ich konnte mir nicht erklären, was ich sah. So schnell ich konnte, begrub ich ihn.

In seiner Tasche befand sich neben der Bettelschale auch ein Buch, das ich sehr gut kannte: eine lustige Liebesgeschichte. Ein unbekannter Mönch hatte die Seiten illustriert und beschrieben. Als ich noch klein war, hatte mich Vater Columban auf den Schoß genommen und mir die wunderschönen, vergoldeten Buchstaben am Anfang jedes Kapitels erklärt. So hatte ich lesen gelernt.

Vorsichtig steckte ich es zu Großvater Dylans Schädel in meine Tasche. Ich zog mir die Priesterkutte über das Hemd, entledigte mich der zerrissenen Hose und machte mich auf den Weg.

Die Stadt, die vor mir lag, erinnerte mich an die Anderswelt, wo in den Sagen Irlands die Feen lebten. Von Weitem sah es aus, als würden die Häuser auf glitzernden kleinen Wellen schweben. Das Licht spiegelte sich tausendfach auf dem Meer. Ich beschleunigte meine Schritte.

Ich kam aus dem Staunen nicht mehr heraus. Farbig leuchtende Boote glitten zwischen den Häusern durchs Wasser. Vater Columban hatte mir zu Beginn unserer Reise viel über Venedig erzählt. Er hatte sogar behauptet, ein geflügelter Löwe würde die Stadt beschützen. Ich kniff die Augen zusammen und spähte angestrengt in den Himmel. Wenn dort oben tatsächlich ein fliegender Löwe kreiste, wollte ich nicht von seinem Haufen getroffen werden. Während ich in den Himmel starrte, rempelte ich einen Mann an.

»Hey!«, rief er.

Sein Atem roch so stark nach rohen Zwiebeln, dass mir die Augen tränten. Er war klein und dick, hatte dunkle Haut und auf dem Kopf trug er etwas, das einem Kissen ähnelte.

Als er in einer kehligen Sprache eine Schimpftirade losließ, trat ein Riese mit pechschwarzer Haut an seine Seite. Der packte mich am Kragen und schüttelte mich, bis mir die Zähne klapperten. Es gelang mir, ihm zu entwischen, bevor er mich in den Kanal werfen konnte. Ich rannte durch die engen Gassen und schlug Haken wie ein Hase.

An einem Umschlagsplatz, wo es vor Menschen wimmelte, blieb ich keuchend stehen. Getreide, Gewürze,

Stoffballen und Weinfässer wurden aus Booten entla-
den. Verführerische Düfte kitzelten meine Nase. Wäre
ich nicht so ausgedörrt gewesen, wäre mir der Sabber
aus dem Mund gelaufen.

Händler aus aller Welt brüllten Befehle in verschiede-
nen Sprachen. Einige von ihnen sahen ähnlich aus wie
der Dicke mit dem Kissen auf dem Kopf. Auch hier pass-
ten schwarze Wachen auf, dass beim Umladen der Ware
nichts geklaut wurde.

Eingeschüchtert zog ich mich in einen Bogengang un-
ter einer Holzbrücke zurück. Drei grell geschminkte,
leicht bekleidete Frauen musterten mich neugierig. Ich
errötete bis zu meinen ohnehin schon feuerroten Haar-
spitzen, als eine der Damen mir zuzwinkerte. Beschämt
zog ich die Kapuze über den Kopf.

»Heute soll kein Mann Gottes Hunger leiden«, er-
tönte plötzlich eine fröhliche Stimme hinter mir.

Aufgebracht wirbelte ich herum und stand einem
Mann gegenüber, der in teures Tuch gekleidet war. Er
schaute mich mit zur Seite geneigtem Kopf an, als wäre
ich der Herrgott persönlich. Er ließ die Schultern hängen
wie unter einer schweren Last und blinzelte wie jemand,
der nicht gut sehen konnte. Doch sein Lächeln war
freundlich.

»Heute vor einem Jahr ist mein Vater gestorben. Seid
mein Gast und betet für seine Seele«, sagte er in einer
Sprache, die dem Lateinischen ähnelte.

Ich hörte Gast und mein Verstand gab seinen Dienst auf. Der Fremde zog mich in ein Gasthaus und bestellte Schweinepasteten und Wein.

»Mein Name ist Michele«, stellte er sich vor. »Ich bin ein Gelehrter. Mein Vater war Kaufmann und ich muss mich jetzt um die Geschäfte der Familie kümmern. Woher kommt Ihr?« Er sprach betont deutlich, sodass ich ihn recht gut verstand.

In diesem Moment brachte der Wirt das Essen und den Wein und mir blieb die Antwort erspart. Die dampfende Schweinepastete winkte noch verlockender als die Frauen unter den Bogengängen. Gerade hatte ich in das kochend heiße Gebäck gebissen, als mir auffiel, dass Michele mir eine Frage gestellt hatte. Ich war kurz versucht, den zu großen Bissen zurück auf den Teller zu spucken. Stattdessen stürzte ich den Becher mit Wein hinunter, um das Feuer in meinem Mund zu löschen.

»Waf?«, fragte ich mit Tränen in den Augen.

»Wie heißt Ihr?«, wiederholte Michele lächelnd.

»Äh ... John«, stammelte ich. »Ich heiße John.«

Er nickte und schenkte mir nach. Ich hatte noch nie zuvor unverdünnten Wein getrunken. Am liebsten hätte ich mich satt und zufrieden unter den Tisch gerollt und wäre dort eingeschlafen.

»Kommt«, sagte er. »Ihr seht erschöpft aus. Legt Euch in meinem Zimmer ein wenig hin. Ich habe noch ein paar Geschäfte zu erledigen.«

Er winkte dem Wirt und hakte mich unter, während mir bereits die Augen zufielen.

Als ich sie wieder öffnete, lag ich in einer Hängematte. Die Welt um mich schaukelte, und mein Kopf fühlte sich an, als würde mir mein bisschen Verstand aus den Ohren herauslaufen. Beim bloßen Gedanken an Pastete musste ich gallig würgen.

Hastig setzte ich mich auf und landete unsanft auf dem Boden. Meine Angst schlug in Panik um, als ich bemerkte, dass ich nichts anderes als mein zerrissenes Hemd am Leib trug.

»Endlich!«, sagte eine Stimme, die mir vage bekannt vorkam. »Ich dachte schon, ich hätte mir die ganze Mühe für einen Toten gemacht.«

Ich brauchte einen Moment, bis ich Michele wiedererkannte. Er lächelte zwar immer noch, sah aber deutlich anders aus. Jünger. Größer und kräftiger. Seine gebeugte Haltung war verschwunden, sein Blick war klar und wachsam.

Ich war auf einem Schiff, so viel war klar. Außer einer schmalen Pritsche und der Hängematte, von der ich gerade runtergefallen war, gab es in der engen, fensterlosen Kabine nicht viel.

Meine Augen schossen hin und her.

Auf dem Boden stand eine offene Truhe mit Kleidung. Zwei Waschschüsseln. Eine mit Wasser gefüllt, die andere leer. Ein Krug. Nichts, was sich gegen meinen breitschultrigen Entführer als Waffe benutzen ließ. Immerhin entdeckte ich unter der Pritsche meine Tasche und auch Vater Columbans Kutte.

Michele stand vor der Tür, sodass es aussichtslos war, auf Deck zu entkommen. Ich richtete mich vorsichtig auf und schon davon drehten sich die Wände um mich herum.

»Du wirst durstig sein«, meinte er und reichte mir einen Krug.

Tatsächlich fühlte sich mein Mund an, als hätte ich Sand gegessen. Gierig kippte ich das Wasser runter. Der Krug war schon leer, als mir in den Sinn kam, das Wasser könnte vergiftet sein. Michele lachte, als hätte er meine Gedanken gelesen.

»Trink ruhig. Es ist gewöhnliches Wasser. Mit nur wenig Wein versetzt, damit es rein bleibt. Aber für das nächste Mal: Nimm niemals Essen und Trinken von freundlichen Fremden an. Sonst landest du noch an einem wirklich schlimmen Ort.«

»Wo …?«, krächzte ich.

»Wir sind auf hoher See. Du kannst also nicht fliehen. Beantworte meine Fragen ohne zu lügen und wenn mir deine Antworten gefallen, kannst du mein Diener werden.«

Ich schnaubte. Ich versuchte es wenigstens, aber es klang eher wie das Fiepsen einer Maus.

»Wenn nicht, werfe ich dich über Bord«, fuhr er fort. »Hast du Vater Columban umgebracht?«

Ich war völlig überrumpelt von der Frage. Erschrocken rief ich: »Nein! Wo ... woher kennt Ihr Vater Columban?«

»Ich habe deine Tasche durchwühlt.« Sein Lächeln blieb. Meine Schultern sackten runter.

»Interessante Sachen hast du dabei, mein Junge! Freundlicherweise stand der Name Columban auf der Innenseite des Buchdeckels. Der Schädel war nicht angeschrieben. Also, hast du den Priester umgebracht oder hast du die Sachen bloß gestohlen?«

»Weder noch«, sagte ich so selbstsicher, wie ich konnte. »Ich bin ein Novize. Ich trug das Buch für Vater Columban. Und der Schädel ist eintausend Jahre alt. Er gehörte dem heiligen Patrick. Wir waren unterwegs in unser Kloster in Süditalien. Unser Orden ist sehr mächtig. Sie suchen mich bestimmt schon überall.« Die Lügen kamen mir immer einfacher über die Lippen.

Michele schaute mich verdutzt an. Dann brach er in ein schallendes Gelächter aus. »Beinahe hattest du mich, John!«, grinste er mit einer spöttischen Betonung des Namens. »Aber du hast ein paar Fehler gemacht.«

Er zählte meine Fehler an seinen Fingern ab, so wie es auch Vater Columban getan hatte. »Du hattest die Schuhe eines Bauern und die Kutte eines Priesters an, die dir beide zu groß sind. Ich habe noch nie was von einem Novizen gehört, der schulterlange Locken trägt und Nutten in den Bogengängen so unverschämt anglotzt.«

Ich versuchte unbeeindruckt dreinzuschauen. Aber Michele war noch nicht fertig mit dem Zählen seiner Finger.

»Und unter deinem Hemd trägst du statt eines Kreuzes ein heidnisches Amulett.«

Ich machte den Mund auf, doch er brachte mich zum Schweigen.

»Das Nächste, was aus deinem Mund kommt, ist besser keine Lüge, Lewellyn!«, sagte Michele eisig.

14

Rana - 1209, das Jahr der Schlange

Dem Bogenschützen fielen fast die Augen aus ihren Höhlen, als er Rana sah. Sie hatte nicht bemerkt, dass die Männer ihr Gebet beendet hatten. Sie hielt immer noch den Spiegel in der Hand und betrachtete ihre Brüste. Das Brabbeln der kleinen Su ersparte ihr weitere Peinlichkeiten. Hastig ordnete sie ihre Kleider und legte den Spiegel weg.

Gähnend stolperte Ak-Su aus dem Wagen, drückte die Kleine in die Arme ihrer Mutter und kroch gleich wieder zurück ins Bett. Rana hoffte, sie sähe nun aus wie eine respektable Großmutter, die zufällig mal ihre nackte Brust betatscht hatte. Der Bogenschütze ließ noch kurz seine Muskeln spielen, war aber auch nicht mehr richtig bei der Sache.

»Weißt du, was heute für ein Tag ist?«, fragte Rana das Baby. Su zog ihre Mundwinkel ein wenig unsicher nach oben.

»Dein erstes Lächeln!«, gluckste Rana. „Du hässliches Ding", fügte sie eilig hinzu. Zur Sicherheit klopfte sie auf das Holz des Wagens, um böse Geister zu vertreiben.

Heute waren es vierzig Tage seit Sus Geburt. Endlich konnte sie sie ohne Angst vor dem Fieber unter freien Himmel tragen.

Rana legte ihre Schätze vor sich auf den Boden: eine rote Schleife, ein kleiner Türkis, ein Stück roten Zuckers und ein Wolfsschädel. Sie hatte sie von der Mutter des

Bogenschützen bekommen. Die alte Hexe hatte dafür all ihre Hasenfelle verlangt.

Die Zeichen standen gut für Ranas Enkelin. Su war im Jahr der Schlange geboren, am längsten Tag des Jahres. Turkstämme, Mongolen und Chinesen nutzten denselben Tierkreis für ihren Kalender. Und alle waren sich einig: Wer im Jahr der Schlange zur Welt kam, galt als weise und schön.

Um sie herum packten die Familien schon ihre Sachen zusammen. Die kleinen Jurten waren schnell abgebaut und die großen hatten sie erst gar nicht aufgestellt. Gebetsteppiche mit leuchtend roten Granatäpfeln auf blauem Grund, zerbeulte Kochkessel, Kisten und Säcke wurden auf Kamele verladen.

Die schwangere Frau des Bogenschützen mühte sich mit ihren drei kleinen Kindern ab. Eines hatte sie auf den Rücken geschnallt, eines auf die Brust, das dritte zerrte an ihrem Rockzipfel und plärrte. Als sie Rana sah, spuckte sie auf den Boden.

»Da scheint jemand beleidigt zu sein«, schnurrte Ak-Bala vergnügt. »Entweder wegen der Wahrsagerei ... oder sie hat Wind von deiner nackten Brust bekommen. Das wäre ihrem Mann ähnlich.«

Rana zuckte mit den Achseln. Sie wartete ungeduldig, bis sich die Karawane der Uiguren in Bewegung setzte. Sobald auch der Bogenschütze mit seinem Pferd verschwunden war, zündete sie ein paar trockene Äste an und schickte ein stilles Dankgebet an Mutter *Od*, die Göttin des Feuers. Heute wollte sie die Rituale zum vierzigsten Tag vollziehen.

Als das Feuer groß genug war, stellte sie den mit Wasser gefüllten Kessel vorsichtig in die Flammen. Erst dann weckte sie ihre Tochter. Nach kurzem Suchen fand sie zwischen ihren Kräutern im Wagen die duftende Seife.

Asena kam mit geröteten Wangen von ihren morgendlichen Übungen zurück und ließ sich neben ihnen auf den Boden fallen.

»Du hässliches Ding!«, begrüßte sie die Kleine kichernd.

Su antwortete mit einem zahnlosen Lächeln. Rana löste ein Stück roten Zucker in Wasser auf. Den Türkis hatte sie schon in ein kleines, dreieckiges Beutelchen eingenäht und an einem Seidenfaden befestigt. Sie wusste, dass das Fieber, das so viele Mütter und Neugeborene dahinraffte, nichts mit der bösartigen *Al-Basti* zu tun hatte. Trotzdem konnte es nicht schaden, die Dämonin zu besänftigen.

Ak-Bala rollte sich neben Su zusammen und leckte sich die Pfoten. »Soll ich Su auch putzen?«, fragte sie.

Rana schüttelte lächelnd den Kopf. Sie mischte kaltes mit heißem Wasser, nahm den Wolfsschädel und hielt ihn über das Köpfchen des Babys. Während sie das Wasser durch den Schädel fließen ließ, stimmte sie einen Gesang an. Ohne auf Sus Geschrei zu achten, zählte sie vierzig Schalen Wasser ab, bevor sie die Kleine in ein sauberes Tuch wickelte. Dann half sie ihrer Tochter Ak-Su, sich zu waschen.

Zum Schluss zog sie sich selbst aus. Zweimal schäumte sie ihr Haar, bis es wieder seidig glatt war, dann seifte sie sich gründlich ein. Erst jetzt wurde ihr bewusst, wie sehr sie gerochen haben musste.

Früher, als sie allein unterwegs waren, hatten sie sich immer an einem Fluss reinigen können. Ihre Lehrerin Baianai hatte sogar ein Dampfzelt besessen. Sie hatten es mit heißen Steinen gefüllt und diese dann mit Wasser übergossen, das mit duftendem Wacholder oder Sandelholz versetzt war.

Wenn das alles vorbei war, und sie ihre Truhe wieder hatte, würde sie sich auch ein Dampfzelt bauen. Das schwor sie sich.

Dank der gierigen Mutter des Bogenschützen hatten Ranas Ersparnisse nur für ein einziges Kleid gereicht. Ak-Su würde es bekommen, damit der Geruch der Geburt die bösen Geister nicht anlockte. Oder auch die Fliegen und das Ungeziefer. So zog sich Rana ihr verschwitztes, staubiges Gewand wieder an.

Als ihr Blick auf Asena fiel, bekam sie ein schlechtes Gewissen. Asena hatte schon in der Höhle versucht, die Blutflecken von ihrem Kleid wegzuwaschen, aber sie waren noch immer sichtbar.

»Komm, es hat noch genug Wasser, ich helfe dir mit den Haaren«, ermutigte sie Asena, aber das Mädchen schüttelte störrisch den Kopf. Als Rana nicht nachgab, entriss sie ihr den Kessel und die Seife. Trotzig stapfte sie hinter einen Baum.

»Warte nur, bis du gebären musst. Da vergeht dir deine Scham!«, rief ihr Ak-Su nach.

Rana legte Su das Amulett um und band die rote Schleife um ihre Stirn. Dann reichte sie ihrer Tochter das süße, rote Getränk der Wöchnerinnen. Ak-Su schmatzte mit den Lippen.

»Schon dafür hat sich das Gebären gelohnt«, meinte sie. Großzügig gab sie die Schale an Asena weiter, die inzwischen mit leerem Kessel, aber kein bisschen sauberer, zurückgekehrt war.

Um von sich abzulenken, kniete sie sich neben Su und neckte das Baby. »Was für eine schöne Schleife du trägst!«

»Sie schützt vor der bösen Dämonin *Al-Basti*«, erklärte Rana. Mit scherzhaft verstellter Stimme fuhr sie fort: »Die Dämonin hat ein hässliches Gesicht und rote Haare. Sie stiehlt Neugeborene und frisst sie. Manchmal tauscht sie sie auch gegen ihre eigenen Kinder aus.«

Dann sprach sie wieder mit ihrer normalen Stimme: »Die rote Schleife und das Amulett beschützen die kleine Su. Und den süßen, roten Sherbet kann Al-Basti nicht ausstehen.«

Lachend wandte sie sich an Asena. »Du kennst sicher diese Geschichten um die rothaarige Dämonin.«

Doch das Mädchen schaute sie so entsetzt an, dass Ranas Lachen verstummte. »Schon gut«, murmelte sie unsicher. »Es sind nur dumme Ammenmärchen.«

Asena rannte davon.

»Ach, lass sie. In dem Alter sind alle Mädchen so«, erklärte Ak-Su altklug.

Rana hätte gern noch mit ihrer Trommel ihren Ahnen und spirituellen Helfern gedankt, doch die Zeit drängte. Sie packten ihre Sachen und brachen auf, bevor es zu heiß wurde.

15

Khünbish - 1209, das Jahr der Schlange

Hauptmann Khünbish sah im Licht der Abendsonne eine Karawane, hielt sie aber für ein Trugbild – wie so vieles in den letzten Tagen. Manchmal glaubte er, von einer Wölfin verfolgt zu werden. Dann erschien ihm ein Mädchen, das ihn verspottete.

In der vergangenen Nacht hatte er von der Hexe mit dem Stumpen zwischen den eingefallenen Lippen geträumt. Aus ihrer aufgeschlitzten Kehle war Blut gespritzt. Sie hatte ihm ihre schlaffen Euter und ihr welkes Geschlecht gezeigt, sich über sein Gesicht gebeugt und mit ihrem zahnlosen Mund seine Wunde und sein Leben ausgesaugt.

»Ich verfluche dich und deine Nachkommen!«, hatte sie gesungen.

Khünbish war schreiend erwacht. Die Wunde an seiner Wange war wieder aufgebrochen. Blut und Eiter liefen heraus.

Er wusste nicht mehr, wie lange es her war, seit das verfluchte Mädchen ihn verwundet hatte. Er hatte die Salben und Zauber verschiedenster Hexen ausprobiert. Die erste, die mit dem Stumpen, war noch die beste gewesen. Er bereute, dass er sie umgebracht hatte. Die letzte Hexe, der er begegnet war, hatte ihm tagelang Tinkturen auf das Gesicht geschmiert, die nach Pferdepisse gestunken hatten. Eines Abends hatte er herausgefunden, dass es tatsächlich Pferdepisse war. Auch diese Hexe lebte jetzt nicht mehr.

Er hörte das Donnern der Hufe hinter sich und drehte sich misstrauisch um. Eine Staubwolke näherte sich rasch. Als sie sich legte, erkannte er Soldaten des Khans. Sie zügelten ihre Pferde und brachten sie neben ihm zu stehen. Ihre angewiderten Minen bei seinem Anblick wurden nur noch vom beißenden Spott übertroffen, als sie den Inhalt seiner Truhe sahen.

»Weiberkleider?«, rief der Anführer nach einem flüchtigen Blick hinein. Alle Augen richteten sich auf Khünbish.

»Ein Geschenk für die Hofdamen des Großkhans«, knurrte er durch zusammengepresste Zähne.

Der Anführer machte sich nicht einmal die Mühe, sein Grinsen zu verbergen. Er wies auf die Wagenkolonne und das weiße Kamel, die den Soldaten auf ihren Pferden folgten.

»Wir bringen die Hochzeitsgeschenke aus den Dörfern nach Karakorum. Wir legen deine Truhe zu den übrigen Gaben.«

Khünbish wusste, dass die Truhe nicht viel von Wert enthielt. Außerdem war sie schwer. Doch aus irgendeinem Grunde wollte er sich nicht von ihr trennen. Sie gehörte einer Hexe. Er hatte sie in einem Wagen am Rande der Wüste gefunden. Nicht verlassen, sondern versteckt. Als würde die Besitzerin in der Nähe lauern. An eben jener Stelle war das Mädchen verschwunden, das ihm das alles angetan hatte. Dort hatte auch die Wölfin die Leiche davongetragen.

Er wünschte, er hätte ihr schönes, weißes Pferd behalten können. Aber der Schimmel war weggerannt. Und alles, was ihm von dieser langen Reise geblieben war, weit entfernt von seinem Regiment, war die Truhe.

Khünbish hatte den Inhalt kaum angerührt, weil er das Gefühl hatte, die Truhe würde ihn zu dem Mädchen führen. Ein einziges Tuch, bestickt mit einer Hirschkuh, hatte er gegen einen Krug mit Airag und Brot eingetauscht. Und ein paar Bilder von Tempelhuren. Für die hätte ihm ein Tadschike all seine Weiber und deren Mütter überlassen. Khünbish hatte sich mit seinem Traubenwein begnügt.

Der Hauptmann warf einen letzten, verzweifelten Blick auf die Truhe. Doch er hatte keine Wahl. Die Soldaten nahmen sie mit und ritten weiter. Bald waren sie am Horizont verschwunden.

Khünbish wandte sich wieder der Karawane zu, die er zuvor für ein Trugbild gehalten hatte. Er trieb sein Pferd mit der Peitsche an und hielt erst an, als er ihr Banner im aufgewirbelten Staub erkennen konnte: ein Kreuz mit acht Spitzen und einem Drachenkopf.

Ihm kamen etwa dreißig Kamelreiter entgegen. Es war unmöglich zu sagen, ob es Männer oder Frauen waren – für Khünbish sahen sie alle gleich hässlich aus. Sie trugen lange Gewänder in Braun- und Grautönen, ihre Gesichter vom Staub verwittert, ihre Augen schmal vor Misstrauen. Auch die Kamele waren in farblich abgestimmte Decken gehüllt.

Die Reiter hielten an und starrten auf Khünbish herab. Nicht feindselig, eher wachsam – als hätten sie etwas zu verbergen.

Jetzt erinnerte sich Khünbish an das Banner. Das mussten Onguden sein – die Mauermenschen, die jenseits der Gobi lebten. Vor einem Jahr hatte eine Tochter Dschingis Khans einen ihrer Anführer geheiratet. Ohne all das Getue, wie jetzt.

Khünbish fragte sich schon, ob die Steingesichter sprechen konnten, als ein kleines Männchen die Stimme erhob. Er musste so etwas wie ein Ältester sein.

»Sie haben es mitgenommen. Ein Prachtstück! Der Stolz meines Stammes, das Licht meines Auges«, begann er.

Khünbish dachte erst, es gehe um ein Mädchen, das die Soldaten verschleppt hatten.

»Es war ein Geschenk für die Mutter des Großkhans. Weiße Kamele sind selten, sehr selten. Wir sind verwandt mit ihm, müsst Ihr wissen. Unser Fürst ehelichte die Lieblingstochter Dschingis Khans, und ...«

Der Alte hätte wohl noch die ganze Nacht weitergeredet, doch Khünbish setzte ihm das Messer an den dürren Hals. Trotz der kehligen Aussprache, die mehr an das Rülpsen eines Kamels erinnerte, verstand er jedes Wort.

»Ich brauche eine Hexe«, zischte er.

Ein Pferdewagen, der hinter den Kamelen hergezogen war, blieb in diesem Moment neben ihnen stehen. Ein junges Mädchen sprang herab und klopfte sich den

Staub von den Kleidern. Der Alte führte Khünbish zum Wagen.

»Ummaya!«, krächzte er.

Khünbish schob ihn grob beiseite und riss die Tür auf. Ein verhutzeltes Weib schaute ihn mit trüben Augen an und deutete wortlos auf die Holzpritsche. Khünbish ließ sich nieder.

Die Alte beugte sich vor, als wolle sie, wie die andere Hexe, seine Wunde aussaugen. Doch sie tastete nur seine Wange ab und murmelte unverständliche Worte.

Das junge Mädchen trat ein. »Ummaya«, rief sie aufgeregt. »Mongolen ...« Ihr Blick fiel auf das Gesicht des Hauptmanns.

»Oh!«

»Nargiza, steh nicht herum!«, schnarrte die Hexe. »Gib mir die Flasche mit dem Opium.«

Das Mädchen wühlte zwischen Tiegeln, Fläschchen und Töpfen, griff schließlich nach einer kleinen braunen Flasche. Die Hexe riss sie ihr ungeduldig aus der Hand und goss den gesamten Inhalt in eine Schale.

»Er wird es brauchen«, grummelte sie.

Khünbish war es egal, welches Gift sie ihm gaben. Hauptsache, es nahm ihm die Schmerzen. Er leerte die bittere Flüssigkeit in einem Zug.

Ummaya hatte inzwischen Feuer gemacht und hielt ein Messer in die Flammen. Khünbish spürte eine wohlige Entspannung, ähnlich wie nach dem Genuss von Traubenwein. Er griff nach der Hand des Mädchens.

»Nargiza«, lallte er. »Schöne Nargiza ...«

Ummaya gab ihrer Helferin ein Zeichen. Das Mädchen drückte sich in die enge Lücke hinter der Bank und hielt den Kopf des Mannes fest. Die Hexe schob ihm ein Stück Holz zwischen die Zähne, dann setzte sie das glühende Messer an die Wunde.

Khünbish hörte sich schreien – und versank in eine dankbare Dunkelheit.

16

Lewellyn - 1209, das Jahr der Schlange

»Endlich! Ich dachte schon, du machst nie mehr Rast. Wo sind wir überhaupt?«, rief Dylan.

Im flackernden Licht des Feuers konnte man meinen, er werfe misstrauische Blicke um sich. »Es war so heiß. Ich traute mich gar nicht zu fragen, aber ich war nicht etwa in der Hölle, mit der mir Columban immer gedroht hat, oder?«

Lewellyn lachte. »Wir sind nördlich der Wüste Gobi.«

»Hm.« Dylan schien zu überlegen. »Und was hast du jetzt vor, da du Asena gefunden hast?«

»Ich folge ihr. Unauffällig.«

»Ach! Und dann springst du irgendwann um die Ecke und rufst: „Buh! Ich bin dein Vater", oder was?«

»Diesen Teil könntest du übernehmen, Großvater«, erwiderte Lewellyn lachend. »Nein … ich weiß auch nicht. Ich warte auf eine Gelegenheit.«

»Du hattest deine Gelegenheit. Warum hast du nichts gesagt?«

»Ich habe nicht damit gerechnet, sie tatsächlich zu finden. Ich war überrumpelt. So einfach ist es nicht, Großvater.«

»Glaub mir, es wird nicht einfacher«, seufzte der alte Mann. »Erzähl weiter, mein Junge. Du warst auf diesem

Schiff ... Ich stelle mir den kühlen Wind auf hoher See vor.«

1180, das Jahr der Ratte

»Ich heiße John«, behauptete ich.

Meine Selbstsicherheit war deutlich ins Wanken gekommen. Michele packte mich am Kragen meines Hemdes. »Lass mich los!«, tobte ich und versuchte, nach ihm zu treten. »Warum hast du mir die Kutte ausgezogen? Bist du ein Perverser, der auf Knaben steht?«

Michele war so verdutzt, dass mir ein harmloser Tritt gegen sein Schienbein gelang. Er nahm mich sofort in den Würgegriff.

»Beruhige dich!«, sagte er. »Ich habe sie waschen lassen. Es ist schlimm genug, mit jemandem die enge Kabine zu teilen, der wie ein Wüsteniltis riecht. Aber deine Kutte hat gestunken wie die Jauchegrube einer ganzen Armee.« Er lockerte seinen Griff ein wenig. »Als ich versuchte, dich zu wecken, hast du rumgeschrien, du würdest Lewellyn heißen, nicht John. Dann hast du angefangen, mich wie ein Hexenmeister zu verfluchen. Auf Gälisch, rate ich mal.«

Mein Körper fiel kraftlos zusammen, und ich begann zaghaft zu erzählen. Michele beobachtete mich aufmerksam und nickte verständnisvoll, als ich vom Tod meines Großvaters berichtete.

»Ich lag sechs Tage lang neben meinem Großvater, bevor ich ihm den Kopf abgetrennt und ihn auf dem Scheiterhaufen verbrannt habe.« Ich schaute ihn trotzig an. Michele nickte wieder.

»Die Kraft des verstorbenen Druiden geht auf diese Art auf seinen Nachfolger über.« Obwohl bisher nichts dafürsprach, hoffte ich, dass ich Michele beeindruckt hatte.

»Ich glaube, Vater Columbans Tod ist doch meine Schuld«, sagte ich dann kleinlaut. »Wir hatten einen Streit. Großvaters Schädel rollte aus meiner Tasche, Vater Columban fiel vor Schreck um und starb. Aber er hatte auch eine hässliche Verletzung am Oberschenkel.«

»Was für eine?«, fragte Michele neugierig. Nachdem ich ihm die dornige Kette beschrieben hatte, pfiff er durch die Zähne.

»Ein Bußgürtel!«, erklärte er. »Fanatiker tun so was. Dein Vater Columban muss sich wegen irgendwas bestraft haben. Wahrscheinlich hatte er gesündigt. Eine Frau begehrt, angefasst oder mehr. Es war nicht deine Schuld, dass er gestorben ist.«

Michele betrachtete mich von Kopf bis Fuß und wieder zurück, als wollte er mich verspeisen und wusste nicht, an welchem Ende er anfangen sollte.

»Wie alt bist du?«

»Vierzehn.«

Er nickte. »Wir müssen etwas mit deinen Haaren machen. Du leuchtest wie ein Signalfeuer, so erkennt man dich überall wieder«, sagte er nachdenklich.

»Wir könnten dir den Kopf rasieren, dann wärest du auch deine Läuse los. Andererseits könntest du mit den langen Haaren im Notfall als Mädchen durchgehen. Am *besten färben wir sie schwarz. Aber fürs Erste trägst du die Priesterkutte und lässt die Kapuze immer auf. Und senk den Blick. Es gibt nicht viele Menschen mit grünen Augen. Du musst lernen, dich unsichtbar zu machen.«*

Ich hörte Micheles Wortschwall zu und kam zu dem Schluss, dass er wohl Bilsenkraut geraucht haben musste. Das machte Menschen wirr im Kopf.

»Lügen kannst du zum Glück schon«, sagte Michele wie zu sich selbst. »Sprachbegabt scheinst du auch zu sein. Vielleicht kann ich dir Lesen und Schreiben beibringen. Dumm bist du vermutlich nicht.«

»Ich kann lesen und schreiben!«, protestierte ich.

Michele klatschte mit einem überraschten Schrei in die Hände und vollführte eine Art Freudentanz.

»Bilsenkraut oder Stechapfeltee«, überlegte ich.

Nach einer Weile beruhigte er sich. »Es tut mir leid, dass ich dich betäubt und entführt habe«, sagte er unbekümmert. »Ich musste Venedig überstürzt verlassen, und ein kranker Priester als Begleitung war einfach die perfekte Tarnung. Außerdem brauche ich wirklich einen Gehilfen. Wer weiß, wenn du dich bewährst, darfst du vielleicht sogar mein Lehrling werden. Der letzte ... ist verschwunden.«

»Lehrling wofür?«, fragte ich misstrauisch. Und verschwunden klang auch nicht gut.

»Ich erkläre dir alles später«, sagte Michele ausweichend.

Er nahm aus seiner Truhe ein weißes Unterhemd, Beinkleider und ein großes Kreuz an einer Kette. Dann zeigte er auf die beiden Schüsseln auf dem Boden und drückte mir einen gräulichen Klumpen, eine kleine Schale mit Öl und eine Bürste in die Hand – vermutlich für ein Pferd gedacht.

»Wasch dich. Gründlich. Vor allem deine Haare. Ich will gar nicht wissen, was alles in diesem Filz herumkrabbelt. Dein Hemd werde ich später ins Meer werfen, leg es so lange auf den Boden. Ich gehe jetzt raus, bevor du wieder auf komische Ideen kommst.«

Misstrauisch musterte ich den Klumpen in meiner Hand. Er roch wie das, was mein Großvater den Hunden, seinem Pferd und auch seinem Enkel gegeben hatte, wenn sie einen geblähten Bauch und Koliken hatten. Sie schissen dann ein paar Tage lang blutigen Schleim und Würmer, nachher ging es ihnen aber wieder gut.

»Warte«, rief ich, als Michele schon halb aus der Tür war. »Wohin segeln wir?«

»Konstantinopel«, antwortete er und schloss die Tür hinter sich ab.

17

Bevor es für eine Weiterreise zu dunkel wurde, stießen Rana und die Mädchen auf eine Karawane. Rana wollte die Nacht nicht ungeschützt verbringen. Sie trieb die Pferde an und holte die hinterste Reihe der Kamele ein.

Die Reiter trugen vornehme, weich fallende Gewänder aus feiner Kamelwolle und chinesischer Seide. Ein Banner mit einem achtspitzigen Kreuz und einem Drachenkopf flatterte im Wind. Rana erinnerte sich: Die Onguden führten solche Zeichen.

Sie war mal mit ihrer Lehrerin Baianai durch ihr Land südlich der Gobi gereist. Um ihre Stadt Olon Süme, was „viele Klöster" bedeutete, zog sich eine Mauer, so hoch wie fünf Soldaten. Deshalb nannte man sie Mauermenschen. Und auch, weil sie so viel Charme versprühten wie eine Steinmauer.

Rana beschloss, sich nicht einschüchtern zu lassen. »Seid gegrüßt!«, rief sie mit klarer Stimme.

Die Männer und Frauen auf ihren Kamelen blickten herab.

»Wir bitten um Gastrecht für die Nacht. Ich bin Schamanin.«

Die Onguden steckten die Köpfe zusammen und berieten sich. Einer der Männer stieß ein Geheul aus, ein wildes *Uhh lu lu lu lu lu lu!*, und preschte nach vorn.

Kurze Zeit später kehrte er zurück. Ihm folgte ein Kamel, auf dem ein kleiner, alter Mann und ein verhutzeltes Weib saßen.

»Seid willkommen, Schamanin!«, krächzte der Alte. Er sprach mit den harten, forschen Silben der Onguden. Rana musste sich anstrengen, um ihn zu verstehen.

»Die alte Ummaya ist tot«, fuhr er fort, ohne Einleitung.

Rana hatte keine Ahnung, wovon er sprach. Sie wartete auf weitere Erklärungen, doch die Onguden schwiegen.

»Diese Ummaya ... war sie eure Schamanin?«, fragte sie schließlich vorsichtig. Die Männer nickten nur, ihre Gesichter so unbeweglich wie Runensteine.

»Hatte sie keine Schülerin? Keine Nachfolgerin?«, hakte Rana nach. Sie hatte keine Lust, irgendeiner Hilfshexe auf die Füße zu treten.

Die Mauermenschen steckten wieder die Köpfe zusammen. Rana bekam langsam einen steifen Nacken vom Hinaufschauen. Außerdem stanken die Kamele. Auch die Mädchen wurden ungeduldig und wollten am liebsten weiterfahren.

Da sagte der Alte plötzlich: »Ja!« Gleichzeitig rief die runzlige Frau, die sich an ihn klammerte: »Nein!«

»Nur eine ... aber die ist ...«, murmelte der Alte. Mehr verstand Rana nicht, aber es klang verächtlich. Sein Weib spuckte auf den Boden.

Rana hob eine Augenbraue. Sie war neugierig, was die Frau verbrochen hatte, aber die Müdigkeit kroch ihr schon bis in die Knochen. Sie folgte den Onguden zu ihrem Lagerplatz für die Nacht.

Am nächsten Morgen fragte sie ein paar Kinder nach der Helferin der Schamanin. Sie zeigten auf den einzigen Pferdewagen im Lager: alt, schief und von der Sonne gebleicht, eine winzige Hütte auf Rädern.

Zwei Männer standen mit verschränkten Armen und gereizten Blicken davor. Rana trat näher und klopfte an die Tür. Als keine Antwort kam, versuchte sie einzutreten. Aber jemand oder etwas stemmte dagegen. Die Tür knarzte, dann gab sie plötzlich nach und wurde beinahe aus den Angeln gerissen. Ein Mädchen im Alter von Ranas Tochter saß auf ihrem Hintern und schaute sie mit geweiteten Augen an.

»Wer bist du denn?«, fragte das Mädchen.

Rana lächelte schräg. »So wie es aussieht, bin ich deine Rettung«, antwortete sie. »Ich bin Schamanin. Und Heilerin.«

Die Schultern des Mädchens entspannten sich ein wenig. Sie hatte ein hübsches Gesicht mit vollen Lippen, breiter Stirn und einem schmalen Kinn mit einem Grübchen. Ein Goldring zierte einen ihrer Nasenflügel. Ihr Kleid war aus Kamelwolle und Seide, aber abgenutzt und voller Flicken – ungewöhnlich für die Onguden. Sie waren stolz auf ihre kunstvoll gewebten Gewänder. Das Geheimnis ihrer Herstellung hüteten sie wie ihre Augäpfel.

»Kannst du Bleigießen?«, fragte das Mädchen hoffnungsvoll.

»Weißt du, warum die Männer hier sind?«, fragte Rana zurück.

»Außer, dass sie mir an die Wäsche wollen, meinst du?« Das Mädchen schnaubte verächtlich. »Keine Ahnung. Ich verstecke mich seit gestern hier drin. Wie sehen sie denn aus?«

»Der eine dick, der andere lang. Beide nicht mehr jung. Der Lange reibt sich den Bauch, als hätte er Schmerzen.«

»Ein Fetter mit Froschgesicht und Goldzähnen? Der will, dass ich ihm die Zukunft lese. Der Lange ..., weiß nicht ...« Sie warf einen nervösen Blick zu den Elixieren auf dem Gestell. »Ummaya starb vor ein paar Tagen im Schlaf. Sie war in letzter Zeit verwirrt und ihr Augenlicht trüb. Eigentlich war sie blind wie ein Blödauge.«

Rana schaute das plappernde Mädchen verständnislos an. Sie sprach weicher, melodischer als die Onguden, denen sie bis jetzt begegnet war.

»Blödauge. Du weißt schon, wie die blinde Wüstenschlange«, erklärte sie. »Ummaya hat die Elixiere durcheinandergebracht. Ich habe keine Ahnung mehr, was wo drin ist. Ich glaube, ich habe ihm ein Abführmittel gegeben.« Sie kicherte nervös. »Geschieht ihm recht. Die zwei alten Ziegenböcke haben Ehefrauen, die ihre Enkelinnen sein könnten.«

Die Männer begannen, schimpfend gegen die Wagentür zu poltern.

»Also gut«, sagte Rana leise. »Hast du schon mal Blei gegossen?«

Das Mädchen schüttelte den Kopf.

»Macht nichts. Du bedeckst den Kopf und das Gesicht des Mannes mit einem Tuch. Das sei zum Schutz vor Verbrennungen, falls das Blei beim Schmelzen spritzt, sagst du. Du bringst das Blei zum Schmelzen, dann …«

Das Gepolter wurde so laut, dass der Rest unterging. Schnell griff Rana nach ein paar Fläschchen, öffnete sie und schnüffelte daran.

»Gegen Durchfall nimmst du Kohlestaub und Opiumtropfen. Übrigens …«, flüsterte sie. »Du liegst nie falsch, wenn du den Männern etwas gibst, was ihre Kraft im Ehebett steigert.«

Für mehr blieb keine Zeit. Die Tür flog auf und der Dicke zwängte sich herein.

»Setz dich«, befahl die junge Heilerin forsch. Bevor er etwas sagen konnte, hatte sie ihn auf einen Hocker gedrückt und ihm ein rotes Tuch mit Brandflecken über den Kopf geworfen.

»Zu deinem Schutz, edler Herr, damit du dich nicht verbrennst«, erklärte Rana.

Der Mann grunzte zufrieden. Das Mädchen goss Öl in ein kleines Gefäß. Geschickt schlug sie zwei Feuersteine aneinander und entzündete damit ein Stück Holz. Sobald sie das Holz ins Öl tauchte, fing es Feuer. Sie schaute Rana fragend an. Rana legte wortlos einen Bleiklumpen in eine Kelle und hielt sie über die Flamme. Als das Blei geschmolzen war, goss sie es ins Wasser. Es zischte und qualmte im Wagen.

Ungeduldig riss der Mann das Tuch von seinem Kopf. Die junge Heilerin betrachtete die Figuren auf dem Boden der Schale.

»Hmm ... das hier ist eine Knoblauchkröte.« Sie zeigte auf das größte Stück. »Männliche Kröten sind bekannt für ihre ... Manneskraft.« Ihre Stimme wurde tief und geheimnisvoll.

Hinter dem Rücken des Mannes schüttelte Rana warnend den Kopf. Doch das Mädchen war nicht mehr zu bremsen.

»Und diese zwei hier ...«, flüsterte sie. Er beugte sich über die Schale.

»Kleine Kröten!", rief sie plötzlich – laut wie ein Peitschenschlag. Der Mann fuhr zusammen.

»Leg dich zu deinem Eheweib, sie verzehrt sich nach dir. Aber wasch dich vorher, du stinkst schlimmer als diese Kröten.«

Sie warf den verdutzten Patienten aus dem Wagen. Kaum war er draußen, presste sie beide Hände auf den Mund, um nicht laut loszulachen. Rana zwang sich, ohne großen Erfolg, ernst zu bleiben.

Sobald sie sich beruhigt hatten, rief das Mädchen den zweiten Mann herein und ließ sich die Zunge zeigen. Nachdenklich legte sie die Stirn in Falten und fragte ihn, wann er das letzte Mal bei seinem Weib gelegen habe.

Der Mann fasste sich gequält an seinem Bauch, aus dem Geräusche kamen, als hätte er einen fauchenden Tiger verschluckt.

Als er hinausrannte, raunte Rana: »Gib ihm einfach den Kohlestaub und die Opiumtropfen!«

Das Mädchen zeigte Erbarmen mit dem Mann und gab ihm die Medizin.

»Die Heilerin ist jetzt müde, Herr. Aber kommt morgen wieder, dann wird sie euch weiter behandeln«, sagte Rana, bevor er mit dem Pulver und den Tropfen wegging.

»Du musst Kranke zur Kontrolle bestellen. So kannst du sehen, ob deine Behandlung genützt hat. Und: Verlange immer etwas für deine Bemühungen. Was nichts kostet, ist nichts wert«, erklärte sie.

»Bis jetzt war ich froh, dass sie mich nicht verprügelten«, antwortete das Mädchen grinsend. »Ich heiße übrigens Nargiza.«

»Komm mit, du kannst mit uns essen. Ich erkläre dir nachher, wofür deine Elixiere sind«, sagte Rana. »Ich denke, du bist ein Naturtalent.«

Nargiza errötete, dann fiel sie ihr um den Hals. Rana wand sich wie ein Wurm. Als sie die Tränen des Mädchens bemerkte, klopfte sie ihr unbeholfen auf die Schulter, als wäre sie ein braves Pferd.

18

Rinpoche - 1209, das Jahr der Schlange

Die Mönche huschten durch das dunkle Tal. Nur manchmal war das leise Klatschen eines nackten Fußes, das Klacken einer Hundepfote oder das Schnaufen eines Yaks zu hören. Sonst bewegte sich die Gruppe geräuschlos. Sogar die Herde Wildesel, die an den Mönchen vorbei zu einer Wasserstelle trabte, schien sie nicht zu bemerken.

Als die ersten Sonnenstrahlen auf die Bergketten im Westen fielen, leuchteten die Gesteinsschichten in allen Farben des Regenbogens auf. In der Nacht hatte es geregnet und den Staub von den Felsen weggespült.

»Halt!«, rief Rinpoche.

Er zeigte auf den Rauch, der von einer Berghöhe aufstieg. Die Mönche änderten ihren Kurs in diese Richtung und geschickt wie Bergziegen kletterten sie die Felswand hinauf.

Die Luft füllte sich mit dem Duft brennender Blätter und Zweige eines Wacholderbusches. Dawa lächelte. Er vergaß immer wieder, was für ein begabter Seher Tenzin Rinpoche war. Zusammen mit ein paar Mönchen hatte sich der alte Lama vor Jahren in die verschlungenen Höhlen im Bauch dieses Berges zurückgezogen und verließ sie kaum noch. Trotzdem wusste er immer, wenn Besuch kam und begrüßte ihn mit *Sang*, dem Rauchopfer.

Dawa Rinpoche seinerseits wusste, dass er seinen alten Meister um diese Stunde in der Heißwasserquelle antreffen würde. Er folgte den violetten Safranblüten und fand den alten Lama genüsslich wie ein Wasserbüffel in den nach Schwefel stinkenden Dämpfen sitzend. Tenzin hatte sein Gewand neben einen mit Raupenpilzen gefüllten Korb gelegt. Dawa verbeugte sich vor seinem Lehrer.

»Dawa!«, krächzte Tenzin Rinpoche. »Komm, mein Junge!« Er platschte einladend auf das Wasser. Dawa wand sich vor Verlegenheit. Es war respektlos, sich vor seinem Lehrer zu entkleiden. Schließlich tauchte er mit seinem Gewand in das Becken. Beinahe wäre er schreiend wieder rausgesprungen. Das Wasser war kochend heiß.

Er machte die Augen zu. Wie so oft in den letzten Tagen, musste er an Alma denken. Die wunderschöne, stolze, störrische Alma.

Mipham, sein bester Freund, sein Bruder mit den großen, runden Augen und der fremden Sprache, hatte Alma in sein Leben gebracht. Und sein anderer Bruder, der junge Löwe mit den roten Haaren, der Verräter, hatte sie ihm wieder genommen.

Rinpoche erinnerte sich an das, was er in der Vision seiner Mutter gesehen hatte. Ein Löwe folgte Asena. Könnte es sein, dass er …?

Seine Gedanken schweiften zu der Schamanin, die er ebenfalls in der Vision gesehen hatte. Eine willensstarke Frau mit Schalk in ihren Mandelaugen. Und, na ja, wohlgebaut, temperamentvoll und mit vollen Lippen. Rinpoche schüttelte den Kopf, um ihn freizukriegen. Und da war Nima, seine Mutter. Er hatte sie im Stich gelassen.

»Bist du fertig mit deinem Gejammer?«, fragte Tenzin Rinpoche.

Dawa fühlte sich wie ein kleiner Junge. »Ich habe gar nichts gesagt, Rinpoche!«

»Du denkst so laut, dass mir die Ohren dröhnen!«

»Ich habe an meine Mutter gedacht«, gab er zu. Seine Gedanken an Alma und die Schamanin behielt er für sich, obwohl er sicher war, dass Tenzin Rinpoche sie lesen konnte. »All diese Jahre habe ich ihr nachgetragen, dass sie mich weggegeben hat.« Die Trauer presste sein Herz zusammen, als er die Worte aussprach.

»Schuld, Scham, Wut ... Du hältst dich daran fest wie eine Filzklette.«

»Ich bin der schlechteste Rinpoche aller Zeiten!«, platzte es aus Dawa heraus. »Ich sollte ein Vorbild sein. Ich kenne unseren Weg besser als alle anderen Mönche. Er ist mir sogar auf den Leib tätowiert.«

»Hmm«, brummte der alte Lama und neigte sich vor. Er schaute sich die heiligen Schriftzüge an Dawas Hals an, als hätte er sie noch nie zuvor gesehen.

»Sogar während Ihr mir den Rücken tätowiert habt, dachte ich an nackte Frauen.« Dawa schoss bei seinem Geständnis die Schamesröte ins Gesicht.

Mipham hatte damals irgendwo die Zeichnung einer nackten Tänzerin aufgetrieben. Der Künstler hatte sich große Mühe gegeben, zwischen die gespreizten Schenkel der Frau ein Geschlechtsteil zu malen, das so groß war wie ihr Kopf. Mipham, ein Venezianer, war ein Jahr älter als der dreizehnjährige Dawa – und sehr belesen. Er hatte die tibetische Sprache erstaunlich schnell gelernt. Er klaute und las alles, was ihm in die Finger kam. Er war es auch, der Dawa über die weiblichen Geheimnisse aufgeklärt hatte. Nacht für Nacht.

Die Jungen hatten sich das obszöne Bild im Schein der Butterlampen angeschaut und sich vorgestellt, wie es wäre, einmal eine echte Frau zu berühren, als Meister Lobsang hereingeplatzt war. Sie hatten den geballten Zorn und den Stock des alten Kampfmeisters zu spüren bekommen. Ihre Hintern waren noch wochenlang grün und blau gewesen. Das Schlimmste aber war: Meister Lobsang hatte die Zeichnung mitgenommen. Dawa fragte sich bis heute, ob er sie behalten hatte.

Genützt hatten die Prügel nichts. Die leicht geöffneten Schamlippen der Tänzerin hatten sich unauslöschlich in Dawas Gedächtnis gebrannt. An sie hatte er während der Tortur der Tätowierung gedacht.

Tenzin Rinpoche sah aus, als hätte ihn der Schlag getroffen. »Du hast was?«, fragte er. Dann prustete er los. »Du ha …, hahahaha!« Er musste so sehr lachen, dass er im Wasser unterging.

Dawa zog ihn eilig heraus. Der alte Lama wurde von immer neuen Lachanfällen geschüttelt. »Ach, Dawa! Hahaha … haha!«

Dawa lächelte erst unsicher, fiel dann ins Gelächter ein.

Die beiden Rinpoches stiegen verschrumpelt und rosig aus dem Wasser. Man hatte für sie frisch gewaschene

Gewänder hingelegt. Dankbar zog Dawa seine tropfnassen Kleider aus, die in der eisigen Gebirgsluft bereits gefroren.

Tenzin Rinpoche kicherte immer noch, als sie die steile Treppe aus grob behauenen Steinstufen nahmen, die sich irgendwo oben in der Felswand zu verlieren schien. Der Eingang in die Grotten, in denen Mönche vor langer Zeit ein Kloster gebaut hatten, war von außen nahezu unsichtbar. Tenzin Rinpoche führte Dawa in einen geräumigen, mit Wandmalereien geschmückten Raum. Die meisten stellten den Vogel *Khyung* dar, der zwischen seinen Klauen das Rad des Lebens trug. Der mythische Vogel mit dem Stierkopf war ihr Wappentier.

Der Legende nach hatte sich vor tausend Jahren ein Meister aus dem Osten in Tibet niedergelassen und einer auserwählten Gruppe von *Bön*-Anhängern das Kämpfen beigebracht. Daraus hatte sich eine Tradition entwickelt, welche die Kampfkunst mit der Kraft der Natur und den Elementen verband. Tenzin Rinpoche und der verstorbene Kampfmeister Lobsang gehörten dieser geheimen Schule an. Sie hatten ihr Wissen an Dawa weitergegeben und er bildete nun seine Mönchsbrüder aus.

Butterkerzen tauchten den Raum in ein sanftes, gelblich flackerndes Licht. In einer der Nischen stand eine fein bearbeitete Bronzefigur der Erdgöttin *Palden Lhamo*. Zu ihren Füßen brannten in einer Schale Wacholdernadeln und -beeren. Eine schmale Rauchsäule stieg kräuselnd nach oben zu ihrem flammend roten Haar und der Totenkopfkrone mit den drei Pfauenfedern. Die Göttin schaute mit ihren aufgerissenen drei Augen auf die beiden Lamas herunter, als würde sie sagen: »Der Mutter entgeht nichts!«

Sie verneigten sich vor ihr, ließen sich auf dem Boden nieder und begannen zu meditieren.

»Denk nicht an nackte Frauen, Dawa!«, hörte er Tenzin Rinpoches Stimme in seinem Kopf. Das war eine der Lieblingsprüfungen seines alten Meisters. Früher hatte er gesagt: »Denk nicht an eine Schüssel *Tsampa*, Dawa!« Worauf er an nichts anderes als eine Schüssel voll köstlichem, dampfendem *Tsampa* denken konnte.

Dawa leerte seinen Geist, bis sein Körper leicht wurde wie die Luft um ihn herum. Von weit her hörte er Tenzin Rinpoche glucksen, während er wie ein Wind um die Berggipfel wanderte. Dann verschwand auch der Wind. Bevor Dawa ganz zu Licht wurde, verankerte er seinen Geist mit einem Silberfaden an seinem Körper, um den Rückweg zu finden. Er wollte ja nicht bei seiner Astralreise im Nichts verschwinden.

»Das würde meine Brüder zu sehr aufregen«, dachte er schmunzelnd.

19

Rana - 1209, das Jahr der Schlange

Den ganzen Tag über folgten sie der Kamelkarawane der Onguden. Rana überließ ihren Wagen Asena und Ak-Su und setzte sich zu Nargiza. Ihre Tochter Ak-Su konnte mit Heilkunst oder schamanischen Ritualen rein gar nichts anfangen. Rana hatte diese Enttäuschung nie ganz abschütteln können und freute sich jetzt umso mehr über ihre neue Schülerin.

Die Onguden waren nicht gerade für ihre Geselligkeit bekannt, so saßen Rana und die Mädchen am Abend abseits, als der dicke Patient mit den Goldzähnen auftauchte. In der Hand hielt er ein Bündel gebratene Flussfische und grinste ölig. Kaum war er außer Hörweite, prusteten die Mädchen los.

»Was ist überhaupt eine Knoblauchkröte?«, japste Ak-Su zwischen zwei Lachanfällen.

»Ein Frosch, der sich noch schneller vermehrt als Karnickel. Oder eben Knoblauch. Du weißt schon, du setzt einen Zeh in die Erde, und raus kommt ein ganzer Knollen.« Nargiza grinste. »Die gab es bei uns in Samarkand.«

»Du setzt Knoblauch in die Erde?« Ak-Su verzog das Gesicht, als hätte Nargiza behauptet, man könne Pferde züchten, indem man ihre Hufe eingräbt.

»Du bist nicht von hier?«, fragte Asena zugleich.

»Nein, bin ich nicht. Und ja, Ak-Su, Knoblauch wird nicht geboren und du kannst ihn nicht jagen.« Nargiza lachte kurz auf, dann wurde ihr Blick leer. »Ich bin aus Samarkand, der schönsten Stadt, die du dir vorstellen kannst.«

Asena, die sonst nicht gerade zu Gefühlsausbrüchen neigte, schob ihre Hand in Nargizas. Doch Ak-Su war da nicht so zimperlich: »Und was tust du hier bei den Kameltreibern?«

Rana warf ihrer Tochter einen warnenden Blick zu, aber Nargiza begann schon zu erzählen.

»Als meine Mutter starb, schleppte mich die Zweitfrau meines Vaters auf den Sklavenmarkt. Ein Irrer in einem braunen Gewand und mit einer großen Nase schrie, Kinder zu verkaufen sei Sünde. Am Schluss kaufte er mich selber, weil sie ihn sonst gesteinigt hätten. Er war verrückt, aber harmlos. Er nannte sich Vater Sergius. Den ganzen Tag murmelte er vor sich hin und erzählte von einem Christus, den man an ein Kreuz genagelt hatte.«

»Und dann?«

»Dann sind wir Richtung Osten gereist. Er wollte zu seinen Glaubensbrüdern in den Klöstern von Olon Süme. Tatsächlich fand er sie auch: Männer in braunen Kutten mit Nasen wie Vogelschnäbel. Sie hatten den Fürsten bekehrt und warteten auf ihren toten Gott, der zurückkommen sollte. Vater Sergius wurde empfangen wie ein Heiliger. Dann bekam er das Fieber und wurde ganz gelb. Der Fürst ließ Ummaya, die Schamanin seiner Mutter kommen. Aber sie konnte den Priester auch nicht retten. Aus Angst vor den Christen nahm sie mich auf. Das war vor sechs Jahren. Aber für die Onguden bin ich immer noch die dreckige Fremde.«

Nur das Knacken des Feuers war zu hören.

»Wann ist Ummaya gestorben?«, fragte Ak-Su leise.

»Vor einer Woche«, antwortete Nargiza. »Alt, verwirrt und halb blind. Am Ende ging es schnell. Sie haben ihr ein Kreuz aufs Grab gesetzt, obwohl sie nicht zu Christus betete. Sie hat mir nie gesagt, was zu tun ist, wenn eine Schamanin stirbt. Jetzt irrt sie wahrscheinlich zwischen den Welten.«

Rana hatte ihre Mutter und das neugeborene Kind ins Reich der Toten geleitet. Auch sie fragte sich heute noch, ob sie alles richtig gemacht hatte.

Plötzlich zog Nargiza die Nase kraus und schnupperte. »Was stinkt denn hier so?«

Die Mädchen brachen wieder in ein Lachen aus, als klar wurde, dass die kleine Su die Übeltäterin war.

Kopfschüttelnd machte sich Rana daran, die Kleine zu säubern. Bis vor kurzem hatte sie sich darauf eingestellt, dass Ak-Su eines Tages heiraten und mit ihrer neuen Familie wegziehen würde. Sie hatte sich eingeredet, dass es schön wäre, wieder frei umherzuziehen. Keine Streitereien, kein Fluchen während ihrer Blutungstage. Durch eine Laune der Mutter Natur fielen diese oft zusammen. Dann flogen im engen Wagen die Fetzen.

Su gluckste und umklammerte Ranas Zeigefinger mit überraschender Kraft. Mutter *Yer* hatte ihr ein so schönes Geschenk gemacht. Sie sog den süßen Milchduft in sich ein und küsste Su auf den Bauch.

Ak-Su stupste Asena an. »Siehst du das? Großmutter Rana schnuppert selig an Babykacke.« Sie brachen wieder in Gelächter aus. Rana lachte mit, auch wenn sie wusste, dass sie selbst der Grund war.

Später borgte sie eine mit Silber bezogene Holzschale von Nargiza. Sie füllte sie mit Kamelmilch von einer Stute, die kürzlich ihr erstes Fohlen zur Welt gebracht hatte und rieb damit den kleinen Körper ein. Sanft zog sie an den Muskeln und Gelenken ihrer Enkelin. Die Knochen sollten gerade wachsen.

Behutsam öffnete sie ihre winzigen Fäustchen. Die Haut war weich wie Seide. Und da war es: dasselbe feuerrote Zeichen wie auf ihrer eigenen Hand. *Das Sonnenmal.* So hatte es ihre Mutter genannt – immer mit einem leichten Stirnrunzeln, als wüsste sie mehr darüber, als sie zugab.

Die Sonne verschwand schon am Horizont und es wurde langsam kühl. Su war eingeschlafen. Rana kleidete sie an, wickelte sie in ein Tuch und ging zu Nargizas Wagen, um die Schale zurückzustellen.

Da fiel ihr Blick auf ein Stück Pergament, halb verborgen unter einem Bündel getrockneter Kräuter. Kaum mehr als ein Streifen fahles Licht streifte das Papier, doch es genügte. Rana kannte jede Linie, jeden Pinselstrich auswendig.

Ein Teil ihrer Kosmologie.

Mit pochendem Herzen riss sie es an sich und rannte zurück.

»Woher hast du das?«

Nargiza sah auf. »Das? Hat uns ein Mongole als Bezahlung dagelassen. Khünbish. Hauptmann des Großkhans. Kam mit einer Wunde im Gesicht. Sah hässlich aus.«

Rana sog scharf die Luft ein. »Das muss der Mongole sein, den Asena verwundet hat.«

»Tolles Mädchen!«, meinte Nargiza trocken. »Na ja, jedenfalls, eine Heilerin hatte so lange Pferdepisse auf seine Wunde geschmiert, bis sie ganz vereitert war. Ummaya schnitt ihm das verfaulte Fleisch weg. Er schrie wie eine Sau und sah nachher noch hässlicher aus. Aber die Wunde heilte dann. Zum Dank schenkte er uns das Ding da. Meinte, es sei wertvoll.«

Rana schnürte es die Kehle zu. Sie war ihrer Truhe so nahe gewesen. Und jetzt war sie wieder unerreichbar.

»Weißt du, wo er hingegangen ist?«, fragte sie ohne Hoffnung.

»Klar«, antwortete Nargiza zu ihrer Überraschung. »Dorthin, wo alle hingehen: flussaufwärts, nach Karakorum. Die Hochzeitsgesellschaft von Dschingis Khans Tochter Al-Altun lagert dort.«

20

Lewellyn - 1209, das Jahr der Schlange

Bevor sich die Dunkelheit über das Tal senkte, machte Lewellyn am Ufer eines kleinen Sees Rast und stellte seine Fallen. Er musste nicht lang warten, bis sich ein durstiger Hase näherte. Das Tier, ein großes graues Männchen, stellte die Ohren auf und schnupperte mit zuckender Nase in der Luft. Im nächsten Moment zappelte es in der Schlinge. Lewellyn hob ihn auf. Das Herz des Hasen raste unter seinem weichen Fell.

»Tut mir leid, mein kleiner Freund«, murmelte Lewellyn und brach ihm mit einem Ruck das Genick.

Er zog sich in eine Felsnische zurück, um dem Hasen das Fell abzuziehen. So konnte er das Seeufer im Blick behalten.

Eine Bärin trottete mit ihren drei tollpatschigen Jungen zum Wasser. Sie stupste sie an, damit sie schneller tranken. Die kleinen, sandfarbenen Bären waren harmlos und rannten davon, als sich eine Herde Wildschafe näherte. Lewellyn wartete, bis auch diese sich entfernt hatten. Vorsichtig pirschte er dann zum Seeufer, um sich die blutigen Hände zu waschen. Er wurde das Gefühl nicht los, dass etwas nicht stimmte.

Dann sah er sie. Schatten von Menschen, die lautlos durch das Tal schritten. »Daingead!«, rutschte es ihm heraus.

Die Schatten waren zu weit weg, sie konnten ihn nicht gehört haben. Trotzdem hielten sie einen Moment inne und horchten, bevor sie weitergingen. Lewellyn konnte im Dunkeln keine Farben ausmachen. Aber er wusste, dass sie safrangelbe Gewänder trugen. Ihren merkwürdig schwebenden Gang hätte er überall erkannt. Nur, was machten die Mönche hier, weit weg von Tibet?

»Lewellyn! Du siehst aus, als hättest du einen Geist gesehen. Es liegt doch hoffentlich nicht an mir, oder?«

»Nein, Großvater«, lachte Lewellyn. Die Mönche durften jetzt genug weit weg sein. Er machte ein Feuer und spießte den Hasen auf. »Kurz vor Konstantinopel gerieten wir in einen Sturm«, begann er wieder zu erzählen.

1180, das Jahr der Ratte

Mir war so übel, dass ich mir wünschte, wir würden kentern und glücklich in die Tiefen des Meeres versinken. Als die See wieder ruhiger wurde, nahm mich Michele mit auf Deck.

»Behalte immer die Kapuze oben«, schärfte er mir noch einmal ein.

An der frischen Luft erwachten meine Lebensgeister wieder und ich schaute mich neugierig um.

»Präg dir so viel ein, wie du kannst, aber unauffällig. Vergiss nicht, du bist ein alter kranker Priester«, zischte Michele.

Wir waren durch eine Stelle gesegelt, wo das Meer eng wie ein Kanal war. »Wir sind jetzt im Marmarameer. Bis nach Konstantinopel ist es nicht mehr weit.«

Viel wusste ich nicht über Konstantinopel. Michele hatte mir nur verraten, dass er dem Kaiser eine Botschaft vom Dogen von Venedig überbringen sollte. Dieser Doge musste unverschämt reich sein. Ich hatte in Micheles Truhe herumgeschnüffelt, als er mich mit Wasser und Seife allein ließ. Zwischen all den wunderlichen Dingen wie falschen Haaren, Zähnen und Nasen lag dort auch ein schwerer Samtbeutel – bestickt mit Venedigs Wappen, dem geflügelten Löwen – prall gefüllt mit Goldmünzen. Ich warf nur einen Blick hinein und schloss ihn sofort wieder. Ich war kein Dieb, nur neugierig.

Ich starb fast vor Neugier, aber es quälte mich noch etwas viel Dringenderes.

»Ich habe Hunger!«, platzte ich heraus.

Michele lachte und zog einen Apfel aus seiner Tasche. Verschrumpelt, wurmstichig und köstlich!

Auf dem Deck wurde es laut. Ich verputzte gerade meinen dritten Apfel, als die majestätische Stadtmauer Konstantinopels am Horizont auftauchte. Strahlend weiß leuchtete sie in der Sonne, behängt mit marmornen Kreuzen und beschrifteten Fahnen.

»Konstantinopel!«, flüsterte Michele ehrfürchtig.

Eine schmiedeeiserne Kette mit Gliedern, größer als mein Unterarm, spannte sich über das Wasser. Sie wurde von hölzernen Flößen getragen und musste gelöst werden, damit das Schiff in den Hafen einfahren konnte.

»Willkommen im Goldenen Horn«, sagte Michele und deutete auf den Turm am rechten Ufer des Kanals. »Die Kette endet dort: am Galata Turm. Der gehört den

Genuesen. Ohne ihre Erlaubnis kommt hier niemand in den Hafen.«

Nach den Tagen auf See schwankte der feste Boden unter meinen Füßen. Michele fand am Hafen zwei Träger für seine Truhe und wir betraten die Stadt durch eines der gewaltigen Tore. Als wir durch die Gassen gingen, fiel mir auf, dass ich noch nie eine so saubere Stadt gesehen hatte. In Lyon oder Venedig musste man aufpassen, dass man nicht knöcheltief im stinkenden Schlick versank. Der verwesende Unrat mit Tausenden von Fliegen lag am Straßenrand. Hier leerte niemand seinen Nachttopf aus dem Fenster. Sogar unter Pferdehintern waren Lederschürzen gespannt.

»Müssen die Leute hier nie scheißen?«, wunderte ich mich. Michele verzog das Gesicht, aber ich plapperte aufgeregt weiter. »Oder spannen sie sich auch Schürzen unter den Arsch?«

»Unter der Stadt verlaufen Abwasserkanäle«, erklärte Michele geduldig. Er zeigte auf die himmelhohen Bögen am Stadtrand. »Die dort nennt man Aquädukte. Sie führen Wasser für die Gärten, Bäder, Brunnen, Paläste und Häuser der Stadt.« Sein Finger wanderte zu den Holzgittern am Wegrand. »Das Wasser geht dann in die Abwasserkanäle. In den meisten Häusern ist ein Abtritt, wo man sein Geschäft verrichten kann.«

»Wie jetzt? Man kann mitten im Haus scheißen?«

»Verdammt noch mal Lewellyn! Ja, kann man! Und wenn du noch einmal Scheiße sagst, wasche ich dir den Mund mit Seife aus. Exkremente heißt es.«

Ich fragte mich, was das Auswaschen bringen sollte, hielt aber den Mund, während ich mir das edle Wort für Scheiße einprägte. Vater Columban hatte uns Jungen nichts gewaschen, sondern Stockhiebe verteilt, wenn wir in seinem Unterricht Schule fluchten. Nicht mal das hatte geholfen.

»Wir gehen ins venezianische Viertel. Es liegt im Norden des Goldenen Horns«, erklärte Michele.

Ich konnte mich nicht satt sehen. Wir liefen an prächtigen Kirchen, Brunnen und blühenden Gärten vorbei. Michele neigte respektvoll das Haupt vor einem Würdenträger, der gerade in eine Sänfte stieg.

»Das war der päpstliche Gesandte«, sagte er nachdenklich. Plötzlich riss er mich zur Seite. Ein Mann hatte mir vor die Füße gespuckt.

»Lauf schneller!«, sagte Michele.

Ich bemerkte die feindseligen Blicke um uns. Michele zog mich hinter sich her, während er immer wieder über seine Schulter schaute.

Die Träger stellten die Truhe mit einem Krachen ab. Fluchend weigerten sie sich, weiterzugehen.

»Wir sind jetzt im venezianischen Viertel«, erklärte Michele mit einem Seufzer. Er drückte ihnen ein paar Münzen in die Hand und sie setzten sich widerwillig wieder in Bewegung.

Schließlich blieben wir vor einer leuchtend roten Tür stehen, über der ein Schild mit einem geflügelten Löwen hing: ein Gasthaus. Kaum hatte Michele an die Tür geklopft, wurde sie auch schon aufgerissen. Ein rundlicher Mann zog ihn herein. Dann sah er mich. Meine Kapuze war von meinem Kopf gerutscht und meine Haare fielen mir über die Schultern.

»Bist du verrückt geworden, Michele?«, fragte er. »Das ist die dümmste Verkleidung, die du dir aussuchen konntest, junger Mann!«, schimpfte er dann mit mir.

Michele sah genauso verwirrt aus wie ich. Er vergewisserte sich, dass seine Truhe hereingetragen wurde. Sobald die Träger das restliche Geld bekommen hatten, nahmen sie Reißaus.

»Was ist los, Nicoló?«, fragte Michele.

»Seit Kaiser Manuels Tod häufen sich Feindseligkeiten gegen Lateiner, ganz besonders gegen Geistliche«, sagte er mit einem Seitenblick auf mich. »Zieh dir sofort andere Sachen an. Am besten verbrennen wir die Kutte.«

»Kaiser Manuel ist tot? Ich sollte ihm eine Botschaft bringen«, rief Michele. Ich legte die Kutte ab und schlüpfte in Hemd und Hose. Gleichzeitig versuchte ich dem Gespräch zu folgen.

»Er starb vor einem Monat«, erklärte der Wirt. »Sein Sohn ist der neue Kaiser, aber er ist noch ein Kind. Bis er volljährig ist, regiert seine Mutter, Maria von Antiochia. Sie ist selbst Lateinerin und bevorzugt unsere Leute, aber das macht den Hass nur noch schlimmer.«

»Die griechische Bevölkerung von Konstantinopel nennt uns Lateiner«, erklärte Michele an mich gewandt. »Weißt du was das große Schisma bedeutet?«

»Vor tausend Jahren sind sich zwei Kirchenchefs in die Wolle geraten«, erinnerte ich mich vage.

»Vor 126 Jahren, aber sonst stimmt es in etwa«, sagte Michele lächelnd. »Seither sind die beiden Kirchen getrennt. Der Papst verlangt, dass ihn der Patriarch von Konstantinopel anerkennt. Und dann haben die Kreuzfahrer auf ihrem Weg zum Heiligen Land Konstantinopel geplündert ...«

»Was wirst du jetzt tun?«, unterbrach ihn Nicoló ungeduldig.

»Als erstes zeige ich dem jungen Mann hier den Abtritt und du bereitest uns deine berühmte Kalbsleber mit Zwiebeln zu«, antwortete Michele fröhlich.

Zwei Stunden später betraten wir ein prachtvolles Gebäude – verkleidet als dicker Mann mit gepflegtem Bart und sein rothaariger, buckliger Bruder mit Hasenzähnen. Unsere Kleidung war vornehm. Überflüssig zu sagen, dass Michele den hübschen Bart trug und ich der Bucklige war.

Der Mann am Empfang hob seine Augen und starrte mich unter schweren Lidern einen Moment lang an. Er wandte den Blick schnell wieder ab, weil das Anschauen von Krüppeln bekanntlich Unglück bringt.

»Gebrüder Michel und Léon Colombin aus Lyon«, sagte Michele. Der Beamte küsste verstohlen das Kreuz an seinem Hals und winkte uns hinein.

Wir liefen durch einen Gang, der an beiden Seiten von Büsten auf Säulen flankiert wurde, und traten in einen großen, hellen Saal. Der Saal wurde vom Licht durchflutet, das durch die Scheiben am kuppelförmigen Dach fiel. An den Tischen saßen andächtig in ihre Schriften vertiefte Männer. Mir stockte der Atem, als ich die deckenhohen Regale voller Bücher sah. Es mussten Tausende sein!

»Hundertzwanzigtausend Bücher sind hier in der Bibliothek von Konstantinopel«, flüsterte Michele. Er zog mich weiter durch die Gänge.

»Und warum genau bin ich der vertrottelte Bruder?«, fragte ich. Ich konnte kaum verständlich reden wegen des blöden Holzstückes, das mir Michele in den Mund geschoben hatte. Ich spuckte es aus, als es zu wackeln begann.

Michele verdrehte die Augen. »Ich sagte dir, du sollst nicht reden!«, zischte er. »Nicoló kennt den abergläubigen Aufseher. Er wird sich hüten, einen Krüppel anzuschauen.«

Michele blieb vor einem Gestell mit einem aufgeschlagenen Buch stehen. »Dreh dich um und bück dich«, sagte er. Ich spürte, wie er mir etwas Schweres, Kantiges unter den falschen Buckel schob.

»Jetzt nichts wie raus hier. Lauf langsam, bis wir draußen sind!«, raunte er mir zu.

Der Aufseher schnalzte mitleidig mit der Zunge und gab seinem Kreuz noch einen Kuss, hielt aber die Augen gesenkt. Michele beschleunigte seine Schritte und zog mich hinter sich her.

»Uns bleiben nur Augenblicke, bis er seinen Kontrollgang macht und Alarm schlägt«, sagte er und schon hörten wir einen heiseren Aufschrei.

Wir liefen quer über eine Pferderennbahn. Die Bahnen wirkten verwahrlost und die vier Statuen aus vergoldeter Bronze waren die einzigen Pferde hier.

»Konstantinopel trauert. Der Kaiser ist tot«, sagte Michele abgehackt. »Keine Spiele erlaubt.«

In der Mitte des Platzes stand eine bronzene Säule mit drei gewundenen Schlangen. Michele lehnte sich keuchend an sie, um ein wenig zu verschnaufen. Der Schweiß lief ihm das Gesicht runter und verschmierte die dunklen Augenringe, die er sich angemalt hatte. Er zog seinen fett gepolsterten Mantel aus.

In diesem Moment ging der ohrenbetäubende Lärm der Glocken los. Der Platz, eben noch leer und verlassen, füllte sich mit Männern, die sich im Gleichschritt wie Soldaten bewegten. Wir sprangen zur Seite, als die Männer mit Löschwasser in Ledereimern, Decken, Leitern und Einreißhaken an uns vorbeirannten.

»Sie denken, es brennt. Hoffe nur, sie zerstören nicht die Bücher. Ach, ich hätte noch ein paar mehr mitnehmen sollen«, sagte Michele besorgt.

»Was meinst du damit?«, fragte ich misstrauisch, während ich meine Jacke mit dem eingenähten Buckel auszog.

Michele grinste selbstgefällig und spuckte Wattebäusche aus. Dann setzte er mir eine graue Bundhaube auf und band sie unter meinem Kinn zusammen.

Zurück in der Herberge verkündete Nicoló: »Die Kaiserin hat geschrieben. Es liegt auf dem Tisch.« Er wirkte blass und beunruhigt.

In unserem Zimmer lag eine Pergamentrolle mit einem roten Siegel. Michele ignorierte sie und öffnete zuerst die eingenähte Tasche im Rücken meiner Jacke.

»Du hast ein Buch geklaut?«, fragte ich entgeistert.

»Nicht irgendein Buch! Eine Abschrift von Aristoteles«, schwärmte Michele.

In den nächsten Jahren sollte ich lernen, dass Michele über ein schier unerschöpfliches Wissen verfügte, welches er seinen drei Leidenschaften verdankte: Lesen, Reisen und Herumschnüffeln.

»Ich liebe Bücher«, gestand Michele.

Dann klatschte er energisch in die Hände. »So! Jetzt zum Geschäft! Die Kaiserinwitwe Maria will uns morgen Abend empfangen. Vorher müssen wir dir die Haare schwarz färben. Du siehst mit dieser Haube wie ein Riesensäugling aus.«

Am nächsten Tag machten wir uns auf zum Palast. Ich war inzwischen mit meinen schwarzen Haaren kaum wiederzuerkennen. Michele hatte mir das Gesicht und die Hände mit einer dunklen Flüssigkeit eingerieben. Ich sah ihm sogar ein bisschen ähnlich.

Unterwegs erzählte Michele, dass Marias elfjähriger Sohn vor ein paar Monaten eine neunjährige Prinzessin aus Frankreich geheiratet hatte.

»Das ist ja eklig«, fand ich.

»Ja, schon, irgendwie. Aber für uns ist das gut, weil die Braut auch Lateinerin ist.«

Der kaiserliche Palast thronte auf dem ersten der sieben Hügel, auf denen Konstantinopel erbaut war. Michele hatte mir erklärt, dass wir das bronzene Haupttor meiden würden. Die Kaiserinwitwe wollte nicht, dass ihre Begegnung mit dem Gesandten aus Venedig bekannt wurde.

Wir suchten vergeblich nach einem Nebeneingang, bis ein Wächter auf uns zukam. Er überprüfte sorgfältig das Dokument mit dem kaiserlichen Siegel und machte dann mit dem Kopf ein Zeichen, ihm zu folgen. Wir hatten die gesamte Mauer beinahe umrundet, als er stehenblieb. Er verschob ein paar Steine und ließ uns ein.

»Heilige Exkremente!«, rief ich aus. »Dagegen sieht der Garten Eden ja aus wie ein Misthaufen.«

Der Palastgarten, von Aquädukten bewässert, stand in voller Blüte. Die Rosen waren in allen Farben erblüht und verströmten ihren Duft in der lauen Frühlingsluft.

»Halt einfach den Mund«, knurrte Michele. »Hier gibt es mehr Spione als Kakerlaken.«

Wir durchquerten die sanften Terrassen des Gartens, und ich glaubte, ich könne mich nicht noch mehr wundern. Als wir aber zum Empfangsraum geführt wurden, fielen mir die Augen beinahe aus dem Gesicht. Die Wände waren aus farbigem Marmor, von den Decken starrten Mosaike vergangener Kaiser und Kaiserinnen herab. In Nischen und Bögen standen Statuen, und ich fragte mich, ob sie getarnte Spione waren. Wenigstens diejenigen, die Beine und Arme hatten.

Dann öffneten sich die Türen zum Thronsaal.

Ich hatte mir die Kaiserinwitwe als bucklige Greisin mit Hakennase vorgestellt. Aber auf dem byzantinischen Thron saß die schönste Frau, die ich je gesehen hatte.

Maria war jung, großgewachsen, mit himmelblauen Augen und milchiger Haut. Ihre goldenen Locken umrahmten das bleiche Gesicht und den schlanken Hals. Als Zeichen ihrer Trauer trug sie schwarz. Sie besaß große, ein wenig ängstliche Rehaugen – falls es blauäugige Rehe gibt. Neben ihr stand ein Mann mit dicken Lippen und einem arroganten Gesichtsausdruck. Er trug eine kurze, dunkelblaue Tunika zu engsitzenden Beinkleidern und einen roten Umhang, gehalten von einer protzigen Goldbrosche. Michele hatte mir erklärt, das sei Alexios, Marias Berater, und wie man munkelte, auch ihr Geliebter.

Er schaute mich für einen Moment angewidert an. Sofort schlug ich die Augen nieder und verbeugte mich bis zum Boden. Michele lief mit höflich gesenktem Haupt nach vorne. Erst als ich himmlische Klänge, wie aus den Erzählungen Vater Columbans, hörte, wagte ich wieder den Blick zu heben.

Ich glaubte zuerst, ich träume, aber tatsächlich hob sich der Thron langsam in die Höhe. Zu beiden Seiten standen goldene Löwen und Raubtiere mit Vogelköpfen, die ihre Mäuler und Schnäbel aufrissen. Hinter dem Thron wuchs eine goldene Platane, in deren Ästen mechanische Vögel mit Edelsteinaugen saßen und ihre Flügel bewegten.

Während ich noch staunte, überreichte Michele der Kaiserin den Goldbeutel aus Venedig und sprach mit ihr. Ich spitzte die Ohren. Sie redeten Latein, aber ich verstand nur Bruchstücke, da mich zwei Wachen mit steinernen Gesichtern am Eingang zurückhielten. Immer wieder beugte sich Alexios zu Maria hinab und flüsterte ihr etwas ins Ohr.

Plötzlich erhob sie die Stimme. »Mein verstorbener Gemahl Manuel hat Damaskus und Jerusalem nie aufgegeben! Mit Hilfe des Dogen können wir das Heilige Land zurückerobern!«

Ihr Berater zuckte zusammen und legte ihr die Hand auf die Schulter. Eine sehr vertrauliche Geste. Wahrscheinlich stimmten die Gerüchte über die beiden. Es störte mich richtig, dass die schöne Maria diesen fischlippigen Mann als Liebhaber haben sollte.

Sie senkte wieder ihre Stimme. Eine ganze Weile konnte ich nichts mehr verstehen. Nur einmal hörte ich den Namen „Saladin". Dann schossen ihre Augen Blitze.

»Saladin muss gestoppt werden!« Wieder die Hand auf ihrer Schulter. »Meine Familie in Antiochia …«, setzte sie an, aber der Rest ging in einem kaum hörbaren Flüstern unter. Schließlich gab sie Michele den Goldbeutel zurück und beendete die Audienz.

Alexios sah genauso überrascht aus wie wir. Er warf Michele einen Blick zu, als wolle er ihn in Stücke reißen.

Michele entfernte sich unter Verbeugungen rückwärts und ich beeilte mich, es ihm nachzumachen.

Er sagte kein Wort, bis wir die Palastmauern hinter uns gelassen hatten. Auch dann warf er immer wieder misstrauische Blicke über die Schulter. Ich hingegen plapperte aufgeregt drauflos. Michele brachte mich mit einer Handbewegung zum Schweigen.

»Mir gefällt das Ganze nicht«, murmelte er, während wir an einer großen Kirche mit einer Kuppel vorbeiliefen, die in der Abendsonne wie getrocknete Rosenblätter schimmerte. Michele sah sich um, als könnten hinter den Lindenbäumen Attentäter lauern.

»Der Doge will Handelsrechte, keinen Kreuzzug. Die Byzantiner reißen uns in Stücke, wenn solche Gerüchte aufkommen. Seit dem letzten Massaker an den Lateinern sind nicht mal zehn Jahre vergangen.«

Er drängte mich, schneller zu gehen. Wir wichen Sänften und Eselskarren aus, die sich durch die gepflasterten Straßen schoben. Plötzlich gellten Schreie durch die Gassen, gefolgt von rhythmischen Rufen – wie Trommeln vor einer Schlacht. Frauen packten ihre Kinder und verschwanden in den Häusern.

Ein aufgepeitschter Mob kam uns entgegen. Michele zog mich in den Schatten einer Mauer. Voran rannte ein räudiger Hund mit Schaum vor dem Maul. Er schnappte wütend nach seinem Schwanz, an dem etwas baumelte, das wie ein aufgeplatzter Kürbis aussah. Der Hund riss seinen eigenen Schwanz ab und raste jaulend weiter.

Ein menschlicher Kopf rollte vor unsere Füße. Der Mund zu einem stummen Schrei aufgerissen, die Augenhöhlen leer. Und doch erkannte ich ihn.

»Renn!«, schrie Michele.

Wir rannten los.

Kaum hatten wir die Tür hinter uns geschlossen, rief Nicoló: »Ihr müsst die Stadt verlassen! Alle, die mit der Kaiserinwitwe Maria zu tun haben, sind in Gefahr. Sie empfing gestern den päpstlichen Gesandten, seither ist er verschwunden.«

»Wir haben gerade seinen Kopf gesehen«, antwortete Michele. »Baumelnd am Schwanz eines Hundes.«

Nicoló bekreuzigte sich. »Außerdem wird nach einem Buckligen mit roten Haaren gesucht, der eines der wertvollsten Bücher der Bibliothek gestohlen hat.«

Michele lachte schuldbewusst. Er leerte den Inhalt seiner Truhe auf den Boden und begann, alles Wichtige in zwei Säcke zu stopfen.

»Das Meiste muss ich zurücklassen«, brummte er.

Er packte ein paar Kleider ein, Schminke und Farbpulver für Haut und Haare, und natürlich alle seine Bücher. Als er fertig war, schaute er mich an.

»Ich habe die perfekte Verkleidung für dich«, sagte er grinsend. Ich ahnte schon, dass es mir nicht gefallen würde.

Bei Einbruch der Dämmerung machten wir uns auf den Weg zum Hafen. Nicoló ging ein paar Schritte hinter uns, in der Rolle des Knechts, und fluchte. Die Säcke auf seinen Schultern wogen mit all den Büchern drin so viel wie ein toter Hirsch.

Auch ich fluchte vor mich hin. Ich kratzte mich am Kopf, wo unter meinen hochgesteckten Zöpfen alles juckte. Die kastenförmige Haube verrutschte ständig, und bei jedem Schritt trat ich auf den Saum meiner langen Tunika. Weil ich mich geweigert hatte, mich vom Schädel meines Großvaters zu trennen, trug ich ihn in einem mit Stickereien verzierten Samtbeutel über der Schulter.

»Hör auf zu zappeln, Weib!«, zischte Michele und kicherte.

Wir liefen an der Kirche mit der majestätischen Kuppel vorbei.

»Hagia Sofia«, sagte Michele, als wären wir auf einer Stadtbesichtigung und nicht auf Flucht vor Meuchelmördern. »Ein Wunder der Architektur. Der Haupteingang liegt direkt unter der Kuppel, am Nabel der Welt. Aber dort kommen wir nicht unbemerkt hin.«

Ich hatte mich an seine rätselhaften Aussagen gewöhnt und fragte nicht nach.

»Wir müssen da runter.« Er zeigte auf einen eisernen Deckel am Wegrand, eingelassen in die Pflastersteine. Ein Ring ragte aus der Mitte.

»In den Kanal, wo die Scheiße von ganz Konstantinopel schwimmt?«, rief ich entsetzt.

»Nicht doch! Hier geht es runter in die Zisternen«, antwortete Michele und zog am Ring. Er musste erst mit dem Messer die Ränder lösen, doch schließlich kam der schwere Deckel mit einem Knirschen weg.

Hintereinander stiegen wir die Stufen in die Eingeweide der Stadt hinab. Als Michele den Deckel hinter uns zuschlug, war es für einen Moment vollkommen dunkel. Er zündete eine Fackel an.

Am Fuß der Treppe bot sich uns ein märchenhaftes Bild. Vor uns erstreckten sich riesige Hallen, getragen von einem Wald aus Marmorsäulen. Eine der Säulen ruhte auf einem umgedrehten Frauenkopf mit wirren Haaren.

»Medusa«, erklärte Michele. Ich zuckte die Achseln. Nie gehört.

Wir wateten durch glitzerndes Wasser. Durchsichtige Fische schlängelten sich wie Geister zwischen unseren Beinen. Bald verlor ich die Orientierung. Doch Nicoló führte uns zielsicher, bis wir wieder trockenen Boden unter den Füssen hatten. Als die Fackel mit einem Wispern erlosch, liefen wir im Dunkeln weiter.

In der Ferne hörten wir das sanfte Rauschen von Wellen und das Labyrinth fand nach ein paar Windungen ein Ende. Wir standen unter dem nächtlichen Himmel am Ufer des Bosporus, wo ein Mann mit einem kleinen Boot wartete.

»Komm mit uns, Nicoló, Konstantinopel ist gefährlich geworden«, sagte Michele.

»Mir passiert schon nichts«, antwortete Nicoló. »Ich sterbe höchstens vor Langeweile, wenn du weg bist.«

Michele umarmte seinen alten Freund, unsicher, ob er ihn je wieder sehen würde und wir stiegen in das ächzende Ruderboot.

21

Rinpoche - 1209, das Jahr der Schlange

Die Mönche liefen durch das Tal der Seen. Dichte Saxaulwälder konnten sich hier gegen die Steinwüste behaupten.

Aus dem mannshohen Gesträuch schossen auf einmal zwei Riesenwildschafe. Nach einer kurzen Verfolgungsjagd um einen kleinen Teich nahmen sie Anlauf und stießen ihre gewundenen Hörner krachend ineinander.

Rinpoche hatte Mitleid mit den armen Widdern, die sich sicher wegen eines Weibchens die Köpfe einschlugen. Sie machten einen weiten Bogen um die wutschnaubenden Tiere.

Für einen Außenstehenden musste es scheinen, als würden sich die Mönche kaum vom Fleck rühren. Doch das täuschte. Sie konnten beinahe pausenlos laufen. Wenn sie sich erholen wollten, bewegten sie sich in Trance weiter. So kamen sie schneller voran als die Wildpferde der Steppe. Oder wenigstens so schnell wie ihre Yaks es erlaubten.

Ein Steppenadler spannte über ihnen seine Flügel aus und überließ sich dem Wind. Rinpoche schickte dem Raubvogel einen stillen Gruß. Er machte sich zwar immer noch Sorgen um Asena, aber seit dem Besuch bei Tenzin Rinpoche war sein Geist wieder frei.

Am anderen Ufer des Teiches zog grußlos eine Karawane vorbei. Sie schien von weit her zu kommen, wahrscheinlich von jenseits der Wüste. Ihre Bekleidung ließ darauf schließen, dass sie wohlhabend sein mussten. Sogar ihre Kamele sahen herablassend auf die Mönche hinunter. Im Moment waren allerlei Leute unterwegs, die nicht hierhergehörten. Alle schienen ins Land der Mongolen unterwegs zu sein.

Rinpoche spürte, wie sich die feinen Haare auf seinen nackten Armen aufstellten. Sein Instinkt sagte, er müsse sich die Karawane genauer anschauen. Er machte Karpo ein Zeichen, anzuhalten.

In diesem Moment beschlossen zwei arglose Königshühner am Berghang sich in die Luft zu erheben. Mit ihrem schwarzweiß gestreiften Gefieder sahen sie sehr hübsch aus. Sie hatten die Mönche schon eine Weile begleitet.

Ihr sanftes Pfeifen fand ein Ende, als rasch hintereinander zwei Pfeile durch die Luft zischten. Jemand in der Karawane stieß einen Triumphschrei aus.

Der Wind trug Rinpoche eine blutgetränkte Feder zu, die er angeekelt von seinem Arm wischte. Die Mönche aßen kein Fleisch, und auch wenn sie Kämpfer waren, sahen sie sich als Beschützer des Lebens.

Rinpoche musste wieder an Asena denken. Sie war eine erstklassige Bogenschützin. Ihre Mutter hatte sie unterrichtet, als sie noch kaum groß genug war, um den Bogen zu spannen. Alma hatte Rinpoche das Versprechen abgenommen, ihrer Tochter das Jagen zu erlauben. Wenn sie ein Tier tötete, aß Asena das Fleisch auch und teilte es mit den Hunden. Alles andere wäre respektlos gewesen.

Der Schütze preschte mit seinem Kamel los und holte sich seine blutige Beute. Als er in einer Staubwolke an den Mönchen vorbeiritt, warf er ihnen eines der schwarzweiß gestreiften Vögel vor die Füße, als würde er seinem Hund einen Knochen hinwerfen. Rinpoche schluckte seinen Ärger herunter und grüßte den Kamelreiter. Er wollte ihn nach Asena fragen, aber der Mann spuckte auf den Boden und ritt davon.

»Er mag wohl keine Fremden«, sagte Rinpoche. Die Mönche lächelten verlegen.

Auf einmal begann Thrinle zu jaulen. Er versuchte, von seinem Vorderbein etwas abzuschütteln. Karpo und Rinpoche rannten los, um nachzuschauen. Sie sahen einen gelben Skorpion mit einem eindrücklich langen Schwanz, der gerade unter einen Stein kroch. Der große Hund wand sich in Schmerzen, seine Pfote begann schon anzuschwellen. Sein Brustkorb hob und senkte sich heftig, als hätte er Mühe beim Atmen.

Karpo sprach sanft auf ihn ein, schien aber selbst Todesangst zu haben. Rinpoche bereitete einen Umschlag aus zerstoßenen Rhabarberstängeln und Zwiebelscheiben vor. Die Mönche bildeten einen Kreis um sie und sangen ein Heilmantra, während er das Bein schiente. Er wusste nichts über Skorpione, außer dass ihr Gift tödlich sein konnte. Bei Insektenstichen jedenfalls halfen Rhabarber und Zwiebeln, und beides wuchs hier wild.

Thrinles Atem beruhigte sich allmählich, doch als er versuchte aufzustehen, knickte er winselnd ein. Karpo hob ihn auf und legte ihn sich über die Schultern. Thrinle peitschte ihm mit dem Schwanz gegen die Ohren, als gäbe es nichts Schöneres als diesen Platz hier oben.

»Wie in alten Zeiten«, dachte Rinpoche.

Als Kind wog Thrinle fast nichts, und der starke Karpo trug ihn gern auf seinen Schultern. Er schmunzelte bei der Erinnerung.

Die vier Jungen balancierten auf einem Bein. Das andere Knie hielten sie angewinkelt, den Fuß in der Leiste platziert, die Hände vor der Brust gefaltet. Meister Lobsang nannte diese Pose „Stehen wie ein Baum".

Dawa sah, wie Thrinles magere Beine zitterten und dem kugelrunden Karpo ein Schweißtropfen vom geschorenen Kopf in den Nacken lief. Mipham hielt sich tapfer. Dawa wusste, dass er nur darauf wartete, dass sein Freund aufgab. Er biss die Zähne zusammen.

Plötzlich stieß Meister Lobsang einen Schrei aus und schleuderte seine Handballen nach vorne. Karpo ließ sich erschrocken auf den Hintern fallen. Thrinle quiekte, während Mipham und Dawa versuchten, nicht loszulachen.

»Der Tiger packt seine Beute, nennt man das«, erklärte Meister Lobsang.

»Ich dachte, es heißt: Der Yak fällt auf den Arsch«, raunte Mipham den anderen zu.

Meister Lobsang grüßte Tenzin Rinpoche, der lächelnd auf sie zukam. »Wir üben morgen weiter«, knurrte er. »Ihr werdet alle als Hunde wiedergeboren, wenn ihr so weitermacht. Außer Karpo. Er kommt als Yak zurück.«

Karpo grinste zufrieden. Er nahm Thrinle auf seine kräftigen Schultern und rannte mit ihm im Kreis, während sich die beiden Meister mit gesenkter Stimme unterhielten.

Vor einigen Monden hatten Karpo und Thrinle bei ihnen Zuflucht gesucht, nachdem ihre Familien bei einem Überfall ausgelöscht worden waren. Karpos älterer Bruder Jinpa lebte bereits bei den Mönchen. Tenzin und Lobsang unterrichteten die vier Jungen gemeinsam, doch in gewisse Mysterien wurde Dawa allein eingeweiht. Karpo und Thrinle war das nur recht, Mipham hingegen hörte nicht auf, Dawa mit seinen Fragen zu löchern.

»Kannst du dich an ein früheres Leben erinnern?«, fragte er.

Dawa schüttelte heftig den Kopf. Er hatte manchmal merkwürdige Träume, in denen er ein Schamane war, der in fremden Zungen sprach. Im Traum sah er sich als winzig kleinen alten Mann, der unbekannte Länder durchwanderte und in die Vergangenheit wie in die Zukunft reiste. Dawa wusste sogar, wie der alte Schamane hieß: Kokochu. Die Sache hatte aber einen Haken: Der Alte lief nackt herum. Auch im tiefsten Winter. Immer! Dawa hatte Albträume von Kokochus faltigen Arschbacken. Er würde lieber sterben, als Mipham davon zu erzählen.

»Streng dich an! Vielleicht warst du auch ein Yak«, drängte ihn Mipham. »Nein, ich glaube eher ein Hund. Du hast letzte Nacht im Schlaf gesprochen.«

»Wirklich?«, fragte Dawa beunruhigt. »Was habe ich gesagt?«

»Kraul mir den Bauch, oh bitte, kraul mir den Bauch, Mipham!«, sagte Mipham mit verstellter Stimme.

Er stürzte sich auf Dawa und begann ihn zu kitzeln. Karpo, der immer noch mit Thrinle auf den Schultern im Kreis herumrannte, stolperte über sie. Alle vier Jungen fielen in einem Knäuel auf den Boden.

»Macht euch bereit, ihr Nichtsnutze!«, verkündete Meister Lobsang. »Tenzin Rinpoche und ich werden den Jokhang-Tempel in Lhasa besuchen.« Er schaute seine Schützlinge streng an. »Ihr kommt mit.«

Die Reise in die sagenumwobene Stadt dauerte zwei Wochen. Sie folgten einem Weg, den Wanderer mit Mani-Steinen markiert hatten. Das Suchen der Steine, in die Gebete eingraviert waren, verkürzte den Jungen die Zeit. Sie kamen an Stupas vorbei, die sie stets rechts umrundeten. Einmal wurden sie von einer reizbaren Braunbärin angegriffen, doch Meister Lobsang überredete das Tier, sie in Ruhe zu lassen.

Mipham war der Einzige, der jemals zuvor etwas anderes als die verschneiten Berge und die sonnigen Täler Tibets gesehen hatte. Er hatte in einer Stadt namens Venedig gelebt, wo die Leute in Palästen wohnten, die im Wasser standen. Statt Yaks nahmen sie Boote, um sich fortzubewegen. Später war er mit seinem Vater durch die halbe Welt gereist, bevor ihn Meister Lobsang fand und mitnahm. Die anderen Jungen konnten sich unter einer Stadt nichts vorstellen.

Rinpoche erzählte ihnen, im Jokhang-Tempel würden viele Mönche leben. Sie hüteten unermessliche Schätze, unter anderem zwei Buddhastatuen, die vor fünfhundert

Jahren von einer chinesischen Prinzessin nach Lhasa gebracht worden waren.

Es gab auch eine Statue der Muttergöttin Palden Lhamo, die für sie, als Bön-Anhänger, besonders wichtig war. Tenzin Rinpoche war in einer Vision erschienen, dass sich in der Statue ein seit langem verschollener Bön-Text befand. Er wollte den Abt im Tempel bitten, ihm die Schriftrolle zur Aufbewahrung zu geben.

»Tenzin Rinpoche ist ein „Tertön", Ein „Tertön" ist einer, der verborgene Schätze findet«, erklärte Meister Lobsang. »Den Bön gab es schon immer in Tibet, er ist so alt wie der Berg Kailash. Aber der Abt des Jokhang-Tempels denkt, der alte Glaube sei nicht gut. Er wird uns die Schriftrolle nicht geben wollen.«

Tenzin Rinpoche lachte, als hätte der Kampfmeister einen guten Witz erzählt, und nahm einen herzhaften Schluck von seinem Buttertee.

In der Nacht, bevor sie die Stadt erreichten, lagerten sie an einem Flussufer. Die zwei jüngeren Kinder, Karpo und Thrinle, schliefen schon. Aber Mipham und Dawa konnten vor Aufregung kein Auge zumachen. Sie konnten Meister Lobsangs massige Gestalt am Feuer erkennen. Tenzin Rinpoche meditierte am Flussufer.

»Kannst du dich in ein Tier verwandeln? Oder dich so verkleiden, dass dich niemand erkennt?«, fragte Mipham wohl zum hundertsten Mal.

Dawa bereute, dass er vor Mipham mit seinem Wissen über List und Täuschung geprahlt hatte. Es fiel ihm schwer, die geheimen Lehren nicht auszuplappern.

»Ich meinte damit, ich könnte lernen, mich mit dem Geist der Tiere zu verbinden. Sagt Meister Rinpoche zumindest«, räumte er kleinlaut ein.

Rinpoche hatte allerdings auch behauptet, er könne über das Wasser laufen, wenn er einen reinen Geist habe.

»Stell dir vor, du könntest dich als Rinpoche verkleiden und auf Schatzsuche gehen«, schwärmte Mipham.

»Ich würde mich lieber in Meister Lobsang verwandeln. Er kann wenigstens Bären verdreschen«, antwortete Dawa gähnend.

Er verstummte, als er merkte, dass sein Freund mit aufgerissenen Augen auf etwas hinter ihm zeigte. Dawa drehte sich um.

Der Vollmond warf sein silbernes Licht auf den Fluss. Ein feiner Nebel stieg von der Wasseroberfläche auf. In der Mitte zwischen den Ufern, mitten im Fluss, stand Tenzin Rinpoche.

Leichtfüßig hüpfte er zu ihnen herüber, als würde er von Stein zu Stein springen. Aber es gab dort keine Steine. Als er am Ufer ankam, wrang er den Saum seiner Robe aus, wünschte Lobsang gute Nacht und legte sich schlafen. Im nächsten Moment hörten sie ihn leise schnarchen.

»War das …? Ist er gerade …?«, stammelte Mipham.

Dawa nickte stumm.

22

Rana - 1209, das Jahr der Schlange

Die nächsten Tage fuhren sie mit den Onguden weiter. Als sie am Wegrand an einem kleinen Markt vorbeikamen, fuhr Rana mit ihrem Wagen zur Seite und ließ die Karawane weiterziehen. Die Mädchen waren auch froh über eine Abwechslung. Sie mischten sich unter die Nomaden mit den farbenfrohen Kleidern, Kappen und Kopftüchern. Auf schiefen Gestellen und Decken hatten sie getrocknete Datteln, Feigen und Weintrauben oder auch Tücher, Kleider und Elixiere ausgebreitet.

Die Tadschiken, wie Rana bald herausfand, hatten sich weit von ihrer Heimat entfernt, um Dschingis Khans Schutz zu suchen. Rana verstand ihre melodische, dem Persischen ähnelnde Sprache nur bruchstückhaft. Trotzdem feilschte sie hartnäckig.

»Mein Zaubertrank macht vertrocknete Leiber wieder saftig«, fauchte eine Marktfrau Rana an. Sie stritten schon eine Weile und die Tadschikin verlor langsam die Geduld.

»Sieht aus wie der Traubenwein der Uiguren«, erwiderte Rana schnippisch. Sie schnupperte an der säuerlichen Flüssigkeit. »Stinkt auch genauso!«

Als sie jemand anrempelte, fiel Rana der Tiegel aus der Hand und der Inhalt ergoss sich über ihr Kleid. Während Rana und die Frau sich gegenseitig beschimpften, brach nebenan eine Schlägerei aus.

Ein Tadschike mit Glubschaugen bot unter seinem Tresen Pergamente an. Männer prügelten aufeinander ein, um einen Blick darauf zu werfen.

»Ayyy!«, schrie eine alte Frau. »Ihr unverschämten Hunde! Ihr schamlosen Nichtsnutze! Ihr ehrlosen, ungewaschenen ...«

Nach jeder Beleidigung drosch sie mit ihrer Ledersandale auf die Männer ein.

»Und du! Schande deiner armen, alten Mutter! Du wirst mich noch ins Grab bringen!«

Die Sandale klatschte auf den Rücken des Verkäufers. Er versuchte, die Pergamente zu verstecken, aber sie fielen ihm aus der Hand. Bilder von nackten Tempelhuren verteilten sich auf dem Boden.

Rana hätte die Zeichnungen überall wiedererkannt. Der Künstler hatte den Frauen nebst gigantischen Geschlechtsteilen auch neckische, rote Kopftücher verpasst. Ihre Mutter hatte ganze Stapel dieser Bilder spottbillig erstanden und zu einem Wucherpreis weiterverkauft. Im Verlauf der Jahre hatte Rana nur ein paar wenige behalten. Eines davon war die Tempelhure mit den „fesselnden Augen", der Rana ihren Namen verdankte.

Sobald die Alte mit der Ledersandale weg war, stürzte sich Rana auf den tadschikischen Verkäufer. Er überließ ihr die Bilder ohne zu feilschen.

Rana lief zu ihrem Wagen zurück. Dann fiel ihr ein, dass sie den Mädchen Datteln versprochen hatte, und sie kehrte um. Gut gelaunt suchte sie den Stand mit den getrockneten Früchten auf.

Die Marktfrau war eine junge Tadschikin mit den roten Wangen und den groben Händen einer Yakhirtin. Und sie trug ... Rana blieb stehen, als wäre sie von einem der Blitze *Tengris* getroffen worden.

Die Frau trug einen Schal aus feinster Seide über ihren Schultern. Wenn sie sich bewegte, erwachte das Tuch zum Leben. Die aufgestickte Hirschkuh sah aus, als hätte sie Gefahr gewittert und wolle sich mit einem Sprung zwischen den leuchtend grünen Blättern der Bäume in Sicherheit bringen. Wie oft hatten Rana und ihre Schwester Al-Su diesen Schal heimlich aus der Truhe geholt, um ihn zu streicheln?

Rana bot der Frau einen Tiegel Yakfett, ein Fläschchen mit duftendem Moschusöl, eine Salbe gegen Gelenkschmerzen und Farbe für ergraute Haare im Tausch gegen das Tuch an. Die Tadschikin winkte ab. Sie war kaum älter als Ranas Tochter und sah gesünder aus als ihr Gaul.

Rana holte tief Luft und legte der Frau ein Hasenfell hin. Die Frau hatte genug.

»Ayyy! Jahangir! Jahangir!«, rief sie mit ihrer kräftigen Stimme nach jemandem.

Jahangir musste ihr Mann sein. Als Rana in ihm den Verkäufer der anstößigen Bilder erkannte, lächelte sie süßlich. Denn auch die Ledersandale war nicht weit weg.

Die Alte riss Rana die Tiegel und Fläschchen aus der Hand. Es war klar, dass Jahangir sich vor seiner Mutter mehr fürchtete als vor seiner Frau. Rana und die Alte spuckten sich in die Hand und schlossen den Handel ab.

Rana schnappte sich das Tuch und rannte zu ihrem Wagen. Erst als sie weit weg von der fluchenden Tadschikin war, faltete sie es auseinander.

Ihre Ururgroßmutter hatte es bestickt. Der Legende nach stammten ihre Fäden von den Kokons der Seidenraupen, die einst eine chinesische Prinzessin in ihren Haaren aus dem Land geschmuggelt hatte.

»Ich kann es nicht fassen«, sagte Rana ehrfürchtig.

»Ich auch nicht«, murmelte Ak-Su kichernd.

Asena stieß einen schrillen Schrei aus. »Das ist ja eklig! Zeig her! Was ist das?«

»Legt die Bilder sofort weg!«, rief Rana. Aber die Mädchen kletterten lachend in den Wagen und waren außer Ranas Reichweite.

Bis zur Rast am Abend hatten sich die Mädchen beruhigt und die Bilder wieder vergessen.

Asena striegelte die beiden Pferde mit einer Drahtbürste und reinigte ihre Hufe von Steinen. Rana benutzte die Bürste so gut wie nie, musste aber zugeben, dass der Gaul jetzt besser aussah. Das Mädchen pflegte die Tiere besser als sich selbst – ihre eigenen Haare verbarg sie unter einem schmutzigen Kopftuch.

Asena hatte auf dem Markt Hasenfelle gegen Äpfel eingetauscht. Rana hielt sich mit Mühe zurück, als sie dem Gaul einen der Äpfel gab und die köstliche Frucht zwischen den gelben Zähnen verschwand. Der Gaul biss Asena beinahe die Finger ab, aber sie tätschelte seinen Kopf.

»Fehlt nur noch, dass du ihnen Namen gibst«, sagte Rana.

»Sie haben schon Namen«, antwortete Asena. Sie schaute Rana an, als wäre sie eine alte, vergessliche Großmutter. »Der Schimmel heißt Ilayda. Den Namen des anderen kenne ich nicht. Du nennst ihn störrischen Gaul oder dummen Esel.«

»Und es ist genau das, was er ist!«, rief Rana betroffen. »Er ist das garstigste, sturste Biest, das mir je begegnet ist.«

Asena zuckte die Achseln und streichelte schweigend die Pferde.

»Wie kommst du auf Ilayda?«, fragte Rana nach einer Weile.

»Ilayda war eine Wasserfee. Die Stute kam bei einer Wasserquelle zur Welt, erzählte meine Mutter. Sie gab ihr den Namen Ilayda.«

Rana schluckte trocken. Es war das erste Mal, dass Asena ihre Mutter erwähnte. Aber etwas in ihrer Stimme warnte Rana, weiter zu fragen.

»Ein sehr schöner Name«, sagte sie lächelnd. »Suchst du für meinen Gaul auch einen aus? Vielleicht hat er dann auch bessere Laune.«

»Alma!«, sagte das Mädchen prompt.

»Alma?« Rana lachte laut. Alma bedeutete Apfel in vielen türkischen Dialekten, war aber auch ein Frauenname.

»Du weißt aber schon, dass er kein Mädchen ist?«

»Oh«, sagte Asena leicht verlegen, als hätte sie nicht daran gedacht. »Aber er ist bissig und stur. Das passt«, sagte sie, als würde das ihren Irrtum erklären. Als sie Ranas verwirrten Gesichtsausdruck sah, fügte sie rasch hinzu: »Ich nenne ihn Alma, weil er Äpfel mag.«

Ein paar Tage später kamen sie an einer Gruppe tibetischer Mönche vorbei. Beim Gehen drehten sie ihre Gebetsmühlen, begleitet von einem Singsang, so gemächlich, als hätten sie alle Zeit der Welt. Den Mönchen in safrangelben Gewändern folgten zottige Yaks, sowie schwarze und goldbraune Hunde. Rana hatte noch nie so große Hunde gesehen.

Asena schaute ihnen lange nach, bis rasch nacheinander zwei Pfeile über ihre Köpfe flogen. Ein Bogenschütze preschte mit einem schrillen Jubelruf los. Er ritt mitten durch die tibetischen Mönche und kam in vollem Galopp zurück.

Der Mann war Rana schon an ihrem ersten Tag bei den Onguden aufgefallen. Er war auch schwer zu übersehen und noch weniger zu überhören. Zwar riss er sich nicht bei jeder Gelegenheit die Kleider vom Leib, wie der uigurische Bogenschütze mit den vielen Kindern, war aber genauso gut gebaut. Rana fand seine brutalen Gesichtszüge alles andere als attraktiv.

Er brachte sein Kamel vor ihrem Wagen zum Stehen. In der Hand hielt er einen blutgetränkten Vogel, den er in Ranas Schoß fallen ließ. Mit seinem schrillen *Uhh lu lu lu lu lu lu!* ritt er wieder davon.

»Oh, nein! Das ist ja ...!«, rief Ak-Su. »Versucht er dich damit zu verführen, oder was?«

Rana schüttelte angeekelt den Kopf. Aber sie aßen den plumpen, schwarzweiß gestreiften Vogel, ein Königshuhn, trotzdem. Es war köstlich.

Seit Sus Geburt waren zwei Monde vergangen. Es war jetzt Hochsommer, und tagsüber wehte ihnen der Wind der Steppe um die Ohren. Beim Sonnenuntergang legte sich der raue Wind, als wolle er höflich der Kälte der Nacht Platz machen. Mit den ersten Strahlen der Sonne kam er aber mit neuer Kraft zurück. Der Wind machte die Hitze des Tages erträglich, reizte aber ihre Augen.

»Es macht mich noch wahnsinnig«, schniefte Ak-Su.

Rana überließ Asena die Zügel und band ihrer Tochter ein nasses Tuch über die geröteten, tränenden Augen. »Hör auf zu reiben. Sonst wird es noch schlimmer«, mahnte sie, doch sie konnte sich selbst kaum beherrschen.

»Regen kommt!«, rief Asena mit einem Blick zum Himmel.

Dunkle Wolken hatten sich über ihnen zusammengebraut. Die Mädchen flohen in den Wagen, als ein Blitz den Himmel aufriss.

Rana öffnete ihre Arme und lachte. »Danke, *Tengri!*« In Gedanken fügte sie hinzu: »Endlich machst du mal was Nettes!«

»Wart's ab!«, knurrte Ak-Bala.

In wenigen Augenblicken verwandelte sich der Weg in einen Schlammpfad, und Tausende von Mücken stürzten sich auf sie.

Als sie nach ein paar Tagen an einer Truppe von fahrenden Gauklern vorbeikamen, durften sie einen Abend lang all ihre Mühsale vergessen. Ein Riese von einem Jakuten stellte sich als „Darchan, der starke Mann", vor. Er führte die Truppe an.

Zuerst tanzte er mit seiner Bärin Nariyana, dann stapelte er alle Kinder auf seine gewaltigen Schultern zu einer unförmigen Pyramide und lief mit ihnen ums Feuer.

Ein dunkelhäutiger Mann mit sehr weißen Zähnen und einem goldenen Ohrring zauberte endlos bunte Tücher aus einer Schachtel, von der Rana hätte schwören können, dass sie eben noch leer gewesen war.

Die Akrobaten tanzten auf einem zwischen zwei Pflöcken gespannten Seil, und die Schlangenfrau verknotete ihre Beine hinter ihrem Kopf.

Auch die verstocktesten Onguden riefen wie kleine Kinder »Aah« und »Ooh!«

Zum Schluss setzte Darchan den Dorfältesten und seine Frau auf je eine Schulter und drehte mit den kreischenden Alten eine Ehrenrunde.

Der Abend war unvergesslich – als hätte sie der schwarze Fürst *Kayra Khan* in seinen Palast im siebzehnten Stock des Himmelreichs eingeladen.

23

Rinpoche - 1209, das Jahr der Schlange

Rinpoche spürte das Schnaufen des Yaks in seinem Nacken und drehte sich um. »*Tashi delek,* Bruder Jinpa«, sagte er mit einem Schmunzeln.

Der Yak blies seinen nach Gras riechenden Atem in Rinpoches Gesicht. Er wusste nie, was er von den Geschichten halten sollte, dass unartige Mönche als Yak oder als Hund wiedergeboren wurden. Meister Lobsang hatte ihnen oft genug damit gedroht.

Jinpa und Thrinle waren als junge Männer beide mit Haut und Haaren Alma verfallen gewesen. Als vor ein paar Jahren Karpos älterer Bruder Jinpa starb, hatten sie das erste Kalb, das geboren wurde, nach ihm benannt. Vor einem halben Jahr war auch Bruder Thrinle beim Kräutersammeln von einer Klippe gestürzt. Gleich nach seinem Tod war aus dem Nichts ein tollpatschiger Welpe aufgetaucht. Inzwischen war er so groß, wie Bruder Thrinle zu seinen Lebzeiten nie gewesen war, aber genauso verspielt und liebenswert.

Die Steppe hatten sie hinter sich gelassen und folgten einem von Trauerweiden und Birken gesäumten Fluss. Ab und zu ragten senkrechte Steinplatten mit merkwürdigen Schriftzügen aus dem Boden. Sie ähnelten den *Mani-Steinen* in Tibet, waren aber viel größer. Thrinle stand mit zur Seite geneigtem Kopf vor einer solchen Platte, als versuchte er, die Inschrift zu lesen.

Ein Schatten fiel auf Rinpoche, als Karpo begann, neben ihm zu laufen. Thrinle schaute von seiner Lektüre auf und kam an Karpos Seite.

»Fehlt nur noch Mipham«, bemerkte der große Mönch lächelnd. »Weißt du noch, als Meister Lobsang und Tenzin Rinpoche uns zum Jokhang-Tempel mitnahmen?«

»Wo Mipham die Schriftrolle gestohlen hat?« Rinpoche und Karpo lachten glucksend bei der Erinnerung.

Mipham und Dawa konnten in der Nacht, als Tenzin Rinpoche auf dem Wasser gelaufen war, vor Aufregung kein Auge zumachen. Jedenfalls glaubten sie das, bis sie einschliefen. Vor dem ersten Sonnenschein weckte sie der Singsang der Gebete von Pilgern und das rhythmische Rauschen ihrer Gebetsmühlen. Hunderte von Pilgern waren auf dem Weg zum Jokhang-Tempel. Viele warfen sich mit ausgestreckten Armen auf den Boden oder rutschten auf Knien voran. Die Jungen kannten diesen Brauch. Tenzin Rinpoche verlangte von ihnen aber nur das respektvolle Verneigen des Kopfes, während sie gingen.

Die aufgehende Sonne ließ die goldigen Dächer über den weißen Mauern in überirdischer Schönheit leuchten. Sogar Mipham, der schon schwimmende Paläste gesehen hatte, war beeindruckt. Die Jungen berührten schüchtern die riesigen Gebetsmühlen im Hof, während sie um den Tempel liefen.

Dawa beobachtete Tenzin Rinpoche, der sich mit dem Abt besprach. Obwohl beide höflich die Hände vor der Brust hielten und lächelten, spürte Dawa deutlich, dass der Abt auf Rinpoche herabschaute. Der Abt versuchte, Tenzin Rinpoche zu demütigen.

Tränen ohnmächtiger Wut brannten in Dawas Augen, während er weiterlief. Pilger drängten sich vor ihn, und er wurde von den anderen getrennt. Karpo, Thrinle und Meister Lobsang konnte er noch sehen, aber Mipham hatte er aus den Augen verloren.

Als er das Innere des Tempels betrat, wurde ihm vom Geruch von Tausenden Butterlampen beinahe übel. Er neigte den Kopf und berührte mit der Stirn die Füße der beiden Buddhastatuen, dann die von Palden Lhamo, ihrer Schutzgöttin. Immer wieder schaute er sich suchend nach Mipham um.

Der Tsampa, den Dawa am Morgen eilig heruntergewürgt hatte, kam ihm beinahe wieder hoch, als er seinen Freund in den Schatten hinter der Muttergöttin entdeckte. Mipham kletterte wie ein kleiner Affe auf die Bambusleiter, die an der Wand lehnte. Als er oben ankam, schwankte die Leiter wie ein Betrunkener am Neujahrsfest.

Mipham streckte die Hand nach einer Nische aus und holte eine Schriftrolle aus diesem Versteck. Dann kletterte er im Schutz der Schatten wieder herunter und setzte einen zittrigen Kuss auf Palden Lhamos Füße. Die Jungen wurden durch den Strom der Pilger zum Ausgang gespült.

Dawa war außer sich. Nicht so sehr wegen des Sakrilegs, sondern weil er um seinen Freund Angst gehabt hatte. »Was hast du dort oben zu suchen gehabt? Du hättest dir das Genick brechen können!«, zischte er, als sie wieder draußen vor den Toren standen.

»Habe ich aber nicht«, grinste Mipham. Er presste die Hand an seine Brust, wo er den geklauten heiligen Text unter seinem Gewand versteckt hielt. »Ich habe gesehen, dass der Abt die Schriftrolle aus der Statue holen und dort oben verstecken ließ, nachdem Tenzin Rinpoche ihn um Herausgabe gebeten hat.«

In diesem Moment ging im Inneren des Tempels ein Geschrei los. Besucher stürmten hinaus. Sie stolperten übereinander, einige fielen zu Boden. Dawa kam zum wiederholten Mal an diesem Tag fast der Tsampa wieder hoch, weil er glaubte, der Diebstahl sei bemerkt worden. Dann sahen sie den Rauch.

Aus dem Tempel stiegen dicke Rauchsäulen auf und Flammen leckten an den Türrahmen. Die Mönche des Tempels bildeten eine Kette mit Wasserkübeln, die schon bereitgestanden hatten. Sie brachten das Feuer so schnell unter Kontrolle, als würde das Feuerlöschen zu ihrem Alltag gehören.

Auf ihrem Rückweg war Meister Lobsang äußerst wortkarg. Er kniff das Gesicht so fest zusammen, dass seine buschigen Augenbrauen und sein Mund sich beinahe bei seiner Nasenspitze trafen.

»Bruder Lobsang, ich bin sicher, es wird sich alles zu etwas Gutem zusammenfügen«, meinte Tenzin Rinpoche, als sie zu Abend aßen.

Lobsang knurrte etwas Unflätiges über den Abt. Die Jungen kicherten. Der Meister würde sie siebenmal um den Berg Kailash laufen lassen, wenn sie so fluchen würden.

»Verzeihung«, bat er zerknirscht und wütend zugleich. »Aber die Schriftrolle wäre bei uns besser aufgehoben als in den Dachbalken dieses Tempels, der dauernd in Flammen aufgeht. Dieser alte, sture … Verzeihung …«

Mipham scharrte mit den Zehen im Boden. »Ja, Mipham?«, fragte Tenzin Rinpoche.

Der Junge holte die Schriftrolle aus seinem Gewand und legte sie Tenzin Rinpoche in die Hand.

Meister Lobsang keuchte. »Was hast du …? Wie hast du …?« Er schien nicht zu wissen, ob er Mipham eine scheuern oder ihm einen Kuss geben sollte. Tenzin Rinpoche erlöste ihn aus diesem Dilemma.

»Mipham ist ein Tertön«, sagte er. »Er findet verborgene, alte Schätze.«

24

Lewellyn - Das Jahr der Schlange, 1209

Als die Nacht hereinbrach, machte Lewellyn ein Feuer und briet den Hasen, den er mit seiner Steinschleuder erlegt hatte. Er wusste, dass es merkwürdig aussehen würde, wenn ihn jemand dabei sah, denn Bettelmönche jagten nicht – sie bettelten. Doch er brauchte die Kraft des nahrhaften Fleisches.

Bis das Essen fertig war, schnitzte er seinen Namen in seinen Wanderstab. Es war eine alte Gewohnheit von ihm. Er kerbte auf jedes Holzstück, das ihm in die Finger kam, in keltischer Runenschrift seinen Namen ein: *Lewellyn.* Es gab ihm ein Gefühl von Heimat. Großvater Dylan saß auf einem Stein und schaute seinem Enkel liebevoll zu.

»Großvater?«, sagte Lewellyn zögernd, so wie er es immer tat, wenn ihn etwas beschäftigte.

»Ja, mein Junge?«

»Rana nannte ihre Tochter Ak-Su.«

»Na, und?«

»Die fahrende Schamanin, der ich damals, vor dreißig Jahren, in Tyros begegnete, hieß Ak-Su.«

Großvater Dylan kicherte. »Du meinst die, die dich zum Mann gemacht hat?«

»Hm.«

»Dann hieß sie eben Ak-Su. Wahrscheinlich heißt hier die Hälfte der Weiber so.«

»Sie fuhr denselben Wagen wie Rana. Ich habe mir den eingravierten Hirsch auf der Wand eingeprägt. Weil ... ich sie damals überall gesucht habe.«

Dylan erstickte fast an einem Lachanfall.

»Ja, ich erinnere mich, kleiner Löwe.«

»Ich glaube, sie war Ranas Mutter.«

Dylan brüllte vor Lachen. Er hätte sich auf die Schenkel geklopft, wenn er welche gehabt hätte, beruhigte sich aber Lewellyn zuliebe.

»Das ist doch egal! Du musst Rana ja nicht auf die Nase binden, dass du auch mal mit ihrer Mutter rumgeturnt hast.«

Als Lewellyn schwieg, fügte er sanft hinzu: »Ich kenne diesen Blick, Llyn. Du kannst starken Frauen einfach nicht widerstehen. Aber lass dieses Mal wenigstens nicht zu, dass sie dir das Herz bricht.«

»Die letzten beiden Male geschah es im Jahr des Tigers. Dieses Mal ist es anders«, behauptete Lewellyn mit einem wehmütigen Lächeln.

»Pah!«, sagte Dylan. »Erzähl das deinem Großvater! Oder besser nicht. Erzähl mir lieber, was geschah, nachdem ihr aus Konstantinopel geflohen seid.«

1181, das Jahr des Büffels

Ein alter Mann, der nur aus Sehnen und ledriger Haut zu bestehen schien, wartete am Ufer des Bosporus auf uns. Auf Beinen, die wie dürre Äste aus seinem Lendenschurz staken, watete er durch das Wasser und warf unser Gepäck in sein Ruderboot. Nicoló winkte uns ein letztes Mal zu und verschwand in der Dunkelheit.

Wir bestiegen das altersschwache Gefährt. Schon nach wenigen Ruderschlägen umspülte kaltes Wasser unsere Füße. Der alte Mann drückte uns zwei Holzeimer in die Hand. Wir schöpften mit aller Kraft Wasser aus dem morschen Boot, doch es füllte sich immer schneller.

Der Alte warf einen der Säcke über Bord. Zum Glück hatte er nicht den mit Micheles Büchern und dem Gold erwischt. Fluchend entriss ihm Michele die Ruder. Dank seiner kräftigen Schultern erreichten wir das Festland, bevor die Bretter unter uns nachgaben.

Ich drückte das Wasser aus meinen falschen Brüsten, die mir auf den Bauch gerutscht waren. Der nasse Frauenrock klebte an meinem Körper. Ich zitterte erbärmlich, hielt aber den Schädel meines Großvaters fest umklammert. Meine salzverkrusteten Locken hingen mir wie ein Bündel Reisig vom Kopf.

»Du siehst ein bisschen wie Medusa aus«, krächzte Michele, sobald er wieder reden konnte.

Mit trotzigem Blick riss ich mir den nassen Rock vom Leib und suchte mir aus unserem geschrumpften Vorrat Beinkleider und ein Hemd aus.

»Spione aus Byzanz dürften nach uns und dem Gold suchen. Wir müssen von der Straße weg«, sagte Michele.

Erschöpft und zitternd vor Kälte legten wir uns ins Gebüsch und schliefen.

Am nächsten Morgen kehrten wir wieder auf die Hauptstraße zurück. Wir hofften auf eine Karawane ins Landesinnere. Die Gegend wirkte verlassen, was kein Wunder war. Die Dörfer wurden von Räubern oder Seldschuken geplündert. Den Rest erledigten die Steuereintreiber aus Byzanz.

Wenigstens mussten wir nicht hungern. Es war Herbst, an den Bäumen hingen noch einzelne Äpfel und Birnen. In den dornigen Büschen fanden wir Brombeeren, die die Vögel übersehen hatten. Einem misstrauischen Hirten, der Micheles Münzen wie etwas Absonderliches beäugte, konnten wir sogar Käse und Brot abluchsen.

Als wir vor Erschöpfung nicht mehr gehen konnten, nahm uns ein mit Heu beladener Ochsenkarren mit. Damit kamen wir langsamer voran als zu Fuß, aber die Pause tat uns gut.

»Wir sind jetzt in Anatolien – oder Kleinasien. Oder auch Rum, wie es die Byzantiner nennen«, erklärte Michele. Wir hatten es uns auf dem duftenden Heu gemütlich gemacht.

»Ein paar Landstriche gehören noch zu Byzanz oder sind unabhängig. Aber nicht mehr lange. Bald sind wir im Reich der Rum-Seldschuken. Ihr Herrscher heißt Kilidsch Arslan der Zweite. Sein Name bedeutet „Löwenschwert“.«

Michele warf mir einen Seitenblick zu, in der Hoffnung, ich würde Interesse zeigen. Ich sperrte den Mund auf, um laut zu gähnen.

»Mach den Mund zu, es sieht dämlich aus«, sagte Michele trocken und redete weiter. »Die Seldschuken stammen aus den Steppen Zentralasiens. Große Krieger. Immer mehr Nomadenvölker folgen ihnen hierher. Viele sind zum Islam übergetreten, aber in der Not rufen sie oft lieber ihre Schamanen um Hilfe.«

Ich schloss die Augen und begann zu schnarchen.

Wir waren schon seit zwei Wochen unterwegs. Micheles Unruhe wuchs mit jedem Tag. Ein hungriger Mann, geschweige denn ein Räuber, hätte uns schon für eine einzige Goldmünze den Hals durchgeschnitten. Und Michele trug gleich einen Berg davon bei sich. Wir brauchten Schutz. An einer Wegkreuzung sahen wir endlich die ersehnte Staubwolke: Eine Karawane näherte sich.

»Zieh schnell wieder die Frauenkleider an. Du spielst die schüchterne Ehefrau«, drängte Michele.

»Nein!« sagte ich störrisch. »Lass dir was anderes einfallen, oder lass mich hier zurück!«

»Wir haben keine Zeit dafür!« Nach einem Schwall venezianischer Fluchwörter lenkte er ein. »Also gut. Ich bin Carlo, ein Kaufmann aus Venedig, und du bist mein Stiefbruder Marco. Aufgewachsen bei Verwandten in England – das erklärt deine Aussprache.«

Ich grinste zufrieden.

Michele stellte sich mitten auf den Weg und fuchtelte mit den Armen, bis er beinahe mit der Nase gegen den schiefen Hals des vordersten Kamels stieß. Im letzten Moment streckte der Karawanenführer die Hand in die Höhe und gab das Zeichen zum Halt.

Michele schaute zu dem Mann hoch, der wie ein Fels über ihm aufragte. Er trug einen Kaftan und einen aus Lammleder zusammengenähten Hut nach seldschukischer Art. Seine Kleider, vermutlich einst schwarz, waren von einer rötlichen Staubschicht überzogen.

Er blieb stumm, während Michele erklärte, wir seien überfallen worden. Weil er nicht sicher war, ob der Mann ihn verstanden hatte, zog er einen kleinen Beutel mit Goldmünzen aus seiner Schärpe und ließ ihn klimpern. Endlich kam Bewegung in den Karawanenführer. Mit einer Hand wischte er sich übers Gesicht und verteilte den Dreck gleichmäßig, bevor er sprach.

»Venezianer, was? Ihr habt Glück«, meinte er in einer Mischung aus Genuesisch und Venezianisch. Vermutlich war ihm nicht klar, dass er dadurch beide Städte tödlich beleidigte. »Wir reisen zur Hafenstadt Sinop. Da wollt ihr doch sicher hin.«

»Hä?«, raunte ich Michele ins Ohr. »Warum sollten wir das?«

Nach kurzem Zögern nickte Michele dem Mann zu.

Sinop lag im Norden, an der Schwarzmeerküste – wir aber wollten nach Süden, nach Antiochia, wo die Familie der Kaiserinwitwe Maria herrschte.

»Im Moment bleibt uns nichts anderes übrig, als mitzugehen. Von hier aus fahren alle Karawanen nach Norden«, meinte Michele.

Wir kauften dem Karawanenführer ein Kamel und zwei schäbige Wämser aus Schaffell ab. Ungeschickt bestiegen wir das Tier und trotteten den anderen hinterher.

»Falls jemand fragt, sind wir Pelzhändler«, schärfte mir Michele ein.

Aber schon am ersten Abend merkten wir, dass die anderen Reisenden Genuesen waren, die nur den Mund auftaten, um Venezianer zu beleidigen. Niemand sprach mit uns.

Nach ein paar Tagen hatten wir uns an die verächtlichen Blicke der Mitreisenden und an das Schaukeln des Kamels gewöhnt. Wir ritten durch dichte Buchen- und Kastanienwälder. Am Wegrand hingen auch Haselsträucher mit abgeernteten Zweigen – die Eichhörnchen hatten ganze Arbeit geleistet. Sie hüpften mit den Nüssen von Ast zu Ast, ihre buschigen Schwänze peitschten durch das dichte Laub. Der feine Nieselregen und das satte Grün erinnerten mich an Irland.

Michele riss mich aus meinen Gedanken. »Die Kaiserinwitwe Maria hat mir aufgetragen, das Gold des Dogen zu ihrem Bruder nach Antiochia zu bringen. Er soll einen Kreuzzug auf die Beine stellen.«

Ich saß hinter ihm auf dem Kamel und versuchte, mein geschundenes Hinterteil zu schonen. »Du weißt schon, dass du das Gold nehmen und abhauen könntest, oder?«, fragte ich.

»Ich bin kein Dieb «, erwiderte Michele unglücklich.

»Du stiehlst Bücher aus Bibliotheken.«

Er zuckte mit den Achseln. »Der Kreuzzug wird als Gemetzel enden. Sultan Saladin hingegen ist ein gerechter Herrscher. Er unterdrückt weder Juden noch Christen.«

»Mein Arsch ist wundgescheuert«, brummte ich.

»Hmm«, machte Michele. »Verteil das Gewicht auf die Gesäßbacken. Die Seldschuken haben schon beinahe ganz Anatolien erobert. Wenn sie sich mit Saladin verbünden, steht Antiochia allein zwischen zwei mächtigen Muslimherrschern.«

»Meine Gesäßbacken sind am Arsch!«

Michele drehte sich ein wenig, um mir ins Gesicht sehen zu können. »Denkst du, ich soll das Gold nach Antiochia bringen?«

»Äh ...«

»Du hast recht, Lewellyn.« Michele lachte erleichtert. »Ehrlich gesagt, war ich ein wenig unsicher.«

An einem nasskalten Novembertag erreichten wir die mächtigen Burgmauern von Sinop. Die Hafenstadt an der Schwarzmeerküste stand gerade wieder einmal unter byzantinischer Herrschaft. Doch die Soldaten wirkten nervös, so weit entfernt von Konstantinopel. Sie ließen unsere Karawane durch das Stadttor – offenbar fürchteten sie die Seldschuken mehr, als sie uns Lateiner hassten. Michele nahm den Karawanenführer beiseite, als die genuesischen Kaufleute sich entfernt hatten.

»Was wollen denn die Genuesen alle in Sinop?«, fragte er.

»Na, dasselbe wie die Venezianer natürlich«, antwortete der Mann verwundert. »Aus der Krim ist gerade frische Ware eingetroffen.«

»Ach so!«, sagte Michele, obwohl er offensichtlich keine Ahnung hatte, wovon der Mann sprach.

Der Karawanenführer leckte seine Lippen und begann aufzuzählen. Er knickte dafür die dicken Finger seiner rechten Hand nacheinander ein.

»Kaukasische Jungfrauen, kiptschakische Knaben, tscherkessische Kastraten, slavische Hausdiener, alanische Krieger.« Er war bei seinem Daumen angekommen und sah aus, als könnte er mit der linken Hand weitermachen. »Was sucht ihr denn?«

»Wir … wollen nach Süden«, stammelte Michele.

Der Karawanenführer schnaubte, als könnte er nicht fassen, wie naiv Michele war.

»Alle kommen nach Sinop, um Sklaven zu kaufen. Kriegsgefangene und hungernde Bauern, die nach einer Missernte ihre Kinder verkaufen, lassen das Geschäft blühen. Die meisten Kastraten und Mädchen kommen nach Ägypten. Der Sklavenmarkt ist südlich von hier. Ihr könnt euch einer Karawane anschließen, wenn die Geschäfte abgeschlossen sind.«

Ich war kurz davor, loszuheulen. Nach einem Blick auf mich fuhr der Mann mitleidig fort. »Neu im Geschäft, was? Wenn sie die Ware aus den Schiffen herausholen, wird der Gestank hier fürchterlich sein. Und wenn sie erst mit den Kastrationen beginnen ... das ist nicht für jeden Magen.«

Wir fanden eine Herberge in der Nähe der Stadtmauer. Am nächsten Morgen weckte mich Michele beim ersten Tageslicht.

Die Karawanen lagerten am südlichen Ende des Marktplatzes. Ich stolperte schlaftrunken hinter Michele her, der sich einen Weg durch die feilschenden Händler und die blökenden Tiere bahnte. Nach den Ständen mit Honig, Salz, Gewürzen und Pelzen aus der Krim kamen wir zum Kamelmarkt. Danach fanden wir uns mitten im Sklavenmarkt wieder.

Jungen und Männer in Ketten oder mit einem Strick zwischen den Knöcheln standen auf Podesten. Kleine Knaben saßen eng aneinander gedrängt auf dem Boden, einige der gut gebauten Männer ließen ihre Muskeln spielen.

»Bleib dicht bei mir«, raunte mir Michele zu.

Meine Kehle fühlte sich staubtrocken an. »Wo sind denn die Frauen?«, fragte ich heiser, nur um etwas gesagt zu haben.

Michele zeigte auf die kleinen Hütten, vor denen die Sklavenhändler auf Kundschaft warteten. Hinter dem Fenster einer Hütte stand ein Mädchen. Sie streckte einen Arm durch die Gitterstäbe, um sich Luft zuzufächeln. Ihre silbernen Armreifen klimperten leise. Der Sklavenhändler, der mit seinem dicken Bauch, dem grauen Bart und dem Rosenkranz in der Hand wie ein netter

Großvater wirkte, bat uns herein. Michele schüttelte den Kopf, aber ich war schon hineingestürmt.

»Das ist Nuria«, sagte der Sklavenhändler.

Das Mädchen lächelte bezaubernd. Ihre makellose Haut hatte die Farbe von Elfenbein und ließ mich jeden Pickel auf meinem eigenen Gesicht schmerzhaft spüren. Schweißperlen bildeten sich auf meiner Stirn und liefen langsam herab.

Ich versuchte, nicht auf ihre Brustwarzen unter dem durchsichtigen Stoff zu starren. Oder auf den kleinen Rubin in ihrem Bauchnabel. Oder auf das rosige Dreieck zwischen ihren Schenkeln mit dem schmalen Spalt in der Mitte.

Die Augen purzelten mir beinahe aus dem Kopf.

Ich hatte früher schon nackte Frauen gesehen. Die Dorfhexen rissen sich die Kleider vom Leib, wenn sie beim Beltane-Fest genug Met getrunken hatten. Aber die hatten alle Büsche gehabt! Was das Mädchen zwischen ihren Schenkeln trug, sah hingegen samtig aus wie ein Pfirsich.

Der Sklavenhändler warf mir einen tödlichen Blick zu. An Michele gewandt, fuhr er im venezianischen Dialekt fort.

»Schön wie der Vollmond ist das Mädchen! Und geschickt!« Er senkte die Stimme zu einem Flüstern. »Für ein Goldstück gehört sie Euch.«

»Ich bin es Wert, an den Hof Sultan Saladins verkauft zu werden, nicht an einen dahergelaufenen Lateiner!«,

warf Nuria dem Sklavenhändler gehässig an den Kopf. Michele packte mich am Arm und wollte gehen.

»Wartet!", rief ihm der Mann nach. »Wollt Ihr den Jungen verkaufen? Ich gebe Euch ein halbes Silber!«

»Ich überlege es mir«, antwortete Michele mit einem Grinsen.

Seine Laune verschlechterte sich wieder, während wir über den Markt liefen. Als wir erfuhren, dass es keine Karawane nach Antiochia gab, fluchte er nur noch.

»Wir schaffen es vor dem Wintereinbruch nicht mehr nach Antiochia«, sagte er beim Abendessen.

Der Wirt wischte mit einem schmierigen Lappen die Speisereste vom grob geschnitzten Holztisch und knallte uns zwei Platten mit frittierten Fischen hin. Mit dem frischen Fladenbrot aus dem Ofen schmeckten die kleinen, silbrigen Fische köstlich. Aber ich starrte abwesend auf einen Punkt in der Luft und schmeckte das Essen kaum.

Michele gab mir einen freundschaftlichen Klaps auf den Rücken und meinte, er wolle sich gleich schlafen legen.

Kaum war Michele aufgestanden, atmete ich erleichtert auf. Ich wartete, bis er in unser Zimmer verschwunden war, dann stahl ich mich hinaus.

Draußen vor der Herberge blieb ich stehen und versuchte, mich zu orientieren. Die Häuser mit den schiefen Wänden sahen alle gleich aus und die Dunkelheit hatte sich über die Gassen gelegt. Aber der Wind musste vom Marktplatz herkommen, denn er brachte den scharfen

Geruch von Urin, Schweiß, faulem Obst und dem Mist der Reittiere mit sich.

Ich ballte die Hände zu Fäusten und begann zu laufen. Die Sklaven auf dem Markt gingen mir nicht mehr aus dem Kopf. Besonders das Mädchen, Nuria. Ich musste einen Weg finden, sie zu befreien. Dann könnte sie wieder zu ihrer Familie zurückkehren. Vielleicht wollte sie ja auch bei mir bleiben. Ich fühlte, wie mir das Blut ins Gesicht schoss. Und nicht nur ins Gesicht.

Ich war so in meine Träume vertieft, dass ich die Männer erst sah, als sie mir den Weg abschnitten. Ich drehte mich um und rannte zurück. Die Männer fluchten und nahmen mit schweren Schritten die Verfolgung auf. Ich bog in eine Gasse ein, rutschte auf etwas aus, das quiekte und unter meinem Fuß wegglitt. Meine Brust brannte wie Feuer, aber ich rannte weiter, bis ich die Männer abgeschüttelt hatte.

Ich blieb stehen und horchte. In der Ferne hörte ich ein Platschen und ein Fluchen. Jemand musste seinen Nachttopf aus dem Fenster geleert haben. Dann verschluckte die Nacht die Geräusche.

Im Schutz der Schatten lief ich weiter, während meine Schritte auf dem holprigen Pflaster überlaut widerhallten. Ich wünschte, Michele wäre bei mir. Aber Michele schlummerte in seinem Bett – und würde mir morgen mit Sicherheit den Hintern versohlen.

Ich fand mich unerwartet auf dem Marktplatz wieder. Der geschäftige Ort, der am Morgen noch voller Leben gewesen war, lag jetzt gespenstisch ruhig da. Bis auf ein paar Ratten mit Essensresten zwischen den Zähnen war *er leer. Ich lief durch die verlassenen Stände und fand nach kurzem Suchen die Hütte, wo ich das Sklavenmädchen gesehen hatte.*

»Was jetzt?«, fragte ich mich. Auf einmal kam ich mir sehr dumm vor.

»Nuria!«, rief ich leise. Ich versuchte, durch das Fenster zu schauen, aber drinnen herrschte völlige Dunkelheit. Auch als ich ein wenig lauter rief, bekam ich keine Antwort. Mutlos stieß ich die Tür auf – und fiel hin, als sie nachgab. Ich konnte immer noch nichts sehen, vernahm aber eine Bewegung im Raum.

»Nuria!«, flüsterte ich nochmals.

In diesem Moment traf mich etwas am Hinterkopf. Ein Licht explodierte in meinem Schädel. Dann wurde es dunkel.

***

Michele hatte so gut geschlafen wie schon lange nicht mehr. Er musste sich mit Lewellyn das Lager teilen, und der Junge war ein unruhiger Schläfer. Er kickte und hatte die unangenehme Gewohnheit, sich im Schlaf an ihn zu schmiegen. Aber diese Nacht war er ausnahmsweise ruhig gewesen.

Gut gelaunt drehte er sich um und bemerkte verwundert den leeren Platz neben sich. Der gestrige Tag war sogar für ihn selbst hart gewesen und Lewellyn war noch ein halbes Kind. Der Junge hatte verstört gewirkt.

Im Speisesaal wurde Michele vom Duft der würzigen Suppe aus fermentierter Milch und Mehl empfangen. Als er seine zweite Schüssel mit einem Stück Brot aufputzte, fehlte immer noch jede Spur von dem Jungen. Er war mehr verärgert als beunruhigt.

»Habt Ihr meinen Bruder gesehen?«, erkundigte er sich beim Wirt.

»Ich habe weiß Gott anders zu tun, als auf entlaufene Bengel zu achten«, antwortete der Mann.

»Wenn Ihr ihn seht, sagt ihm, er soll hier auf mich warten.«

»Aber sicher, mein Herr. Ich muss ja nicht kochen und putzen«, maulte der Wirt.

Michele fragte sich, warum es so viele Wirte gab, die ihre Gäste wie Dreck behandelten. Er machte sich nochmals auf den Weg, um nach einer Karawane Richtung Süden zu suchen.

Auf dem Rastplatz der Karawanen wimmelte es von Menschen, die wie er vor dem Wintereinbruch weiterziehen wollten. Michele erfuhr, dass es so spät in der Jahreszeit nur noch eine Karawane gab, die ins Landesinnere zog. Sie würden in zwei Tagen beim Sonnenaufgang abreisen. Er musste im Voraus zwei Goldstücke bezahlen.

Er kaufte noch Schaffelljacken für sich und den Jungen, Reiseproviant und geknüpfte Satteltaschen aus gefärbter Kamelwolle. Es dunkelte schon, als er in die Herberge zurückkehrte. Er lief in ihr Zimmer, um Lewellyn seine Einkäufe zu zeigen – und fand das Zimmer genauso vor, wie er es am Morgen verlassen hatte.

***

Mit hämmernden Kopfschmerzen und einem galligen Geschmack im Mund wachte ich auf. Ich saß in völliger Dunkelheit am Boden. Ich musste wohl im Schlaf von meinem Lager runtergefallen sein. Als ich aufstehen wollte, fiel ich der Länge nach hin. Etwas hielt mich am Knöchel fest.

»Michele?«, rief ich unsicher. Ich hörte wispernde Stimmen, die von überall herzukommen schienen.

Der Boden unter mir schwankte. Ich spürte die aufsteigende Übelkeit, aber es gelang mir, mich nicht zu übergeben. »Denk nach!«, befahl ich mir. Ich hatte nicht geträumt, ich war wirklich in die Hütte hineingegangen. Man hatte mich niedergeschlagen.

Ich tastete etwas Klebriges und eine gewaltige Beule an meinem Hinterkopf und den groben Stoff des Sackes, in dem mein Kopf steckte. Mit zittrigen Händen nahm ich ihn ab. Danach war es nicht mehr so dunkel.

Ich sah, dass ich an eine Mauer gekettet war, an der Wasser und Schleim herunterliefen. Und ich merkte, dass ich nicht allein war. Drei Paar Augen waren auf mich gerichtet. Nach ein paar Sekunden erkannte ich, dass es Kinder waren. Kleine Jungen. Alle hatten Fußfesseln wie ich selbst.

Die Tür ging auf. Unter den Gestank nach Moder, Pisse und Scheiße mischte sich salzige Meeresluft. Durch die offene Tür traten zwei Männer ein. Einer war der Sklavenhändler, den anderen hatte ich noch nie gesehen. Er presste sich ein Taschentuch über Nase und Mund, obwohl er selbst nach altem Schweiß und Parfüm stank.

»Was ist das?«, fragte er. Er zeigte mit der Schuh-spitze auf mich, als wäre ich eine tote Ratte. Seine Spra-che klang wie die der Genuesen, die ich auf der Reise ken-nengelernt hatte. Micheles Verachtung für sie hatte ich längst übernommen.

»Ein entlaufener Sklave, der versuchte, bei mir einzu-brechen«, antwortete der Sklavenhändler.

»Ich bin kein Sklave! Mein Bruder wird dir die Zunge herausreißen und dich damit erwürgen«, fauchte ich. Ich wollte noch mehr sagen, aber der schwere Stiefel des Mannes traf mich in die Rippen. Als ich wieder atmen konnte, zeigte der Genuese auf die drei kleinen Jungen.

»Ich nehme die da. Der andere ist mir zu alt. Die Älte-ren verbluten oft«, sagte er.

***

Michele betrat den überfüllten Speisesaal, wo der Wirt und seine Frau Suppe schöpften. Die erfahrenen Gäste hatten ihre eigenen Schüsseln mitgebracht, die anderen mussten warten, bis das Wirtspaar abgewaschen hatte.

»Habt Ihr meinen Bruder gesehen?«, fragte er das Ehepaar, nur um einen wütenden Blick des Mannes zu ernten. Seine Frau schielte so stark, dass er nicht sagen konnte, ob auch sie wütend war. Unsicher wandte er sich an die Männer am selben Tisch.

»Euren Bruder, was?«, sagte einer im typischen Dia-lekt der Genuesen. Die anderen lachten spöttisch. »Nein, von dem weiß ich nichts.« Der Mann löffelte geräusch-voll seine Suppe. Genuesische Witzbolde hatten Michele gerade noch gefehlt.

»Aber falls Ihr den Knaben meint, mit dem Ihr das Lager teilt ...« Michele packte den Mann an der Gurgel. Die halbvolle Schüssel flog durch die Luft, als er ihn auf die Füße zerrte.

»Schon gut. Es geht mich ja nichts an«, röchelte der Mann.

Ein anderer Genuese warf ein, er habe am Abend zuvor gesehen, wie der Junge allein die Herberge verlassen hatte. Michele ließ die Genuesen stehen und baute sich wieder vor dem Wirt auf.

»Hat mein Bruder gestern Abend die Herberge verlassen?«, fragte er.

»Wir wussten nicht, dass Euer Sklavenjunge ohne Erlaubnis wegging«, sagte seine Frau mit einem Blick auf ihre eigene Nasenwurzel.

»Er ist mein Bruder«, zischte Michele mit wachsender Ungeduld.

»In diesem Fall könnt Ihr Euch an den Provinzrichter wenden«, meinte der Wirt.

»Die Seldschuken sind aber besser beim Aufspüren entlaufener Sklaven«, fügte seine Frau hinzu.

Michele schluckte seinen erneut aufsteigenden Zorn hinunter. Das Missverständnis war nachvollziehbar. Sinop war im Moment überflutet mit hellhäutigen Sklaven mit geschorenem Kopf. Und Michele hatte vor ein paar Tagen, auf Lewellyns Drängen hin, ihm die Haare raspelkurz geschnitten.

Er ließ das Wirtsehepaar stehen und hörte hinter sich: »Als hätte ich Zeit, Lustknaben anzuglotzen!« Seine Frau schnaubte.

Michele verließ die Herberge und lief in Richtung des Hafens an den düsteren Gemäuern des Kerkers vorbei. Er schauderte. Sinop war berühmt für seinen Kerker, aus dem noch niemand ausgebrochen war.

In der Nähe der Werft lungerten Männer herum, die ihre Heuer in den Kneipen versoffen hatten und sich prügelten. Michele verteilte Münzen an Bettler, Straßenmädchen, Hafenarbeiter und an jeden, der ihm halbwegs nüchtern erschien, und fand sich bald von einer Menschentraube umgeben. Jeder wollte den Jungen gesehen haben. Er wandte sich zum Gehen, als ihn eine korpulente Dame heranwirkte. Grelle Schminke lag in den Furchen ihres verlebten Gesichts.

»Verschwende dein Geld nicht an dieses Lügenpack«, sagte sie. »Hier werden viele Kinder entführt.«

Michele trat näher. Die Frau musste die Besitzerin des Bordells sein, vor dem sie stand. Diesen Frauen entging kaum etwas, was in der Stadt passierte.

»Schuld daran ist das Schwarze Meer«, fuhr sie fort. »In seinem dunklen Wasser lauern Strömungen. Vorgestern ist wieder ein Schiff mit Sklavenjungen am Bord gesunken. Keiner überlebte. Jetzt fehlt es an Eunuchen für die Ägypter.«

Michele fühlte sich, als hätte ihn ein Tritt in die Magengrube getroffen. Er gab der Frau ein halbes Silberstück.

»Haltet die Ohren offen, fragt herum! Ich will meinen Bruder wieder haben!«, rief er. Beklommen fügte er hinzu: »Unversehrt!«

Er beschrieb ihr, wo er zu finden war.

***

Die Tür zu meinem Gefängnis ging auf, und der Sklavenhändler kam mit einem weiteren parfümierten Gecken herein. Das war schon der vierte. Die Männer wollten meine Muskeln betatschen oder meine Zähne zählen. Ich biss ihnen beinahe die Finger ab, spuckte und fluchte, bis sie angewidert die Flucht ergriffen. Der Sklavenhändler verprügelte mich zwar dafür, aber das war es mir wert.

»Fass mich nicht an, du Sohn einer stinkenden Ziege!«, schrie ich den Neuankömmling an. Ich beleidigte die Mutter des Mannes, bis mir der Wortschatz für ihre Körperteile ausging, dann machte ich auf Gälisch weiter. Der Mann fluchte auf Venezianisch zurück, schien aber hauptsächlich auf den Sklavenhändler wütend zu sein.

»Der da bedeutet nur Ärger! Wenn du meinen Rat willst: Wirf ihn ins Meer«, sagte er beim Hinausgehen.

Durch ein kleines Loch weit oben fiel Licht in meine Zelle. Als meine zweite Nacht in Gefangenschaft vorbei war, schreckte ich aus einem kurzen Schlaf auf.

»Michele wird mich finden«, sagte ich mir. Ich wiederholte es wie eine Beschwörungsformel meines Großvaters. Das half, um vor Angst nicht wahnsinnig zu werden.

Als sich die Tür das nächste Mal öffnete, stellte ich mich schlafend, obwohl mein Körper wie ein Pfeilbogen angespannt war. Ich spürte, wie mich jemand anschaute – wahrscheinlich der fette Sklavenhändler. Ich wartete, bis der Mann näherkam. Als ich seinen Atem im Gesicht spürte, schoss ich mit dem Kopf nach vorn und traf ihn mit lautem Krachen irgendwo, wo es hoffentlich sehr wehtat.

Eine Frau schrie. In meiner Verwirrung ließ ich den Körper los, den ich gerade zu fassen gekriegt hatte. Es war Nuria! Sie verpasste mir eine kräftige Ohrfeige.

»Du bist wirklich eine Pest!«, sagte sie und rieb sich die Stirn. »Jetzt antworte mir schnell, bevor der Sklavenhändler kommt. Ist der Venezianer wirklich dein Bruder?«

Ich nickte, weil ich meiner Stimme nicht traute.

»Was wolltest du denn mitten in der Nacht in unserer Hütte?«, fragte sie.

»Ich wollte dich befreien«, antwortete ich kleinlaut. Ich wartete auf ihr Lachen.

»Oh!«, sagte sie nach einer halben Ewigkeit. Dann beugte sie sich vor und gab mir einen sehr langen Kuss auf den Mund. Danach huschte sie hinaus.

***

Es war schon dunkel, als Michele am dritten Tag nach Lewelyns Verschwinden in sein Zimmer zurückkehrte. Am nächsten Morgen würde die Karawane ohne sie abreisen. Lewellyn war schon längst zu seinem kleinen Bruder geworden. Michele würde ihn nicht aufgeben. Er würde weiter nach ihm suchen. Und finden. Aber er konnte vor Angst und Müdigkeit nicht mehr klar denken.

Er zog sein Hemd über den Kopf, entledigte sich seiner Beinkleider und wusch sich mit dem Wasser aus dem Krug, den der Wirt hingestellt hatte. Erschöpft legte er sich unter die Bettlaken und schlief ein.

Das fahle Mondlicht fiel durch die kleine Öffnung in der Wand. Ein warmer Körper schmiegte sich an Micheles Rücken.

»Bleib auf deiner Seite«, brummte er, so wie er es immer tat, wenn Lewellyn sich wieder mal auf ihn gerollt hatte.

Michele war fast schon wieder eingeschlafen, als er an seinem Ohr ein leises Lachen vernahm. Ein Frauenlachen. Der Körper an seinem Rücken gehörte auch eindeutig einer Frau. Instinktiv tastete er nach dem Goldbeutel, der unter einem Bündel Kleider lag, das ihm als Kopfkissen diente. Das Gold war noch dort. Er richtete sich auf einem Ellbogen auf.

»Wer bist du?«, fragte er verwirrt.

»Ich bin Nuria. Wir haben uns neulich auf dem Sklavenmarkt getroffen. Weißt du nicht mehr?«

Michele lächelte selig. Er freute sich über den wunderbaren Traum, den ihm irgendeine barmherzige anatolische Gottheit geschickt haben musste. Er nahm ihre nackten Brüste in seine Hände und drückte sie, als würde er auf dem Markt Melonen prüfen. Das Mädchen lachte heiser.

»Der Sklavenhändler hat deinen Bruder „gefunden". Ich soll dir ausrichten, dass er einen Finderlohn will«, sagte sie.

Michele kam es vor, als hätte ihm derselbe Scherzbold von einem Gott einen Kübel Eiswasser über den Kopf geleert. Abrupt ließ er die Brüste los und richtete sich im Bett auf. »Geht es ihm gut?« fragte er.

»Ja, es geht ihm gut«, antwortete sie mit einem amüsierten Blick.

Michele zog rasch das Laken über sein erigiertes Glied.

»Du schuldest mir dafür zweieinhalb byzantinische Silbermünzen.«

Nuria streichelte mit einer Fingerspitze seine Brustwarzen. Die Berührung war sanft wie ein Windhauch, aber durchwühlte Michele wie ein Wirbelsturm auf dem Schwarzen Meer.

»Eine ist für mich, eine für Tante Aliya, die an der Werft ein Bordell führt und die halbe ist für den Sklavenhändler.« Nurias Hand umspielte jetzt Micheles Bauchnabel. Er stöhnte verzweifelt. »Vor morgen früh erwartet er dich nicht«, schnurrte sie. Ihre Hand wanderte von seinem Bauchnabel südwärts.

***

Die Atemluft des Kamels sah wie der Dampf aus einem Suppenkessel aus.

»Ich habe Hunger!«, klagte Lewellyn.

Michele reichte ihm wortlos ein Stück Fladenbrot mit Käse. Er wusste unterdessen, dass die Launen des Jungen erträglicher waren, wenn er ihn regelmäßig fütterte.

Vor einer Woche hatten sie Sinop verlassen und reisten durch die schroffe Landschaft Anatoliens. Die Tage wurden immer kürzer und kälter. Michele wunderte sich über Lewellyn, der die Entführung schon vergessen zu haben schien. Er selbst hingegen war in diesen Tagen um Jahre gealtert.

Nuria hatte ihm erklärt, der Sklavenhändler würde Lewellyn in einer Kerkerzelle festhalten. Einer der Wärter sei sein Schwager. Während sie redete, streichelten ihre geschickten Hände Michele und er brauchte seine ganze Willenskraft, um sich von Nurias Berührungen loszureißen. Sie wirkte eingeschnappt, als er sich anzog. Aber sie war eine kluge Frau mit eigenen Zukunftsplänen. Mit einem Schulterzucken lenkte sie ein.

Michele hatte den Sklavenhändler und seinen Schwager aus dem Bett gescheucht und sie zum Kerker geschleppt. Mitten in der Nacht und nur halb gekleidet sahen die beiden wie zwei Großväter aus, die zum Abort eilten. Als Michele Lewellyn sah, misshandelt und angekettet, konnte er sich nicht mehr beherrschen und verprügelte die zwei Halunken nach allen Regeln der Kunst. Er musste Lewellyn in die Herberge tragen. Doch schon nach ein paar Stunden Schlaf war der Junge wieder frisch und munter aufgestanden und hatte verkündet: »Ich habe Hunger!«

Michele hingegen fühlte sich, als wäre eine Kamelkarawane über ihn gerollt.

»Michele?«, sagte Lewellyn mit vollem Mund.

»Ja?«

»Hast du Nuria geküsst?«

Michele lächelte wehmütig. »Nein! Ich hatte keine Zeit dafür. Musste einen dummen Jungen retten!«

»Gut!«, sagte Lewellyn. »Dafür habe ich sie geküsst. Ihre Zunge schmeckte wie gekochtes Huhn.«

»Was? ... Du kleiner Mistkäfer!« Michele lachte schallend. »Das erklärt wohl das dämliche Grinsen auf deinem Gesicht!«

25

Rana - 1209, das Jahr der Schlange

Mit jedem Tag änderte sich die Landschaft. Das Rinnsal, dem sie folgten, verwandelte sich allmählich in einen mächtigen Strom, den heiligen Fluss Orchon. Gut genährte Yaks weideten auf den saftig grünen Wiesen.

Der Orchon war nicht nur den Mongolen heilig. Auch längst verschwundene Stämme der *Gök-Türken* hatten an seinem Ufer ihre Rituale abgehalten. Die Täler mit ihren duftenden Nadelwäldern verbargen noch immer Spuren dieser alten Kulturen.

Rana schaute sich ehrfürchtig um, als sie an Steinen vorbeikamen, die wie stumme Wächter aus der Erde ragten. Manche standen einzeln, andere bildeten Kreise. Es gab kleine, unscheinbare, aber auch welche, die sich hoch in den Himmel reckten. In die Steine waren Runen gemeißelt, rätselhafte Zeichen, die heute kaum noch jemand lesen konnte.

»Meine Mutter besaß ein Pergament, auf dem jede dieser Runen mit chinesischen Schriftzeichen erklärt war«, sagte Rana zu Asena. »Als Kind habe ich versucht, mir all diese Zeichen einzuprägen. Heute weiß ich kaum noch was davon.«

Sie schwieg einen Moment. Auch dieses Pergament war verschwunden, und mit ihm ein Stück uralten Wissens. Vermutlich für immer.

»Wahrscheinlich wickelt der mongolische Hauptmann gekochte Ochsenschwänze in meine

Pergamente«, grummelte Rana mit zusammengebissenen Zähnen.

Von Asena kam keine Antwort. Erst als sich Rana umdrehte, bemerkte sie, dass sie allein auf dem Wagen saß. Im nächsten Moment schwang sich Asena leichtfüßig wieder auf den Platz neben ihr.

Rana musste sich beherrschen, das Mädchen nicht kräftig durchzuschütteln. In einem der Nomadendörfer hatte sie für sie ein schlichtes Kleid aus ungefärbter Baumwolle erstanden. Es war ähnlich geschnitten wie ihr altes Gewand – mit weitem, langem Oberteil und bequemen Beinkleidern, damit sie sich im Kampf schnell bewegen konnte. Wahrscheinlich war es für einen Jungen geschneidert worden. Asena hatte das Kleid wortlos entgegengenommen und im Wagen unter die Pritsche verstaut. Sie lief weiterhin in ihren dreckstarrenden alten Sachen herum.

Rana wollte gerade von ihrem Sitz springen, um mit Ak-Su die Plätze zu tauschen, als sie Nargizas Stimme hörte.

»Tante Rana, Tante Rana!«

Nargiza blieb, außer Puste, neben dem alten Gaul stehen. In ihrer Hand schwang sie eine gefährlich aussehende Zange. Dicht hinter ihr folgte ein etwa siebenjähriges Mädchen mit einem Bündel in den Armen, das sie fast zu Boden drückte. Ihr fadenscheiniges Kleid war ihr um Ellen zu lang. Sie musste die Röcke raffen, um nicht darüber zu stolpern. Rana war das Mädchen schon zuvor aufgefallen, als es Nargizas Pferd ungeschickt Zöpfe in die Mähne flocht.

»Die Frau des Dorfältesten will, dass ich ihr einen Zahn ziehe. Sie sitzt schon im Wagen. Danach soll ich ihrem Enkel eine Eiterbeule am Hintern aufstechen«, erklärte Nargiza. Nervös fuchtelte sie mit dem rostigen Werkzeug herum, das die alte Ummaya vermutlich zum Radwechsel benutzt hatte.

Das kleine Mädchen leerte den Inhalt ihres Bündels auf den Boden: ein Holzhammer zum Zerquetschen von Kamelhoden, ein kleines Fallbeil zur Kastration – oder auch zur Entfernung der Vorhaut, manchmal mit dem gleichen Resultat.

Rana wühlte im unordentlichen Haufen und fand ein Stück Katzendarm zum Nähen von Wunden, eine kleine gebogene Klinge für den Aderlass und etliche rostige, blutverkrustete Messer. Eines davon war gezackt und hatte einen sehr langen Stiel, der durch eine Röhre lief. Geburtshelfer benutzten es zur Zerstückelung, wenn das Kind im Mutterleib abgestorben war.

Nichts davon war im Moment von Nutzen. Es sah ganz so aus, als hätte die alte Schamanin eher mit Pferden und Kamelen als mit Menschen zu tun gehabt. Achselzuckend zeigte Rana auf die Zange in Nargizas Hand.

»Ich hoffe, der Mund der alten Frau ist groß genug«, sagte sie zweifelnd.

»Oh, ja!«, rief das kleine Mädchen begeistert. »Die alte Hexe hat einen Mund wie ein Kamel und eine Zunge wie ein Kaktusblatt.«

Ihr Lachen zauberte ihr zwei entzückende Grübchen ins Gesicht. Neben übergroßen Schneidezähnen kamen ein paar wackelnde Milchzähne zum Vorschein. Ihr Gebiss glich den Runensteinen am Fluss Orchon, aber das würde sich bald ändern.

Nargiza streichelte den Kopf der Kleinen. »Kara hat recht«, sagte sie mit einem maliziösen Lächeln.

Als Rana ihren Kopf durch die Wagentür steckte, saß die Frau mit aufgesperrtem Mund auf dem Boden und stemmte die kurzen Beine gegen Nargizas Bett. Mit einer Hand umklammerte sie die Hand eines etwa zwölfjährigen Jungen, wahrscheinlich eher, um ihn an der Flucht zu hindern, als um sich selbst Mut zu holen.

Das kleine Mädchen versuchte, sich auch hineinzuquetschen, doch im engen Wagen war kaum Platz für Rana und Nargiza. Mit dramatischem Augenrollen kletterte sie auf eines der Räder und genoss das Schauspiel von dort.

Der Junge begann zu schreien, als sie die Zange in Nargizas zitternder Hand sah. Im nächsten Moment war alles schon vorbei. Der Zahn fiel fast von selbst heraus, noch ehe die Zange richtig angesetzt war. Die Alte schnappte sich den Zahn und steckte ihn in die Tiefen ihrer hohlen Brüste. Sie rollte den Zipfel ihres Kopftuchs zu einem Knäuel und presste ihn auf das neueste Loch in ihrem Mund.

Nargiza schickte sie hinaus und drückte dem zitternden Jungen ein Stück Holz in die Hand. »Darauf beißen und sich auf den Bauch legen!«, befahl sie forsch.

Der Erfolg mit der Großmutter schien ihr Selbstvertrauen gestärkt zu haben. Doch sobald der Junge sich umdrehte, schmolz Nargizas Zuversicht dahin. Angewidert starrte sie auf die hühnereigroße Beule am Hintern des Jungen. Rana setzte sich auf seine Beine und stach zu. Der Schrei war vermutlich bis nach Karakorum zu hören.

Er entfernte sich unter lauten Flüchen. Nargiza spähte durch den Vorhang ihres Wagens hinaus.

»Ekelhaft«, quiekte sie. Die Farbe war noch nicht wieder in ihr Gesicht zurückgekehrt. »Erinnere mich daran, dass ich mich niemals auf ein Kamel setze. Kein Wunder sind die Biester immer so schlecht gelaunt. Diese Onguden treiben sie mit glühenden Eisen an, wenn sie nicht mehr ... Huch!«

Erschrocken sprang sie von ihrem Spähposten zurück. »Da kommen ja noch mehr!«

Rana warf rasch einen Blick auf das junge Paar, das draußen wartete. Sie schienen kaum älter als vierzehn und sahen aus, als wollten sie gemeinsam im Erdboden verschwinden. Ihre Wangen glühten wie zwei Paar knackiger Äpfel. Das Mädchen trug noch die Hennabemalung ihrer Hochzeit auf den Händen. Die kleine Kara berührte das hübsche Muster bewundernd.

»Ich will auch so eine Zeichnung«, sagte sie. »Aber ich will nicht heiraten. Männer stinken!« Der junge Bräutigam versuchte, sie mit einem Fußtritt zu verscheuchen.

Rana nahm Nargiza beiseite. »Die wollen nur wissen, was sie anstellen müssen, damit sie schwanger wird. Bleigießen hilft immer«, beruhigte sie sie. »Sag ihnen, sie sollen am Abend wiederkommen. Bis dann kannst du dir überlegen, was du ihnen sagen willst.«

Ein Grinsen, das nichts Gutes für das junge Paar ahnen ließ, breitete sich auf Nargizas Gesicht aus.

»Fort mit euch! Die Schamanin braucht jetzt ihren Mittagsschlaf«, rief Kara dem verängstigten Paar zu. Sie wollte den Jungen noch weiter piesacken, aber eine der alten Frauen packte sie am Arm und schleifte sie weg. Die Kleine war ein richtiger Wildfang. In ein paar Jahren würde sie zu einer Schönheit heranwachsen.

Ranas Stimmung war deutlich besser, als sie wieder zu ihrem eigenen Wagen zurückkehrte.

In der Zwischenzeit hatten Asena und Ak-Su aus kaltem Rehbraten das Mittagessen bereitet. Sie fuhren seit Tagen durch saftige Weideländer und mussten weder Durst noch Hunger leiden.

Asena war von einem ihrer Jagdausflüge sogar mit einem Reh zurückgekommen. Das Tier hatte ein samtenes Fell mit rötlichen Streifen, das Braun so hell, dass es fast weiß wirkte. Es war ein wunderschönes und seltsames Farbmuster. Und sein Fleisch war so zart, dass es auf der Zunge schmolz.

Ihr Weg näherte sich seinem Ende, und eine spürbare Unruhe hatte die Reisenden erfasst. Es kam öfter als sonst zu Streit unter den Männern, Frauen schrien einander an, die Kinder plärrten. Sogar die Kamele blökten – oder wie auch immer ihre unanständigen Geräusche hießen – lauter als sonst.

Die alte Frau, die sie von ihrem letzten Zahn erlöst hatten, stupste Ak-Su mit dem Fuß. »Los, beeilt euch! Bis Karakorum sind es nur noch wenige Tage!«, krächzte sie.

Ak-Su nagte gemütlich an einem Knochen weiter. »Was gibt's denn in Karakorum?«, fragte sie betont gelangweilt, um die Alte zu ärgern.

»Karakorum! Der Ort am Ufer des heiligen Flusses Orchon, am Fuß der heiligen Berge, du dummes Ding! Dort lagert der große Khan. Bald gehört ihm die ganze Welt!«, schnappte die Alte.

»Nie von ihm gehört«, sagte Ak-Su.

Asena und Nargiza zuckten die Achseln. Schimpfend und mit hochrotem Kopf stapfte die Alte davon.

Rana beschloss, dass ein paar Stunden ohne das ständige Geschrei und Gezänk der Reisenden ihnen guttun würden. Sie meldete dem Karawanenführer, sie würden später nachkommen.

Nach dem Mittagessen legte sich Rana mit der schlafenden Su ins duftende Gras. Bevor ihr die Augen zufielen, sah sie noch, wie Asena mit einem Bündel unter dem Arm in Richtung Fluss verschwand. Nargiza folgte ihr mit einem Kessel und einem Lederbeutel.

»Wohin geht ihr?«, fragte Rana schläfrig.

»Äh, schlaf weiter, Tante Rana«, gab Nargiza zur Antwort. Sie sprach schnurrend wie Ak-Bala es oft tat.

Rana hatte es längst aufgegeben, den Mädchen nachzurennen. Sie hatte genug eigene Sorgen. Sie waren nicht mehr weit von Karakorum entfernt, wo der große Khan lagerte. Den Gerüchten zufolge wollte dieser Großmaul von dort aus über die Welt herrschen. Es gab Leute, die schon von „Dschingis Khans Stadt" redeten, wenn sie sein Lager meinten.

Ak-Sus Stimme weckte Rana aus ihrem Mittagsschlaf.

»Asena, bist du das?«, rief ihre Tochter. »Nein, kann nicht sein. Du riechst ja nicht mehr wie meine Schweißsocken.«

Asena lächelte verlegen. Sie trug das neue Kleid, das Kopftuch war verschwunden und ihre Haare hatte sie zu zwei dicken Zöpfen geflochten. Und tatsächlich – sie stank nicht mehr. Dafür hatte Nargiza jetzt schwarze Fingernägel wie die Pferdediebe, die gestohlene Tiere färbten. Wenn die Mädchen ein Pferd geklaut hatten, wollte Rana lieber nichts davon wissen.

»Asena, du strahlst wie die Liebesgöttin Ayihit im Mondschein«, neckte Ak-Su Asena weiter. Erst jetzt fiel Rana auf, wie hell Asenas Haut war. Ihre Nase war mit winzigen braunen Pünktchen gesprenkelt.

Und da war wieder diese vage Erinnerung – jemand mit Tüpfeln um die Nase und denselben seltsam laubfarbenen Augen.

Die Erinnerung war weg, als Asena wütend aufschrie. Bevor sie und Ak-Su sich an die Kehle gingen, trieb Rana die Mädchen zum Aufbruch.

Es war dunkel, als sie das Nachtlager erreichten. Die Onguden saßen schon beim Lagerfeuer. Der Geschichtenerzähler erzählte von einem Heiligen, den man an ein

211

Kreuz genagelt hatte. Rana überraschte es nicht. Inzwischen hielt sie die Onguden zu allem fähig.

Sie wollte sich in ihren Wagen zurückziehen, als eine neue Geschichte begann. Ak-Bala rollte sich neben ihr zu einem flauschigen Pelzknäuel zusammen.

»Der Ruhm des jungen Fürsten Ala Kush war nicht nur im Land der Onguden bekannt. Als er sich eine Frau suchte, sandte ihm Dschingis Khan seine Lieblingstochter Alakhai Bekhi ...«

Ak-Su verdrehte die Augen. »Hoffentlich erzählt er das an der Hochzeit der anderen Tochter. Dann haben wir was zu lachen«, flüsterte sie.

»Schsch!«, riefen mehrere Zuhörer.

»... die schönste, klügste unter seinen Töchtern. Und sie war auch ihrem Vater am ähnlichsten.«

»Vor allem der lange Schnurrbart«, kicherte Nargiza.

Die Mädchen erstickten ihr Lachen in einem vorgetäuschten Hustenanfall. Die Onguden zischten wieder wie gereizte Schlangen. Rana scheuchte die drei in den Wagen.

»Alakhai Bekhi trägt ein rotes Mal in ihrer Handfläche«, raunte der Geschichtenerzähler. Er hatte die Stimme verschwörerisch gesenkt.

Rana blieb wie angewurzelt stehen.

»Dschingis Khan selbst hielt bei seiner Geburt einen Blutklumpen in der Hand. Seither trägt er ein rotes Mal, geformt wie die Sonne. Nur Auserwählte tragen dieses

Zeichen. Große Herrscher, Zauberer – und deren Mütter.«

Ein kalter Schauer lief Rana über den Rücken. Vorsichtig setzte sie sich wieder. Sie stupste Ak-Bala an.

»Es gibt bestimmt viele Mongolen mit einem roten Mal, oder?«, flüsterte sie.

»In Form einer Sonne? In der rechten Handfläche? Ja, klar, bestimmt«, schnurrte Ak-Bala.

»Wie hieß der junge mongolische Krieger, der mich zeugte?«, flüsterte Rana.

»Keine Ahnung. War ja nicht dabei.«

»Dschingis hieß er bestimmt nicht, das weiß ich. Aber ...«

Als sie sich umdrehte, war Ak-Bala verschwunden.

26

Lewellyn war noch nie so tief ins Land der Mongolen gereist. Der Fluss, dem er folgte, war zu einem kräftigen Strom angewachsen. An seinem Ufer ragten mit Runen beschriftete Steine aus dem Boden. Es waren ganz andere Zeichen als die Keltischen, erinnerten ihn aber trotzdem an Irland.

Als in der Ferne Wildesel schrien, begann das Maultier um sich zu kicken und fiel in das Gewieher ein. Lewellyn machte einen Satz zur Seite.

»Ganz ruhig!«, rief er.

Esel und Maultiere gab es in Irland nicht. Aber Wildpferde! Und Rothirsche! Lewellyn wurde von einem Heimweh erfasst, wie schon lange nicht mehr. Er versuchte, die Vorderbeine des Tieres locker zusammenzubinden.

»Das sind nur ganz weit entfernte Vettern«, grummelte er. »Die würden dich nur auslachen. Halt jetzt endlich still! *Daingead!*«

»Warum kaufst du dir nicht ein Pferd, mein Junge? Oder klaust eins, von mir aus!«, bemerkte Dylan.

»Bettelmönche besitzen keine Pferde. Rana glaubt, ich wäre einer.«

»Rana glaubt dir kein Wort. Aber sie mag dich.«

»Meinst du?«

»Klar! Da wäre nur noch die Geschichte mit dir und ihrer Mutter. Solange sie sich nicht daran erinnert, bist du in Sicherheit.«

»Lachst du jetzt Großvater?«

»Nein! Warum?«

»Ist schwierig zu sagen bei dir. Eigentlich siehst du immer aus, als würdest du lachen.«

»Kann ich mir nicht vorstellen. Erzähl weiter, statt mich vollzuquatschen!«

1181, das Jahr des Büffels

Eines musste man den Seldschuken lassen: Ihre Soldaten mit den drei langen Zöpfen und den bogenförmigen Schnurrbärten sorgten für Sicherheit auf den Karawanenwegen, sodass wir ohne Zwischenfälle durch die karge Steppe reisten. Es wurde immer kälter. Morgens gefror der Atem vor unserem Gesicht, und mir tropfte ständig die Nase.

»Wir übernachten hier«, bestimmte der Karawanenführer.

Er zeigte auf eine armselige Siedlung mitten im Nirgendwo, zu Füßen eines Hügels. Hoch oben thronte eine halbverfallene Burg und warf düstere Schatten auf die windschiefen Häuser und Zelte.

Michele schnupperte in der Luft. »Das ist vernünftig. Es riecht nach Schnee«, behauptete er.

Ich glaubte nicht, dass Schnee roch, und sagte es Michele. Vor allem hatte ich keine Lust auf eine weitere schäbige Unterkunft, wo Kakerlaken hinter Ratten herjagten.

»Der Ort heißt Ankara«, erklärte Michele, unbeeindruckt von meinem Schnauben und Grummeln. »Und ist berühmt, weil …«

Er brach ab, als wolle er die Spannung steigern, während wir um den Hügel ritten. Ich gähnte laut in sein Ohr. Mein Platz auf dem Kamel hinter Michele war perfekt geeignet, um ihn zu ärgern.

»… hier die prachtvollste Karawanserei von ganz Anatolien steht«, beendete Michele seinen Satz.

»Boah!«, fand ich.

Der Spitzbogen vor uns war mit arabischen Schriftzügen verziert und so hoch, dass auch zwei aufeinander stehende Kamele bequem darunter Platz gehabt hätten.

Wir folgten dem Karawanenführer durch das Doppelportal in den gedeckten Innenhof. Michele sprang vom Kamel, noch bevor das Vieh sich niederkniete. Er wechselte ein paar leise Worte mit dem Wirt, während sich die anderen noch um ihr Gepäck kümmerten. Michele und ich besaßen nichts außer einer Satteltasche und dem Beutel mit dem Gold, den er immer auf sich trug.

Ich brachte unser Kamel zum Stall unter den angrenzenden Bogengängen und schleppte die Satteltasche in den Innenhof. Wie durch ein Wunder war es hier angenehm warm. Michele hatte mir eingeschärft, mir eine neue Umgebung unauffällig einzuprägen. Ich klappte den Mund zu und schaute mich um.

Im Innenhof wuchs eine mächtige Platane, streckte sich bis zur hohen Kuppeldecke und durch ein Loch im Dach in den Himmel. Sie mussten den Karawanserei um sie herum gebaut haben. Neben dem Baum sprudelte Wasser aus einem achteckigen Marmorbecken. Ich steckte meine Hand hinein – und zog sie schnell wieder heraus. Das Wasser war kochend heiß und roch nach faulen Eiern.

Um den Brunnen standen niedrige Tische mit dicken Sitzkissen. Es gab auch eine große Feuerstelle, wo ein Hüne mit rußverschmiertem Gesicht Holzscheite in das lodernde Feuer warf. Vor dem Kamin saß ein großer Schäferhund, der sich ausgiebig streckte und auf mich zukam. Hunde und ich mochten einander.

Michele musste den Wirt fürstlich bestochen haben. Der untersetzte Mann ließ die übrigen Gäste stehen und führte uns in den ersten Stock. Er atmete pfeifend, als wir unser Zimmer erreichten, zeigte aber stolz auf die blitzsauberen Betten aus Schilfmatten und die flauschigen Decken aus Kamelhaar. Michele quiekte vor Vergnügen, als er den Krug und das Waschbecken mit einem Stück Seife entdeckte.

»Keine zehn Kamele bringen mich von hier weg!«, rief er.

Sein Wunsch ging in Erfüllung. Als wir am nächsten Morgen aufwachten, tobte draußen ein Schneesturm, und das Portal der Karawanserei war zugeschneit. Der Wirt schien damit gerechnet zu haben. Er hatte sich mit einem unerschöpflichen Vorrat an Getreide, getrockneten Bohnen und Legehennen auf den Winter vorbereitet.

Ab und zu jagte er mit einem Beil in der Hand einem alten Kampfhahn nach. Dann gab es für einen Aufpreis Hühnersuppe.

Nachts legten wir heiße Ziegelsteine ins Bett und mümmelten uns in die weichen Decken ein. In diesen Monaten brachte mir Michele bei, Karten mit Bergen, Flüssen und menschlichen Siedlungen in den richtigen Proportionen zu zeichnen. Ich stellte mich zwar nicht ungeschickt an, wurde aber schnell ungeduldig.

»Kartenzeichnen ist todlangweilig!«, stöhnte ich, als wir wieder einmal am Kamin saßen. Den gemütlichen Platz hatte sich Michele gegen ein Trinkgeld gesichert.

Michele lachte gutmütig. Er verstrubbelte mir die Haare, als wäre ich tatsächlich sein kleiner Bruder. »Dieser Winter ist die gemütlichste Zeit meines ganzen Lebens«, schwärmte er.

Ich wollte eines Tages genauso sein wie er, aber ich hätte mir eher die Zunge abgebissen, als ihm das zu verraten.

»Wie alt bist du Michele?«, fragte ich. »Mein Großvater war siebzig, als er starb. Du bist noch nicht so alt, oder?«

Michele antwortete mir nach einem Klaps auf den Hinterkopf: »Ich bin fünfundzwanzig, du Frechdachs. Zehn Jahre älter als du. Und viel weiser! Ich bin schon bis nach China und wieder zurückgereist.«

Er zwinkerte mir zu. Das Zwinkern war auch etwas, was ich unbedingt lernen wollte. Bisher gingen mir immer beide Augen zu, wenn ich es versuchte.

»Du zeichnest Karten, schnüffelst herum und machst damit einen Arsch voll Geld«, stellte ich klar. Mir fiel zum ersten Mal auf, dass ich so gut wie nichts über Michele wusste.

»Stimmt, Kleiner«, gab er zu. Er streckte seine Beine zum Feuer und nahm einen Schluck vom unverschämt teuren Wein des Wirtes. »Irgendwie erinnert mich diese Herberge an das Kloster, in dem ich als Kind gewesen bin.«

»Was für ein Kloster?«, fragte ich neugierig. Von einem Kloster hatte er noch nie was erzählt.

»Ein Kloster für Leprakranke«, antwortete Michele schwärmerisch. »Meine Mutter starb bei meiner Geburt, und mein Vater brachte mich ins Kloster. Der Abt wollte mich nicht haben, aber es blieb ihm nichts anderes übrig, weil mein Vater schon abgehauen war. Als er sechs Jahre später wieder auftauchte, freute er sich, dass ich noch lebte – und sogar noch im Besitze all meiner Finger war. Die würde ich brauchen.«

Sein Blick wurde hart.

»Mein Vater war nach Osten gereist, weil er gehört hatte, dass in einem Land namens Tibet schlitzäugige Wilde sagenumwobene Schätze horteten. Es war ihm gelungen, die Tibeter mit seiner Anwesenheit zu beglücken und ihre Tempel auszurauben. Auf dem Rückweg war er von einer Räuberbande überfallen worden. Man hatte ihn gefoltert und versklavt. Als er schließlich fliehen konnte, hatte er eine einzige Figur aus seinem Schatz retten können: eine daumengroße Statue aus massivem

Gold, die er täglich von neuem heruntergeschluckt hatte.« Er schüttelte sich angewidert.

»Wahrscheinlich wird er allein für diesen Frevel die nächsten Tausend Jahre als Kakerlake wiedergeboren. Jedenfalls war er begeistert, dass ich so klein und geschickt war. Er bildete mich zum Dieb aus, während wir Richtung Osten reisten. Ich war damals schon besessen von Büchern. Ähnlich wie dein Vater Columban hatte mir der Abt das Lesen und Schreiben beigebracht. Als mein Vater merkte, wie gern ich las, ließ er mich in Bibliotheken einbrechen. Die Bücher, die ich stahl, verscherbelte er, aber ich durfte sie vorher lesen. Wir kamen bis nach Tibet. Ich war acht, als er von einem Tempelwächter erschlagen wurde.«

»Was?!", rief ich erschrocken. „Wie hast du …?«

Michele schwieg.

»Irgendwann erzähle ich dir von meiner Familie in Tibet«, sagte er nach einer Weile lächelnd.

Aber es vergingen ganze vierzehn Jahre, bis Michele mit mir über seine Zeit in Tibet sprach.

Zur eingeschneiten Reisegesellschaft gehörte auch ein Venezianer namens Mario, der seit vielen Jahren im Reich der Seldschuken lebte. Michele war aufgefallen, dass er sich mit dem turkmenischen Wirt fließend unterhalten konnte.

»Die Familie meiner Frau lebt in der Hauptstadt Konya. Sie sind Armenier. Ich habe die Sprache der Seldschuken nur gelernt, um meine Schwiegermutter zu ärgern«, erklärte Mario.

Ich wackelte mit den Zehen und döste am warmen Feuer. Schläfrig sah ich zu, wie Michele seinen Beutel mit Kleingeld herausholte. Ehe ich begriff, was er tat, hatte er Mario als Lehrer für mich angestellt.

Marios Unterrichtsmethode war simpel. Er schritt durch den Innenhof und redete, ich folgte ihm mit dem Hund und plapperte alles nach. Das zerrte zwar an den Nerven der Gäste, aber mir machte es Spaß. Es erinnerte mich an die magischen Verse meines Großvaters, die ich als Kind auswendig gelernt hatte. Als der Schnee schmolz und die ersten Schwalben kamen, sprach ich eine Turksprache mit venezianischem Einschlag und einem Hauch Gälisch. Mit den Jahren würde sich dieser kleine Makel aber ausschleifen.

Nach der Schneeschmelze machten wir uns wieder auf den Weg. Auf dem nächsten Pferdemarkt tauschten wir unser Kamel gegen zwei Pferde ein. Die nächsten Wochen ritten wir durch zerklüftete Schluchten, die an manchen Stellen so eng waren, dass wir absteigen und die Tiere am Zügel führen mussten. Bizarre Felsformationen ragten wie riesige Pilze in die Luft.

»Dort oben ist König Midas' Grab«, sagte Michele und zeigte auf einen der Felsen. »Alles, was der König anfasste, verwandelte sich in Gold. Sogar seine Tochter.«

Ich schaute ihn misstrauisch an, aber er zwinkerte nicht.

»Und der Ort hier heißt Gordion«, fuhr Michele fort. »Es gab hier ein unauflösbar verknotetes Seil. Ein Orakel versprach demjenigen, der ihn lösen konnte, die Herrschaft über ganz Asien. Alexander der Große war kaum

älter als du – und sicher kleiner –, als er mit seinem Schwert den Knoten durchschlug. Er kam mit seiner Armee bis nach Indien.«

Ich war sicher, dass Michele das alles gerade erfunden hatte. Bis auf die vergoldete Prinzessin, vielleicht.

An einem Frühsommertag schloss sich ein alter, blinder Bettler der Karawane an. Er trug einen staubigen Flickenmantel und spielte abends am Lagerfeuer auf seiner Schilfflöte. Der Karawanenführer, der ihm bei seinem Auftauchen die Hände geküsst hatte, behandelte ihn wie einen Heiligen. Ich setzte mich jeden Abend neben den alten Mann, der mich an meinen Großvater erinnerte, und hörte seinem Flötenspiel zu. Ich erschrak, als er mich ansprach.

»Möchtest du lernen, auf der Schilfflöte zu spielen, mein junger Löwe? Man nennt sie Ney.«

Ich war völlig überrumpelt. »Warum nennst du mich Löwe?«, stammelte ich.

»Dort, wo ich herkomme, nennen wir junge Männer Löwe oder Widder«, erklärte der Blinde. »Du scheinst mir ein Löwe zu sein.«

Er legte mir die Flöte an die Lippen, drehte meinen Kopf in die richtige Stellung und setzte meine Finger auf die Löcher.

Auch nach einer halben Stunde brachte ich nichts als ein Schnauben und Prusten aus dem Instrument heraus. Mein Kopf fühlte sich aufgeblasen an wie ein Ochsenfrosch. Mit hängenden Schultern gab ich die Flöte zurück. Doch der alte Mann lächelte geduldig und meinte, ich würde es schaffen, sobald ich es nicht mehr erzwingen wolle.

»Der Weise will sich selbst verändern, nicht die Welt«, sagte er.[1]

Als ich nach einer Woche der Ney den ersten Ton entlockte, lachte der alte Mann wie ein stolzer Großvater. Ich wusste inzwischen, dass er Dede Yunus hieß und ein Sufi war – oder ein Derwisch, wie er mir verraten hatte.

»Äh, hm«, machte ich damals, da ich keine Ahnung hatte, was das war.

»Es bedeutet, mein junger Löwe, dass die Liebe meine Religion ist und mein Herz mein Tempel«[2] , erklärte Dede Yunus mit einem Lachen.

Danach war ich nicht klüger.

Ohne zu merken, wann ich damit angefangen hatte, erzählte ich dem alten Mann von meinem Großvater und wie er gestorben war.

»Ich habe ihm den Kopf abgeschnitten«, flüsterte ich. Ich war froh, dass er mich nicht sehen konnte. Sobald die Worte heraus waren, fühlte ich mich, als wäre eine eiternde Wunde aufgebrochen und das Gift herausgelaufen. Das klingt eklig, aber traf genau, was ich empfand.

---

[1] Rumi 1207-1273, Sufimystiker
[2] Rumi 1207-1273, Sufimystiker

Dede Yunus strich mir über den Kopf und sprach mit seiner sanften Stimme: »Die Wunde ist der Ort, an dem das Licht in dich eindringt.«[3]

Zugegeben, das drückte es appetitlicher aus.

Eines Abends stand der Derwisch vom Lagerfeuer auf, gab mir seine Flöte und bat mich, sie gut zu behandeln. Er legte seinen Stock, auf den er sich gestützt hatte, auf den Boden. Dann kreuzte er die Arme vor der Brust, hob den rechten Arm zum Himmel, während die linke Hand zur Erde zeigte. Dede Yunus begann sich zu drehen. Er drehte sich immer schneller und schneller, dann wurde er wieder langsamer und kam mit gekreuzten Armen zum Stillstand. Ohne ein weiteres Wort legte er sich zum Schlafen auf den Boden. Am nächsten Morgen wachte er nicht mehr auf.

Der Karawanenführer ließ Dede Yunus unter einem Maulbeerbaum begraben.

»Das wird ihm gefallen«, meinte er nach einem leisen Gebet. »Er wird sich in Erde verwandeln und im Baum weiterleben.«

Die Karawane zog weiter. Das schroffe Gebirge machte die Reise beschwerlich und das Fürstentum Antiochia war immer noch weit entfernt. Ähnlich wie die erschöpften Lasttiere ritt ich mit hängendem Kopf Michele nach. Abends spielte ich auf der Ney und versuchte mir vorzustellen, dass der Geist des blinden Bettlers im Maulbeerbaum weiterlebte.

---

[3] Rumi 1207-1273, Sufimystiker

»Komm mit«, sagte Michele eines Morgens. »Ich möchte dir etwas zeigen.«

Wir ritten ein Stück von der Karawane weg. Michele hatte wie immer seinen Stock bei sich, doch dieses Mal trug er einen zweiten.

Mit einem Zischen ließ er seinen Stock durch die Luft schwirren, als kämpfe er gegen einen unsichtbaren Gegner. Er bewegte sich so schnell, dass ich kaum mit den Augen folgen konnte.

»Wie machst du das?«, fragte ich. Meine Lebensgeister waren wieder erwacht.

Die nächste Stunde kämpften wir gegeneinander, bis Michele mir lachend die Hand reichte.

»Für heute hast du genug Prügel eingesteckt. Morgen machen wir weiter.« Er zog mich auf die Beine. »Mein Lehrmeister war ein tibetischer Mönch. Diese Kampfkunst darf nur weitergegeben werden an jemanden, der würdig ist – und dem man vollkommen vertraut.«

Zwischen meinen glühenden Ohren breitete sich ein Lächeln aus.

27

Rinpoche - 1209, das Jahr der Schlange

Rinpoche warf einen besorgten Blick auf seine Brüder. Den Großteil ihrer schweren Jurten hatten sie in den Berghöhlen bei Tenzin Rinpoche zurückgelassen. Seither hatten sie eine unglaubliche Strecke zurückgelegt. Aber in letzter Zeit mussten sie Ruhetage einlegen, weil nicht wenige krank geworden waren. Sie hatten giftige Beeren gegessen, die sie fiebern und halluzinieren ließen. Noch immer krümmten sich manche unter anfallartigen Schmerzen. Wenigstens hatte sich Thrinle von seinem Skorpionstich wieder erholt.

»Wir werden diese Nacht rasten«, sagte er zu Karpo, der kaum von seiner Seite wich. Der große Mönch nickte widerwillig. Keiner von ihnen wollte ruhen, bevor sie Asena gefunden hatten.

Rinpoche wünschte sich, er hätte einen Schüler, dem er sein Wissen weitergeben könnte. Er kannte Karpo, seit dieser als fünfjähriger Waisenjunge zusammen mit Thrinle bei den Mönchen aufgenommen worden war.

Karpo war ein ausgezeichneter Krieger, aber Schleichen wie ein Tiger war nichts für ihn. Wenn er auf einen Gegner zulief, erzitterte die Erde unter seinen Füßen. Zudem hatte er sich nie für andere Mysterien als die Zubereitung eines guten *Tsampa* begeistern können. Nichts gegen Karpos *Tsampa*. Der war köstlich. Und Thrinle … nun ja, Thrinle war eben Thrinle. Rinpoche kraulte dem großen Hund das goldschwarze Fell hinter den Ohren.

Er war müde. Je weiter er sich von Tibet mit seinen ewig verschneiten Bergen und von seinem alten Lehrer Tenzin entfernte, desto häufiger befielen ihn Zweifel und Sorgen. Seit sie durch das Land der Mongolen reisten, träumte er fast jede Nacht vom alten Schamanen Kokochu. Leider zog sich Kokochu immer noch nichts an. In einem der Träume hatte er zu Rinpoche gesagt, er stecke in der Vergangenheit fest, weil er in diesem Leben noch viel zu lernen habe. Eine wunderbar nutzlose Botschaft von einem nackten Verrückten. Wenigstens hatte er ihm verraten, dass er dem Fluss folgen solle, um Asena zu finden.

Rinpoche fragte alle, denen sie begegneten, nach Asena und nach der Schamanin aus seiner Vision. Doch die Leute warfen entweder den Kopf in den Nacken, schüttelten ihn oder schnalzten mit der Zunge, was bei allen ein Nein bedeutete.

Als kurz vor der Abenddämmerung ein Riese Schulter an Schulter mit einem zottigen Bären in einem Damenkleid voller Rüschen und Bänder an ihm vorbeilief, dachte Rinpoche, er träume schon wieder. Erst als der Riese in sieben verschiedenen Sprachen »Hallo« rief, bemerkte er die Truppe von Gauklern und Akrobaten, die ihm folgte. Sie waren ihnen schon vor ein paar Tagen begegnet. Es war ein klares Zeichen, dass sie sich ausruhen mussten, wenn sie schon von Bären mit Riesen überholt wurden.

Der Riese stellte sich als Darchan, der Starke, vor. Dann deutete er auf den Bären und sagte: »Nariyana.«

Das Tier fletschte sein Raubtiergebiss und verbeugte sich tief.

Anschließend nannte Darchan die Namen einer Frau, die sich zu einem Ring verknotete und davonrollte, zweier junger Männer, die offensichtlich Zwillinge waren, eines Zwergen, der Rinpoche an Kokochu erinnerte – und noch vieler anderer merkwürdiger Gestalten.

Rinpoche stellte die Mönche vor, die verlegen kicherten.

In der Ferne wurden ein paar Jurten sichtbar. Die Hunde begannen zu kläffen. Darchan rief mit seiner Donnerstimme: »*Nochoi chor!*« – Haltet eure Hunde zurück! In dieser Gegend galt das als höfliche Begrüßung.

Ein paar Männer hielten daraufhin auch tatsächlich ihre Hunde zurück und hießen die Gruppe willkommen. Darchan sprach mit ihnen und erklärte den Mönchen dann, dass sie im Dorf übernachten durften.

Die Familien saßen bereits beim Abendessen. Lächelnd rückten sie auf den gefalteten Filzmatten zusammen, um den Gästen Platz zu machen. Ein paar hübsche Mädchen trugen auf Platten Murmeltiere mit aufgeschlitzten Bäuchen herein. Sie waren mit Fleischstücken, Zwiebeln und glühenden Steinen gefüllt.

»*Boodog*«, erklärte eines der Mädchen sanft und häufte ein großzügiges Stück aus dem fettigen Schwanz des Tieres auf Rinpoches Teller.

Das Lächeln auf den Gesichtern der Mönche gefror, und gleich darauf auch das der Gastgeber. Verlegen versuchte Rinpoche zu erklären, dass sie kein Fleisch aßen.

Die Stimmung kippte ganz, als sie auch den schäumenden Airag, die gegorene Stutenmilch, ablehnten. Das hübsche Mädchen, das sie bediente, hatte Tränen in den Augen. Ihre Familie stocherte mit gesenktem Blick im Essen. Das Murmeltier lag wie ein aufgeplatzter Lederbeutel in der Mitte des runden Tisches.

Darchan und seine Truppe hingegen griffen herzhaft zu, zerlegten das Fleisch mit bloßen Händen und spülten alles mit *Airag* hinunter. Rinpoche blickte auf seinen dampfenden Teller. Er fühlte sich elend.

Für die Nacht überließ eine der Familien den Mönchen ihre Jurte. Sie hatten seit Wochen unter freiem Himmel geschlafen, und die kleine Jurte war ... eng. Das flackernde Licht einer Fettlampe zeichnete flüchtige Schatten an die Filzwände. Ein beißender Geruch nach verbranntem Schaffett hing in der stickigen Luft. Rinpoche drückte den Docht zwischen Daumen und Zeigefinger zusammen. Die trübe Flamme erlosch.

Hungrig setzten sie sich zur stillen Meditation im Kreis auf den Boden. Außer dem wilden Knurren von Karpos Magen war kein Geräusch mehr zu hören.

Rinpoche spürte, dass etwas nicht stimmte. Lautlos stand er auf und schob das Fell am Eingang zur Seite. Auch Thrinle hatte die Ohren angelegt, als hätte er etwas gewittert. Draußen bewegten sich mit Schwertern bewaffnete Schatten.

Auf Rinpoches Zeichen schlichen die Mönche mit ihren Kampfstöcken geräuschlos hinaus. Karpo, der es mit geräuschlos nicht so darauf hatte, bildete die Nachhut.

Die Mönche bewegten sich in vollendeter Harmonie. Bevor die bewaffneten Eindringlinge begriffen, was geschah, zischten schon die Stöcke durch die Luft.

Rinpoches Stock krachte auf den Schwertarm des Anführers. Dieser schrie heiser auf und rannte zu seinem Pferd. Die anderen flohen, als sie sahen, dass ihr Anführer das Weite suchte.

Als die Gaukler und Dorfbewohner schlaftrunken aus ihren Jurten kamen, lagen nur noch ein paar Schwerter und die Kadaver der vergifteten Hunde am Boden. Hinter einer Jurte fanden sie die gefesselten und geknebelten jungen Mädchen. Die Banditen hatten sie offenbar entführen wollen. Das hübsche Mädchen, das sie am Tisch zum Weinen gebracht hatten, schluchzte herzzerreißend.

»Jetzt hat sie wenigstens einen richtigen Grund zum Weinen«, brummte Karpo. Der Hunger machte ihn immer ein wenig boshaft.

Darchan legte seinen Arm um Rinpoches Schulter, wie er es auch mit seiner Bärin Nariyana tat. »Danke, mein Freund«, sagte er. »Übrigens, die Schamanin, nach der du mich gefragt hast, ist mit einer Karawane der Onguden unterwegs. Sie ziehen nach Karakorum, zur Hochzeit der Tochter des Khans.«

28

Lewellyn - 1209, das Jahr der Schlange

»Wusstest du, dass ich im Jahr des Hundes geboren wurde, Großvater?«, fragte Lewellyn. »Dich haben die Jahreszahlen der Christen nie interessiert, aber Vater Columban sagte, ich sei 1166 auf die Welt gekommen. Das ist ein Hundejahr. Hunde schließen Freundschaften fürs Leben. Wer im Jahr des Hundes geboren ist, kann gar nicht anders, als treu zu sein.«

Nach einer kurzen Pause fügte er leiser hinzu: »Ich vermisse Michele. Manchmal sogar ...« Lewellyn verstummte. Er hatte Dawa sagen wollen.

Wütend stieß er mit einem Ast in die Glut, als säße darin ein Feind. Wie immer, wenn er allein lagerte, hatte er ein Feuer gemacht und Dylans Schädel auf einen großen Stein gesetzt.

»Verstehe«, brummte Dylan. »Ich vermisse manchmal sogar Columban. Er war mein einziger Freund.«

»Kann ich dich was fragen, Großvater?«

»Falls du wissen willst, ob Columban es mit dieser Witwe getrieben hat – ich weiß es nicht. Aber ich hoffe schwer für den alten Narren, dass er sich nicht bloß wegen ein paar schweinischen Gedanken zu Tode gefoltert hat.«

»Äh ... nein. Ich wollte eigentlich wissen, ob du und Columban jetzt am selben Ort seid – da ihr beide ... na ja, tot seid.«

Dylan lachte dröhnend, als hätte er noch nie etwas so Lustiges gehört. »Ich nehme an, er sitzt in seinem Paradies und lauscht Engeln beim Harfenspiel. Bei mir ist er jedenfalls nicht.«

»Und wo bist du, Großvater?«

Dylan schwieg eine sehr lange Zeit.

»Ich bin bei dir, mein Junge«, sagte er schließlich. »Und jetzt hör auf mit dem Gequatsche und erzähl weiter.«

Lewellyn lächelte. »Es war im Jahr des Büffels. Ich war fünfzehn, als der alte Sufi Dede Yunus in Konya starb ...«

1181, das Jahr des Büffels

»Der Büffel ist geduldig, fleißig, vernünftig, sanft ...«, sinnierte Michele.

»Dein Seelenverwandter?«

Michele tat, als hätte er mich nicht gehört. »... und genau das Gegenteil von dir.«

Wir hatten einen reißenden Fluss über eine wacklige Brücke überquert und ritten nun durch die kilikische Tiefebene. Mächtige Eichen spendeten Schatten in der zunehmenden Hitze. Ab und zu kamen wir an Dörfern vorbei, in denen sich Nomaden niedergelassen hatten, um das Land zu bebauen.

Endlose Baumwollfelder erstreckten sich im fruchtbaren Tal zwischen Saros und Pyramos, den zwei mächtigen Flüssen, die die Gegend in eine blühende Oase

verwandelten. Ein sanfter Wind wehte. Nebst Frühlings-
gefühlen brachte er den frischen Duft von Zitronen- und
Orangenbäumen und ließ die Blütenblätter der Baum-
wollpflanzen wie hellgelbe Schneeflocken durch die Luft
tanzen.

»Im Jahr des Büffels werden Partnerschaften ge-
stärkt. Gemeinsam sind wir ...«

Ich hatte genug von Micheles Gerede von Rindern.

»Wetten, dass ich schneller bin?« rief ich übermütig
und preschte los. Michele trieb sein Pferd an, und wir ga-
loppierten an verwitterten Felsenreliefs vorbei, die so alt
waren wie die Welt.

Zwei Wochen später lagerten wir in einem einsamen
Gasthaus an der Karawanenstraße. Vor uns erhoben sich
bereits die pinienbewachsenen Ausläufer des Taurusge-
birges, als Michele erkrankte. Am Morgen war er noch
wohlauf gewesen, doch nach dem Mittagessen hatte er
sich hingelegt. Als er bis zum Abend nicht wieder aufge-
standen war, ging ich nachsehen.

Er lag schweißgebadet in seinem Bett und war kaum
bei Bewusstsein. Ich versuchte, seine glühende Stirn mit
einem nassen Tuch zu kühlen. Schließlich holte ich den
Karawanenführer aus dem Bett.

»Hat er die Pest?«, schrie der Mann, als er Michele
sah.

»Wieso soll er die Pest haben?«, rief ich entrüstet.

Misstrauisch kniff er die Augen zusammen, um besser
sehen zu können. Erst als er sich überzeugt hatte, dass

sich keine schwarzen Beulen unter Micheles Achseln befanden, kam er näher. Hinter ihm stand der Wirt. Beide Männer trugen lange Nachthemden und pressten sich essiggetränkte Tücher vors Gesicht. Der Wirt spähte über die Schulter des anderen.

»Sind seine Augen gelb?«, wollte er wissen.

»Nein!«, log ich. Die gelbliche Farbe war mir zwar schon am Abend aufgefallen, aber ich hoffte, sie käme vom Schein der Öllampe.

»Vielleicht ist es die Ruhr. Ihr verbringt die Nacht besser draußen«, sagte er ungerührt. Etwas milder fügte er hinzu, als er mein verstörtes Gesicht bemerkte: »Die meisten überleben die Ruhr. Aber ihr müsst raus hier.«

Ich war mir fast sicher, dass es nicht die Ruhr war, da Michele keinen Durchfall hatte. Aber ich hatte keine Chance gegen die zwei kräftigen Männer, die jetzt dicke Knüppel in den Händen hielten. Kaum waren wir draußen, schlugen sie die Tür hinter uns zu. Sie ging noch einmal einen Spalt auf. Eine Hand schob einen Wasserschlauch, ein Stück Brot und zwei Decken hinaus. Dann wurde sie wieder zugeknallt.

Ich setzte mich auf den Boden zu Michele und hielt ihm den Kopf, als er gallig erbrach. Ich versuchte ihm durch seine spröden, aufgesprungenen Lippen Wasser einzuflößen, aber er würgte es immer wieder heraus.

Gegen Morgen sank das Fieber und es ging ihm besser. Dankbar stillte er seinen quälenden Durst aus dem Wasserschlauch, den ich ihm reichte. Ich polterte gegen die Tür des Gasthauses.

Der Wirt streckte den Kopf aus einem Guckloch.

»Ist er tot?«, fragte er.

»Du Sohn einer Sau! Es geht ihm besser. Lass uns rein!«, schrie ich.

»Schon gut«, murrte der Wirt und überließ uns gegen zusätzliche Bezahlung einen verlassenen Ziegenstall. Der Karawanenführer erklärte sich widerwillig bereit, noch zwei Tage auf uns zu warten.

Am Abend des dritten Tages brach das Fieber erneut aus, und erst am nächsten Morgen fiel Michele in einen unruhigen Schlaf. Ich versuchte, den Karawanenführer umzustimmen, aber weder Geld noch Betteln nützten etwas.

»Tut mir leid, Junge. Ich muss weiter. Einen Tagesritt westlich von hier gibt es eine turkmenische Siedlung. Vielleicht können sie euch helfen.«

Nach diesen Worten gab er das Zeichen zum Aufbruch. Ich sah der Staubwolke der sich entfernenden Karawane hilflos nach.

Ich fühlte mich so einsam wie nach dem Tod meines Großvaters. Ich wartete noch eine ganze Weile in der absurden Hoffnung, sie würden zurückkehren.

Wenigstens war der Wirt kein Gauner, nur ein elender Angsthase. Er brachte unsere beiden Pferde mit dem Gepäck und floh zurück ins Gasthaus.

Als mir endlich klar wurde, dass die Karawane nicht zurückkommen würde, holte ich Dylans Schädel aus meiner Tasche und setzte ihn auf einen Stein.

»Was soll ich tun, Großvater?«, fragte ich. Ich kam mir lächerlich vor, aber der Schädel gab mir Trost.

»Wurde auch endlich Zeit, dass du mich um Rat fragst«, antwortete er.

Das war das erste Mal, dass der Schädel zu mir sprach. Ich erschrak nicht einmal. Es tat gut, Großvaters Stimme zu hören.

»Ich habe Angst, dass Michele stirbt«, platzte es aus mir heraus.

Dylan schien eine Weile zu überlegen, bevor er antwortete.

»Lewellyn, du bist klug und stark. Vergiss das nicht«, sagte er. »Noch lebt dein Freund, oder?«

Ich warf einen ängstlichen Seitenblick auf Michele und nickte.

»Das Fieber kam das letzte Mal erst nach drei Tagen zurück. Du musst jetzt aufbrechen, damit ihr die Siedlung erreicht, bevor die nächste Krise kommt. Setz ihn vorne auf deinen Sattel. Das zweite Pferd führst du am Zügel. Wenn du merkst, dass dein Pferd müde wird, wechselst du die Tiere. Nimm Wasser mit. Vergiss den Goldbeutel nicht. Lass alles Überflüssige hier und gib diesem Hundesohn von einem Wirt ein Stück Gold, damit er auf eure Sachen aufpasst.«

Mit einer so genauen Anweisung hatte ich nicht gerechnet. Ich schniefte und wollte widersprechen.

Wie sollte ich Michele auf das Pferd bekommen?
Würde ich die Siedlung der Turkmenen finden? Würden
sie uns helfen? Mutlos ließ ich mich zu Boden sinken und
begann zu weinen.

Plötzlich dröhnte die Stimme meines Großvaters wie
ein Donnerschlag in meinem Kopf.

»Schwing sofort deinen Hintern auf das Pferd!«

Erschrocken sprang ich auf die Füße. Es gelang mir,
Michele soweit wach zu kriegen, dass er ein paar wacklige Schritte tun konnte. Mit meiner Hilfe schaffte er es
in den Sattel. Als ich mich ebenfalls auf das Pferd setzen
wollte, hörte ich meinen Großvater rufen.

»He! Ich sagte, alles Überflüssige, du Lausebengel!«

In der Eile hatte ich den Schädel liegen lassen. Ich
steckte ihn in meine Tasche.

Wir ritten durch die menschenleere Gegend, Richtung
Sonnenuntergang, so wie es mir der Karawanenführer
beschrieben hatte. Micheles Körper fühlte sich schlaff
und schwer an, aber da er immer wieder stöhnte, wusste
ich, dass er noch lebte.

Gegen Mittag wurde die Sonne unerträglich heiß, und
ich suchte nach einem schattigen Rastplatz. Ein Oliven-
baum stand einsam in den Baumwollfeldern. Die reifen
Kapseln der Pflanzen waren in der Augusthitze aufge-
sprungen und zeigten ihre wuscheligen, weißen Früchte.

Ich stieg ab und lehnte Michele behutsam an den knorrigen Stamm des alten Baumes.

Ein vorbeiziehender Schafhirte schenkte mir einen Schlauch mit Milch. Ich fragte ihn nach der turkmenischen Siedlung.

Er rief ein paar Mal: »Oooh, hooo!«, und zeigte nach Westen. Dabei schüttelte er die Hand so lange, als würde der Ort irgendwo in Irland liegen. Dann schnalzte er noch eine Weile mit der Zunge und schüttelte den Kopf.

Ich drückte den Schlauch an Micheles Lippen. Er würgte, aber es gelang ihm, einen Teil zu behalten. Der Hirte half mir, ihn wieder aufs Pferd zu setzen.

Als ich am Abend des zweiten Tages die Siedlung fand, hing Micheles Körper leblos in meinen Armen. Sein Atem setzte immer wieder aus, und er war grau im Gesicht, als hätte er sich Asche darauf geschmiert. Ich schluchzte wie ein Kind, während ich ihn vom Pferd hob.

Ein erloschenes Lagerfeuer war das einzige Lebenszeichen im Dorf. Ich rief um Hilfe. Ein paar Männer und Frauen traten aus ihren Jurten. Sie schauten uns misstrauisch an, ohne näher zu kommen. Erst, als eine grauhaarige Frau befahl, den Kranken in ihre Jurte zu tragen, kam Bewegung in die Leute. Ich stolperte ihr hinterher.

Es war eindeutig die Jurte einer Schamanin. Kräuterbündel hingen an den Wänden und verströmten einen würzigen Duft. Eine Trommel, Rasseln, Glocken, Federn sowie unzählige Tiegel und Töpfe lagen verstreut herum, als wäre die Bewohnerin mitten in einem Ritual unterbrochen worden.

Die Schamanin verschwendete keine Zeit mit Fragen. Sie zog Michele aus und wickelte ihn in essiggetränkte Tücher. Während die Tücher von seiner Körperhitze dampften, kniff sie ihm die Nase zu und flößte ihm ein Gebräu ein. Es sah ähnlich aus wie die Galle, die er erbrochen hatte. Ich stützte Micheles Kopf, damit er sich nicht verschluckte.

Plötzlich riss er die Augen auf und packte mich am Arm.

»Dawa!«, schrie er gellend.

Er sprach in einer Sprache, die ich noch nie gehört hatte. Er lachte und weinte. Krämpfe schüttelten seinen Körper. Immer wieder nannte er mich Dawa.

Die Schamanin kühlte ihn weiter und sang dabei eine seltsame Melodie, die mir Tränen in die Augen trieb – so fremd und dennoch tröstlich klang sie. Erst als Michele sich schließlich entspannte, endete der Gesang. Beim Morgengrauen schlief er ein. Kurz bevor ich selbst einnickte, hörte ich noch, wie jemand die Schamanin zu einer Geburt rief.

»Holt saubere Tücher und bringt Wasser zum Kochen«, befahl sie, doch ich brachte die Augen nicht mehr auf.

Als ich wieder aufwachte, ging Micheles Atem ruhig, und die Schamanin trug ein Bündel in den Armen. Sie wickelte etwas Rosiges, Zappelndes aus den Tüchern und legte es mir in den Schoß.

»Halte sie«, sagte sie. »Das Mädchen ist das achte Kind, das ihre Mutter geboren hat. Ich kümmere mich um sie, bis ihr Vater sich beruhigt hat.«

Ich hielt das Neugeborene, das kaum größer war als meine ausgestreckte Hand, vorsichtig in den Armen. Alles wirkte auf einmal friedlich. Ein Kessel hing über der Feuerstelle, es roch schwach nach Erbrochenem, Essig und den Dämpfen des bitteren Suds, der im Kessel brodelte.

Die Schamanin, die bis auf die Pfeife in ihrem Mundwinkel eine nette Großmutter in einem grauen Nachthemd hätte sein können, summte wieder leise. In einer Hand hielt sie eine Schüssel mit rötlichem Lehm. Sie malte damit ein Kreuz auf Micheles Brust, das sich nach oben verzweigte.

»Lebensbaum«, erklärte sie. »Er verbindet die Welten. Mutter Yer wird deinem Freund helfen, in der irdischen Welt zu bleiben.« Sie lächelte mich an. Unsicher lächelte ich zurück.

Mit knirschenden Knien stand sie auf und nahm mir das Baby wieder ab.

»Es ist das Wechselfieber«, erklärte sie mit einem Blick auf Michele, während sie im Kessel rührte.

»Deinen Freund hat es besonders schwer erwischt. Ich würde dir raten, dieses Kraut hier immer vorrätig zu haben. Wir nennen es Klebekraut, wegen der haarigen Blätter, die an allem hängen bleiben. Es wirkt Wunder.« Sie zeigte auf ein Büschel Blätter mit gelbgrünen Blüten.

Ich hätte mich in den Hintern treten können, als ich das Kraut erkannte. Vater Columban hatte es unterwegs gesammelt. Er hatte es Artemisia genannt. Ich hatte es weggeworfen.

29

Rinpoche - 1209, das Jahr der Schlange

Die Mönche beobachteten aufmerksam die Männer auf ihren Kamelen, die an ihnen vorbeiritten.

»Da!« Karpo zeigte auf das Wappen. »Ein achtspitziges Kreuz und ein Drache.«

Genauso hatte es der Jakute beschrieben. Die Mönche beschleunigten ihre Schritte.

»*Tashi delek!*«, rief Rinpoche dem Reiter höflich nach, der die Nachhut bildete.

Der Mann drehte sich um und rief etwas zurück, das wie eine Beleidigung klang. Rinpoche erkannte den Bogenschützen wieder, der ihm vor einigen Wochen ein totes Königshuhn vor die Füße geworfen hatte. Der Ongude trieb sein Kamel mit einem spöttischen Lachen an und ließ die Mönche in einer Staubwolke zurück.

Karpo und Rinpoche sahen sich an und lächelten verlegen.

»Hat wohl einen schlechten Tag«, brummte Karpo.

Die Mönche verstanden das Pfeifen der Hasen und den Schrei der Wildesel besser als das Geschnatter der vielen Völker. Rinpoche schickte einen stummen Dank an seinen alten Lehrer Tenzin. Als Kind hatte der Meister ihm und Mipham Chinesisch beigebracht. Damals war ihm der Unterricht wie eine Tortur vorgekommen – eine, die er Mipham zu verdanken hatte.

Als sie von ihrer Pilgerreise zum Jokhang-Tempel zurückgekehrt waren, hatte Tenzin Rinpoche die Jungen in seine Jurte gerufen und ihnen eine Schriftrolle gezeigt. Das vergilbte Papier war mit fremden Zeichen beschrieben. Auf jedem Blatt war die kunstvolle Zeichnung eines Affen zu sehen, der Kleider trug, sowie eines Mönchs. Gemeinsam kämpften sie gegen Dämonen.

»Diese Schriften erzählen die Geschichte von zwei Freunden«, hatte Rinpoche erklärt. »Der Affenkönig war ein großer Kämpfer und ein geschickter Dieb. Er konnte sich in andere Tiere verwandeln. Sein bester Freund war ein weiser Mönch.«

Die Augen der Jungen wurden groß wie *Tsampa*-Schüsseln.

»Die beiden fanden viele verborgene Schätze.«

Die Sache hatte nur einen Haken: Sie mussten Chinesisch lernen, um die Geschichte lesen zu können.

»Das ist alles deine Schuld«, fauchte Dawa, sobald sie wieder allein waren. »Du klaust aus dem Tempel eine Schriftrolle. Statt dir den Hintern zu versohlen, nennen dich jetzt alle *Tertön* – Finder verborgener Schätze. Und ich muss wegen dir Chinesisch lernen!«

In Wahrheit war er wütend, weil er den Affenkönig viel spannender fand als den faden Mönch. Mipham grinste selbstgefällig.

Jetzt war genau diese Sprache vielleicht seine beste Chance, Asena zu finden.

Schon näherte sich eine weitere Reisegruppe. Ihr Wappen zeigte einen buddhistischen Mönch mit Flügeln. In ihren Sänften und auf ihren gepflegten Pferden wirkten sie noch unnahbarer als die Onguden. Sie alle trugen teure Seidengewänder und ihre Haare wie die Chinesen – lang, mit ausrasierter Stirn.

Rinpoche beeilte sich, den Anführer einzuholen.

»*Tashi delek!*«, rief er. Dann wiederholte er den Gruß auf Chinesisch.

Der Mann, der auf ihn herabsah, trug ein grausames Lächeln und verströmte eine trübe Aura. Rinpoche musste sich zwingen, weiterzusprechen.

»Ich suche nach einer Schamanin, die mit einem Ochsenkarren reist. Auf die Seitenwand ist ein Hirsch graviert«, erklärte er – sowohl auf Tibetisch als auch auf Chinesisch.

Die Augen des Mannes verengten sich zu Schlitzen. Er hob die Peitsche. Bevor sie herabsausen konnte, war Rinpoche bereits zurückgewichen.

»Noch einer, der einen schlechten Tag hat«, murmelte Karpo.

Die beiden Mönche lächelten wieder verlegen.

30

Lewellyn - 1209, das Jahr der Schlange

»Verdammt, wie siehst du denn aus, mein Junge?«, fragte Dylan.

Lewellyn lachte. »Ich habe mir den Bart und die Haare wieder schwarz gefärbt. Ich komme immer häufiger an Karawanen vorbei. Die halbe Welt zieht gerade nach Karakorum.«

»Hast du mich deswegen so lange im Sack gelassen? Du weißt, dass ich frische Luft brauche. Ich dachte schon, ich sterbe.«

»Du *bist* tot, Großvater.«

»Ich bin *was*?«

»Großvater!«

»Schon gut, ich mache nur Spaß. Aber deinen Freund Michele hatte es auch böse erwischt, als du das letzte Mal aufgehört hast, zu erzählen. Ich will wissen, wie es weitergeht. Und, Lewellyn – kannst du mir mal kurz den Rücken kratzen?«

»Wie soll ich …?«

Dylan kicherte. »Erzähl weiter!«

1181, das Jahr des Büffels

An einem kalten Novemberabend erreichten wir Antiochia. Die uneinnehmbaren Stadtmauern mit ihren angeblich vierhundert Wachtürmen zogen sich über eine lange Bergkette bis zur Küste hin. Das Königreich wirkte abweisend und unfreundlich, als würde es keinen Wert auf Besucher legen. Dieser Eindruck verstärkte sich noch, als wir am Tor unsere Waffen abgeben mussten.

Der Wachsoldat nahm unsere Papiere und den Brief der Kaiserinwitwe an sich. Er glotzte auf das byzantinische Siegel und kratzte sich am Kopf. Schließlich sagte er auf Französisch:

»Wartet hier!«, und schloss das Tor wieder hinter sich.

Während die Schatten länger wurden und die Sonne hinter den Bergen verschwand, wuchs unsere Unruhe. Wir hatten keine Lust, vor den Stadttoren unbewaffnet die Nacht zu verbringen.

»Verdammt!«, fluchte Michele. »Der Hornochse will wahrscheinlich nicht zugeben, dass er nicht lesen kann.«

Mein Freund war reizbar, mager und bleich, aber immerhin konnte er wieder fluchen.

Endlich kehrte der Wachsoldat mit seinem Hauptmann zurück, der uns mit einem Kopfnicken bedeutete, ihm zu folgen.

Nach dem ungastlichen Empfang wirkte die Stadt überraschend lieblich. Sie lag an einem Fluss, an dessen beiden Ufern sich enge Gässchen mit verwinkelten, meist zweistöckigen Häusern erstreckten. Der Palast erhob sich auf einer Anhöhe. Vorsichtig führten wir die Pferde am Zügel über das unebene Pflaster durch die dunklen Gassen.

»Haben die denn keine Fackeln? Hier ist es so finster wie in einer Kuh«, maulte ich.

In diesem Moment erstrahlte der Palast in hellem Licht. Ich stieß einen erschrockenen Schrei aus, weil ich dachte, ein Feuer sei ausgebrochen. Doch der Hauptmann lachte stolz. Auf beiden Seiten der Straßen zündeten Reiter mit Fackeln Laternen an. Ein harziger Duft erfüllte die Nachtluft. Michele lachte ebenfalls.

»Ich wollte dir die Überraschung nicht verderben. Für die Beleuchtung der Stadt verbrennen sie Kienholzspäne von Fichten«, erklärte er. »Sie brennen nicht besonders lang und qualmen wie verstopfte Kamine, sehen aber wunderschön aus.«

Der Hauptmann führte uns durch die Palasttore und verabschiedete sich mit einem knappen Kopfnicken. Ein Diener übernahm. Fröstelnd folgten wir ihm durch steinerne Gänge. Er brachte uns in ein Zimmer mit Wand- und Bodenteppichen, die die eisige Kälte ein wenig dämpften. Auf dem Tisch standen Krüge mit Wein und Wasser, Brot und kalter Braten. Zu Micheles Entzücken stellte der Diener ein Waschbecken mit warmem Wasser auf ein niedriges Tischchen.

»Fürst Bohemund wird Euch morgen empfangen«, teilte er uns mit.

Bevor wir uns schlafen legten, stellte ich eine Frage, die mich schon lange beschäftigte.

»Wer ist Dawa?«, fragte ich. »War sie eine Frau, die du mal geliebt hast?«

»Woher weißt du von Dawa?« fragte Michele über-rascht.

»Du hast mich im Fieberwahn Dawa genannt.«

»Habe ich das?« Michele lächelte. »Dawa ist ... er ist mein Bruder. So wie du mein kleiner Bruder bist.«

»Oh!«

Ich lief vor Freude rosa an, und er boxte mich freund-schaftlich in den Oberarm.

»Was habe ich denn sonst noch gesagt?«

»Ach, nur noch Unsinn. Du hast in fremden Zungen geredet wie ein Irrer.«

»Sagt der, der Gespräche mit einem Schädel führt!«

»Du weißt davon?«

Michele kicherte leise. Er war fast schon eingeschla-fen, als ich fragte:

»Michele, hast du meinen Großvater auch mal spre-chen gehört?«

»Hmm«, machte Michele schläfrig. »Ich habe einen Engelschor gehört. Und eine tiefe, kräftige Männer-stimme war auch dabei.«

»Verarschst du mich?«

Michele antwortete mit einem lauten Schnarchen.

Am Morgen des nächsten Tages nahm er mich zur Seite. »Bohemund hat den Beinamen „Stotterer". Manchmal braucht er sehr lange, um einen Satz zu Ende zu bringen«, warnte er mich. »Seine neue Gemahlin habe ich noch nicht kennengelernt. Sie heißt Sibylle – hinter Bohemunds Rücken nennt man sie „die Hure".«

»Stotterer und Hure. Alles klar. Jetzt weiß ich wenigstens, wie ich die Herrschaften ansprechen soll«, feixte ich.

Bohemund und Sibylle saßen am Ende eines lächerlich langen Audienzsaals mit hoher Decke. Die zwei waren ein ungleiches Paar. Als Bohemund zu sprechen begann, war ich froh, dass Michele mich gewarnt hatte. Er hob beim Reden seine schmale Brust wie ein Kampfgockel und kniff den Mund zusammen.

»Ihr, ihr, ha-, ha-, habt Euch reichlich Zeit gelassen«, sagte er säuerlich.

Ich fand den Kerl undankbar. Er sollte froh sein, dass Michele nicht mit dem Goldbeutel über alle Berge war. Michele entschuldigte sich höflich. Er erwähnte weder, dass der letzte Winter der schlimmste seit Menschengedenken gewesen war, noch, dass wir drei Monate in einem turkmenischen Dorf verbracht hatten, weil er unterwegs beinahe gestorben war.

Die junge Fürstin Sibylle schenkte Michele ein honigsüßes Lächeln. Sie saß vollkommen entspannt neben ihrem Mann, als wäre sie gerade erst aus einem süßen Traum erwacht. Sie hatte lange, rote Haare und eine Haut wie Milch. Ihr Kleid war vorne so tief ausgeschnitten, dass ich meinte, den dunklen Hof um ihre Brustwarzen zu erkennen. Es fiel mir schwer, nicht hinzustarren.

Michele überbrachte Bohemund den Beutel mit Gold sowie einen Brief von seiner Schwester Maria. Bohemund las den Brief. Nach ein paar Anläufen sagte er hastig:

»Ver-ver-lass-lasst-die-Stadt-ni-ni ...«

Während Bohemund noch Luft holte, erklärte Sibylle träge: »Verlasst die Stadt noch nicht. Mein Gemahl hat einen Auftrag für Euch.«

Bohemunds Augen schossen Blitze in ihre Richtung. Ungeduldig winkte er uns hinaus.

Wir hatten gehofft, das nächste Schiff nach Venedig nehmen zu können. Aber spätestens, als wir für einen Ausritt an den Wachsoldaten vorbei wollten, wurde uns klar, dass wir Bohemunds Gefangene waren.

»Wir hätten es schlechter treffen können«, sagte Michele lachend, während er mir beim Essen zusah.

Ich war jetzt fast sechzehn. Ich häufte gerade zum dritten Mal Reis und Hammelfleisch auf meinen Teller. Mein Gesicht hatte endlich die kindliche Rundung verloren, und meine Hosenbeine waren mir schon wieder eine Handbreit zu kurz. Ich war während Micheles Genesung selbstsicherer geworden. Zu selbstsicher für Micheles Geschmack.

»Was hattest du bei den Mägden in der Küche zu suchen?«, fragte er.

Statt einer Antwort grinste ich ihn frech an.

»Ich habe mir etwas einfallen lassen, um dich, mich und ein armes Mädchen vor Unglück zu bewahren«, fuhr Michele fort.

»Wirst du mich in ein Bordell mitnehmen?«, fragte ich hoffnungsvoll.

Michele hob scheinbar empört eine Augenbraue. Der Gedanke musste ihn gestreift haben. Es wäre genau das gewesen, was Großvater Dylan an seiner Stelle getan hätte.

»Ich zeige dir ein paar Bilder über Geschlechtskrankheiten, du Klugscheißer«, sagte er. »Nein, ich habe eine bessere Idee, wie du deine Zeit verbringen kannst.«

Die Tür zu unserem Zimmer ging auf, und ein beleibter Mann mit einem rotweißkarierten Tuch um den Kopf trat ein. Er lächelte breit und zeigte mehrere Goldzähne.

»Begrüße Hasan, deinen Arabischlehrer«, sagte Michele. »Er kann sonst nur Französisch. Aber keine Angst, das wirst du auch noch lernen. Ich habe eine nette alte fränkische Gouvernante kennengelernt, die sich auf dich freut.«

Meine Proteste wurden nicht beachtet. Meine Tage waren so ausgefüllt mit Unterricht, dass ich mich nicht mehr davonschleichen konnte.

Die Tage verliefen ruhig, bis Anfang des Jahres 1182 die Schreckensnachrichten eintrafen. Ein Vetter des verstorbenen Kaisers hatte in Konstantinopel die Macht an sich gerissen. Marias Berater Alexios – der mit den Fischlippen – war geblendet und in den Kerker geworfen worden. Unter den Lateinern, die nicht rechtzeitig geflohen waren, hatte es ein grausames Gemetzel gegeben. Michele fragte sich ohne große Hoffnung, ob sein alter Freund Nicoló überlebt hatte.

Es vergingen Wochen und Monate, in denen wir von Konstantinopel nichts mehr hörten. Die Orangenbäume standen in voller Blüte und erfüllten die Luft mit ihrem Duft, als wieder ein Bote im Palast eintraf.

Marias dreizehnjährigen Sohn hatte man gezwungen, das Todesurteil gegen seine Mutter zu unterschreiben, und Maria war von einem Palasteunuchen erdrosselt worden.

Am nächsten Tag verließ Bohemund die Stadt in Begleitung seiner Leibgarde. Bei seiner Rückkehr verlangte er Michele zu sehen.

»Bohemund hat wahrscheinlich herausgefunden, dass du in seiner Abwesenheit seine Frau getröstet hast«, sagte ich.

Ich hatte einen Scherz machen wollen, aber Michele wurde kreidebleich und fragte:

»Mei- meinst du wirklich?« Er stotterte schlimmer als Bohemund.

Ich kugelte mich vor Lachen. Bis jetzt hatte ich keine Ahnung gehabt von seiner Affäre.

»Wir reisen in ein paar Tagen ab«, erklärte er später an diesem Abend.

»Endlich! Was soll denn dein finsteres Gesicht? Kannst du dich nicht von Sibylle trennen?«

»Unsinn«, antwortete Michele. »Wir sollen in Tyros jemanden treffen. Bohemund gab mir einen Brief für ihn. Er will Rache für seine Schwester und ich weiß nicht, mit wem er sich da eingelassen hat. Mir gefällt das Ganze nicht, aber sobald wir in Tyros den Brief abgeliefert haben, segeln wir zurück nach Venedig.«

***

»Wie heißt die Stadt nochmal?«, fragte ich, als wir einige Tage später durch die Tore der syrischen Hafenstadt ritten.

»Tyros«, antwortete Michele.

Tyros war in den letzten Jahrzehnten wiederholt von Erdbeben heimgesucht worden. Doch außer ein paar eingestürzten Befestigungstürmen und Häuserruinen erinnerte kaum etwas an diese Katastrophen. Die Marktstände quollen über von den Waren der Karawanenstraße: Ballen von Seide, kleine Berge von Zucker, leuchtend gelber Safran neben roten und schwarzen Pfefferkörnern, die einem schon beim Anschauen die Augen tränen ließen, grüner Koriander, duftender Anis und ein Pulver in den Farben des Sonnenuntergangs reihten sich aneinander.

»Was ist das?«, fragte ich und zeigte auf ein purpurfarbenes Pulver. Ich blinzelte mit meinen gereizten Augen und verzog schmerzhaft das Gesicht, als mir Tränen über die Wangen liefen. Meine Haut war rot wie ein Flusskrebs und begann sich zu schälen. Ich hatte es immer noch nicht gelernt: Mit der starken Sonne in diesen Gegenden war nicht zu spaßen.

Ich zog die Kapuze der braunen Kutte tiefer ins Ge-
sicht. Ich trug die Mönchskutte der Nestorianer – zum
Schutz meiner hellen Haut, aber auch, weil es hier nur so
von ihnen wimmelte. Einer mehr würde nicht auffallen,
und ich sah längst nicht mehr wie ein verkleidetes Kind
darin aus.

Mit sechzehn war ich schon um einen halben Kopf
größer als Michele. Meine Schultern waren durch das
Kampftraining breiter geworden. Es geschah immer sel-
tener, dass ich über meine eigenen Beine stolperte oder
mit meinen langen Armen irgendwas wegfegte.

»Purpur«, antwortete Michele. »Es wird aus der
Schale der Purpurschnecke gewonnen.« Sein wachsamer
Blick huschte suchend umher, während er weitersprach.
»Für eine Prise Purpur muss man ein paar Tausend
Schneckenhäuser zermalmen. Es ist zwanzigmal kostba-
rer als Gold.«

Ich fand es unwahrscheinlich, dass jemand bei Ver-
stand überhaupt was für Schneckenschalen bezahlen
würde. Aber inzwischen hatte etwas anderes mein Inte-
resse geweckt.

Mit großen Augen zeigte ich auf die farbigen, un-
glaublich zarten, zierlichen Dinger, die unmöglich aus
dieser Welt stammen konnten. Ich hatte schon farbige
Fensterscheiben in der Bibliothek von Konstantinopel
und in manchen Kirchenfenstern gesehen, aber diese
hier waren geformt wie Trinkgefäße und Schalen.

Ein Mann blies gerade mit einem Rohr einen Klumpen
zu einer durchsichtigen Kugel. Vor meinen Augen

verwandelte sich die Kugel in eine meergrüne Schale mit sanft blauen Wellen.

Michele lächelte. »Ich wette, der Glasbläser ist Venezianer. Glas wird aus Quarzsand hergestellt. Die Händler aus Venedig kaufen den Quarzsand hier in Tyros.« Er seufzte leicht. »Wenn ich dich damals nicht betäubt hätte, hättest du mehr von meiner Heimatstadt gesehen als nur die leichten Mädchen in den Bogengängen.«

Der Glasbläser erkannte, dass ich nichts kaufen würde, und scheuchte mich davon. Wir ließen uns von der Menschenmenge treiben.

Ein paar dicke Kaufleute mit Turbanen drängten sich vor einen Tisch, an dem merkwürdig aussehende Männer Münzen wogen. Manchmal bissen sie in eine hinein und schüttelten dann bedauernd den Kopf. Sie trugen kleine Kappen, und ihre Haare waren kurz geschoren bis auf zwei lange Locken, die an ihren Schläfen runterbaumelten. Ich hatte ähnliche Männer schon in Venedig gesehen, kurz bevor mein Blick an den Mädchen hängengeblieben war. Ich zupfte Michele am Ärmel.

»Was sind das für Männer?«, fragte ich.

»Juden. Geldwechsler«, antwortete Michele abgelenkt. Er schien etwas anderes entdeckt zu haben.

Ich folgte seinem Blick – und sah SIE.

Ich wurde nie von einem Blitz getroffen. Aber selbst heute bin ich mir sicher: So muss es sich anfühlen.

Eine exotisch aussehende Frau mit scharf geschnittenen Gesichtszügen und einem üppigen Körper stand neben einem Tisch mit Schälchen und Töpfen. Trotz der Hitze trug sie einen Mantel aus Tierhaut mit Fransen an den Ärmeln.

»Warte hier auf mich«, sagte Michele, während er loslief.

Ich blieb stehen und schaute zu. Ich konnte ihr Alter nicht einschätzen, fand aber alles an ihr scharf und üppig. Sie hielt den Rücken gerade und den Kopf hoch, wodurch sie sehr selbstsicher wirkte.

Als Michele sie ansprach, drehte sie sich um und holte aus einem Lederbeutel hinter ihr ein paar bemalte Pergamente. Michele schüttelte lachend den Kopf, als hätte sie ihn falsch verstanden. Sie lachte auch und zeigte dabei eine Reihe perlenweißer Zähne. Beim Lachen wog sie sich sanft in den Hüften, als würde sie tanzen, oder ... Mir schoss das Blut in mein ohnehin schon rotes Gesicht, als ich mir vorstellte, wie sie sich einem Mann hingab.

Michele lachte unbekümmert über etwas, das sie sagte, und schüttelte erneut den Kopf. Er interessierte sich für eine alte Holzschale und einen kleinen Beutel. Nachdem er die Gegenstände eingepackt hatte, sprach er noch eine Weile gestenreich mit ihr – deutete auf die Sonne und dann auf mich.

Die Frau heftete ihren durchdringenden Blick auf mich. Ich wand mich vor Verlegenheit, als ich merkte, wie sich mein Glied aufrichtete. Sie konnte meinen Zustand aus der Entfernung unmöglich bemerkt haben, aber ein wissendes Lächeln umspielte ihre Lippen.

In diesem Moment sah ich aus dem Augenwinkel einen vermummten Mann, der im Schatten eines Feigenbaums stand.

Als Michele sich von der Frau verabschiedete, lief der Vermummte los und stieß mit ihm zusammen. Er trug ein Tuch um den Kopf wie viele Araber hier, bedeckte damit aber sein ganzes Gesicht. Seine Bewegungen waren geschmeidig und schnell wie die einer Raubkatze.

Der Mann schob Michele grob zur Seite, dabei verrutschte sein langer Ärmel und entblößte eine Narbe in Form einer Schlange auf seinem Handrücken. Hastig zog er den Ärmel wieder über die Hand und hob den Kopf, als hätte er gespürt, dass ich ihn beobachtete. Der Blick aus seinen tiefschwarzen Augen bohrte sich in mein Gehirn. Dann tauchte er in der Menge unter. Michele schob mich schützend hinter sich, aber der Mann war schon verschwunden.

»Hast du die Schlange auf seiner Hand gesehen?«, fragte ich. Michele nickte. »War das der, den du treffen solltest?«

»Ich weiß es nicht«, antwortete Michele. »Komm, wir suchen uns im Viertel der Venezianer eine Herberge.«

Bis wir in der Herberge ankamen, hatten wir den Vorfall schon wieder vergessen. Michele füllte die Holzschale, die er gekauft hatte, mit Wasser und leerte den Inhalt des Beutels hinein.

»Siehst du das?«, rief er begeistert. »Eine Erfindung der Chinesen! Egal, was du machst, die Eisenspäne

zeigen immer in Richtung des Polarsterns. So kannst du die genauesten Karten zeichnen!«

»Aha, ja, so«, sagte ich. Selbstvergessen ritzte ich meinen Namen in das Holzkreuz, das ich trug. Wie immer benutzte ich die Runen, die mir mein Großvater beigebracht hatte. Ich fragte mich, wie die Frau auf dem Markt wohl hieß. Ich würde gern ihren Namen darunter setzen.

Michele schüttelte den Kopf. »Was ist los mit dir? Bist du krank? Die Frau am Markt war eine Schamanin, eine Heilerin. Sie wird ein Mittel gegen deinen Sonnenbrand zusammenmischen. Du sollst sie ...«

Plötzlich hielt er inne. »Was, zum Teufel ...?«, zischte er, während er ein Stück Papier aus seiner Tasche holte. »Der Vermummte muss mir den Zettel eingesteckt haben, als er mich anrempelte.«

»Was wolltest du gerade wegen der Schamanin sagen?«, fragte ich.

Michele antwortete nicht gleich. Er schaute stirnrunzelnd auf die Botschaft, die er bekommen hatte.

»Du sollst das Mittel nach Mondaufgang abholen«, murmelte er zerstreut. »Ihr Wagen steht im Norden, am Stadtrand neben den alten Zedern, hat ein Sonnendach aus Filz und einen eingravierten Hirsch an der Wand. Du kannst ihn nicht verfehlen.«

»Mondaufgang? Ich ... allein?«, stammelte ich.

»Ja, du musst allein gehen.« Michele wedelte mit dem Schriftstück in der Hand. »Ich glaube, ich habe diese

Nacht ein Treffen mit einem Auftragsmörder«, sagte er mit einem unsicheren Lächeln.

»Geh ruhig, ich komme allein zurecht«, antwortete ich.

Michele warf mir einen irritierten Blick zu. Schweigend, jeder in seine eigenen Gedanken versunken, aßen wir das Fladenbrot und die Oliven, die wir auf dem Markt gekauft hatten.

Bald darauf huschte Michele in die dunkle Nacht hinaus. Als ich glaubte, der Mond müsse jeden Moment aufgehen, verließ auch ich die Herberge.

Mein Herz klopfte mir bis zum Hals, als ich den Wagen entdeckte. Der Mond stand inzwischen am Himmel. Die laue Nachtluft war erfüllt mit dem harzigen Duft der Zedern, und die Zikaden gaben ein lautstarkes Konzert. Die Schamanin saß unter einem der uralten Bäume. Ich dachte zuerst, sie sei eingeschlafen, als sie die Augen aufschlug und lächelte.

»Da bist du ja, junger Mann«, sagte sie träge. »Komm näher.«

Sie hatte ihre dicken Zöpfe aufgemacht, und bis auf ein Kleid, das leicht und luftig wie frischer Schnee von ihren Schultern fiel, alles abgelegt. Ihre vollen Brüste leuchteten wie zwei Vollmonde unter dem durchsichtigen Stoff.

»Wie heißt du?«, fragte sie in einem singenden türkischen Dialekt.

Meine Zunge klebte an meinem Gaumen. »Lewellyn«, krächzte ich. »Bedeutet: wie ein Löwe.«

»Ich heiße Ak-Su«, sagte die Frau. »Bedeutet: weißes Wasser.«

Ich fiel vor ihr auf die Knie. Lächelnd legte sie meine Hand zuerst auf ihre Brust, dann half sie mir, die Geheimnisse ihres Körpers zu erkunden.

Mein erster, ungeschickter Versuch, eine Frau zu lieben, dauerte knapp drei Wimpernschläge.

»Langsam, junger Löwe, wir haben die ganze Nacht Zeit«, beruhigte sie mich. »Du musst deine Hüften bewegen. Hast du mal eine Bauchtänzerin gesehen?«

Ich schüttelte den Kopf. Sie schob ihr Becken nach vorne und nach hinten und bewegte sich immer schneller, während ich merkte, wie mein Glied wieder hart wurde.

Die Vollmondnacht war wie geschaffen für die Liebe. Wir liebten uns, bis wir erschöpft einschliefen. Als Ak-Su mich weckte, färbte sich der Himmel im Osten bereits rötlich. Ich wollte sie nochmals nehmen, aber sie schüttelte lächelnd den Kopf und zog sich an. Sie reichte mir die Mönchskutte, die ich getragen hatte, als ich zu ihr gekommen war. Ich kam mir darin albern vor, aber Ak-Su schien mein Gewand zu gefallen.

Sie nahm einige Pulver und Öle aus ihrem Wagen und begann eine Salbe zusammenzumischen. Dann trug sie mir die Salbe auf die verbrannte Haut auf. Sie ging dabei nicht sonderlich sanft vor. Ich stieß gerade einen Fluch aus, als ein kleines Mädchen schlaftrunken aus dem Wagen kletterte.

Neugierig kam sie näher und schaute mich mit großen Augen an. Ich zwinkerte ihr zu. Die Kunst des Zwinkerns beherrschte ich inzwischen. Das Mädchen kicherte.

»Geh wieder schlafen, Rana«, sagte Ak-Su zu dem Kind. »Und du, benimm dich, sonst wasche ich dir den Mund mit Seife aus«, drohte sie mir.

Ich grinste und fluchte auf Gälisch weiter. Die Kleine versuchte mein Zwinkern nachzuahmen. Sie zog die Nase kraus und schielte, aber es gelang ihr nicht. Lachend nahm ich das Kreuz von meinem Hals und schenkte es ihr.

Als noch ein zweites, älteres Mädchen aus dem Wagen kroch, drängte mich die Schamanin regelrecht zum Gehen. Ich versprach ihr, zurückzukommen. Aber auf einmal war ich mir nicht mehr sicher, ob ihr Lächeln nicht genervt war.

***

»Lewellyn, wach auf! Wir müssen hier verschwinden! Lewellyn!«

Michele rüttelte mich so heftig, dass mein Kopf hin und her flog. Trotzdem brauchte ich einen Moment, um wach zu werden. Ich war erst nach Sonnenaufgang in die Herberge zurückgekehrt. Ich hatte geglaubt, ich könne nach den Aufregungen der Nacht nie mehr schlafen, war aber augenblicklich in einen Tiefschlaf versunken. Bei der Erinnerung an die letzte Nacht schoss mir das Blut ins Gesicht. Und ich spürte auch die Erregung wieder. Zum

Glück lag ich noch unter der Decke, so blieb sie vor Micheles Blick verborgen.

Michele stopfte unsere Sachen achtlos in einen Sack.

»Hast du schon mal von Assassinen gehört?«, fragte er, wartete aber nicht auf meine Antwort. »Es ist ein Geheimorden von Mördern. Gestern Abend dachte ich noch, ich mache einen Scherz, als ich von einem Auftragsmörder sprach. Aber der Mann mit der Schlangennarbe ist tatsächlich ein Assassine. Er besaß einen Dolch, der für Saladin, den Sultan von Ägypten und Syrien bestimmt ist! Die Assassinen hinterlassen solche Dolche bei ihren Opfern!«

Michele holte mit zitternden Händen einen Dolch aus seiner Tasche. »Der Mann war gestern nicht bei Verstand. Er lallte und schwankte wie ein Betrunkener. Ich glaube nicht, dass er mir den Dolch zeigen durfte. Wenn er wieder nüchtern ist, wird er seinen Fehler bemerken.«

»Du musst allein gehen, Michele. Ich kann nicht weg aus Tyros«, sagte ich. »Ich bleibe hier, bei Ak-Su.«

»Bei wem?«

»Ak-Su. Die Schamanin. Ich werde sie zur Frau nehmen.«

Michele schaute mich eine ganze Weile schweigend an. Dann plötzlich, als er verstand, wovon ich redete, bekam er einen so heftigen Lachanfall, dass ihm die Tränen kamen.

»Ich liebe sie, Michele«, sagte ich gekränkt.

Michele hielt sich den Bauch vor Lachen und ließ sich auf den Hintern fallen. Es dauerte mehrere Minuten, bis er wieder reden konnte.

»Frauen wie sie brauchen junge Männer, um sich frische Lebenskraft zu holen. Sie saugen den Samen auf, bis der Jüngling entkräftet ist«, sagte Michele, immer noch lachend.

»Du bist bloß eifersüchtig!«, rief ich hitzig.

»Ja, das auch«, gab Michele zu. »Aber nicht nur. Die Frau könnte deine Mutter sein. Sie hat sicher Söhne in deinem Alter.«

»Nur zwei Mädchen, und die sind noch sehr klein«, maulte ich.

»Lewellyn, hör mir zu«, sagte Michele plötzlich sehr ernst. »Es gibt Gerüchte über einen neuen Kreuzzug, um Jerusalem zu erobern. Die Kreuzfahrerstaaten wollen, dass Bohemund Sultan Saladin aus dem Weg schafft. Im Gegenzug verlangt Bohemund, dass sie auf ihrem Weg nach Jerusalem Konstantinopel zerstören. Er will Rache für seine Schwester.«

Ich schwieg schmollend, während Micheles Verzweiflung stieg.

»Die Franken haben einen Assassinen beauftragt, Sultan Saladin zu ermorden. Und ich bin der Bote, der zu viel weiß. Weißt du, was das bedeutet?«

»Keine Ahnung«, meinte ich ohne Interesse. Ich würde sterben, wenn ich Ak-Su nicht wiedersehen durfte. »Warum hast du den Dolch überhaupt mitgenommen?«

Michele wurde verlegen. »Ein Assassinendolch ist so selten wie ein Schneeball in der Hölle. Ich konnte nicht widerstehen.«

»Dann zeig halt diesem Saladin den Dolch und sag, dass ein Mörder hinter ihm her ist.«

Michele schaute mich verdutzt an, und nickte dann.

»Falls die Assassinen mich nicht zuerst erwischen. Aber du hast recht, Kleiner. Er ist der Einzige, der uns beschützen kann — falls er mich nicht gleich um einen Kopf kürzer macht.«

Und so machten wir uns auf den Weg nach Damaskus, um Sultan Saladin vor dem Attentat zu warnen.

31

Rinpoche - 1209, das Jahr der Schlange

»*Palden Lhamo,* hilf!«, entfuhr es Karpo.

Er blieb so abrupt stehen, dass der Mönch hinter ihm in seinen Rücken knallte. Die Ebene vor ihnen glich einer gewaltigen Ameisenstraße. Rinpoche und Karpo waren die einzigen, die jemals eine Siedlung größer als ein Nomadendorf gesehen hatten. Aber selbst in Lhasa waren ihnen nicht so viele Menschen und Tiere auf einem Haufen begegnet.

»Karakorum!«, rief jemand, der statt Kleider ein Fell trug.

Er trieb sein Pferd mit wilden Schreien an. Als hätte er ein Wettrennen entbrannt, eilten ihm Tausende auf ihren Pferden, Kamelen, Wagen oder zu Fuß nach. Rinpoche gab den Mönchen ein Zeichen, und sie schlossen sich dem endlosen Zug an.

Die Karawanen mussten sich gedulden, bevor sie in „Dschingis Khans Stadt" einziehen konnten. Die Mongolen hatten den Lagerplatz umzäunt. Rinpoche erkannte die Weisheit dieses Vorgehens und bewunderte den Großkhan insgeheim. Die Zäune wirkten ähnlich abschreckend wie Stadtmauern, und die Eingänge wurden von Soldaten bewacht.

»*Palden Lhamo!*«, rief Karpo wieder, sobald sie eingelassen wurden. »Endlich eine Jurte, in der ich mich nicht bücken muss.«

Die Zelte vor ihnen waren so groß, dass zwei Karpos übereinander darin Platz gehabt hätten.

»Die müssen für die Festspiele sein«, vermutete Rinpoche. Darchan, der „starke Mann", hatte davon erzählt.

Dschingis Khan hatte an nichts gespart. Schließlich sollten noch sieben Generationen vom Hochzeitsfest seiner Tochter schwärmen.

Die Nadelbäume für die Zeltmasten mussten die Mongolen noch im Winter, vor der Schnee- und Eisschmelze, in den Bergwäldern gefällt und auf Ochsenkarren hierher gebracht haben. Auch das verlangte nach einer straff geführten Armee. Rinpoche schauderte innerlich beim Anblick so viel geballter Macht.

Berittene Soldaten führten die Karawanen zu ihren Lagerplätzen. Sie trugen Helme aus dickem Leder, Schwerter und Stöcke. Einer der Soldaten winkte die Mönche heran, damit sie ihm folgten. Rinpoche gab mit einem Kopfnicken ein Zeichen, und sie liefen dem mongolischen Reiter nach.

Karpo und Rinpoche ließen sich ein Stück zurückfallen. Die beiden alten Freunde warfen sich einen Blick zu und lächelten – wie sie es immer taten. Doch sie waren beunruhigt. Rechts und links stritten sich Menschen. Auch wenn die Mönche die verschiedenen Sprachen nicht verstanden, war klar, dass Beleidigungen hin und her flogen.

Eine tatarische Mutter suchte panisch ihre Kinder zusammen, die den Onguden auf ihren Kamelen nachrannten. Männer starrten fremde Frauen an, als hätten sie noch nie eine gesehen. Kinder mit runden Augen berührten ihre chinesisch aussehenden Nachbarn und rannten lachend davon. Ein kleiner Junge zupfte an Karpos Gewand. Er schrie erschrocken auf, als sich der große Mönch blitzschnell umdrehte und ihn am Arm packte.

Der Soldat verteilte ein paar Stockhiebe, wenn es ihm zu bunt wurde. Doch bei den lächelnden Mönchen schien er nicht zu wissen, wie er sich verhalten sollte. Er lief mit ihnen endlos durch das Lager, bis er schließlich an einem freien Platz stehen blieb.

»Wie sollen wir hier Asena finden?«, fragte Karpo.

»Ich weiß, wo sie ist«, erwiderte Rinpoche.

Zwischen den Kamelen der Onguden hatte er einen Wagen mit einem eingravierten Hirsch auf der Seitenwand gesehen.

Genauso wie in seiner Vision.

32

Rana - 1209, das Jahr der Schlange

Der Junge, den man als Späher vorausgeschickt hatte, kam in einer Staubwolke zurückgeritten.

»Das Lager des Großkhans!«, rief er. Seine Stimme überschlug sich vor Aufregung. Er drehte sich mehrmals im Kreis, bis sein Kamel endlich stehen blieb.

Rana und Ak-Su sahen sich ratlos an. Am Horizont war außer ein paar armseligen Jurten nichts zu erkennen.

»Pass auf, Su«, erklärte Ak-Su ihrer Tochter, die sie im Tragetuch trug. »Dieser Haufen von verfilzten Zelten ist das Zentrum der Welt.«

Doch im nächsten Moment legte sich der Staub – und Ak-Su verschlug es die Sprache.

Rana verstand nun, weshalb manche von „Dschingis Khans Stadt" sprachen. Sie hatte in ihrem Leben noch nie etwas so Gewaltiges gesehen. Der Ort war für Tausende vorbereitet worden. Aus allen Himmelsrichtungen strömten Reisende herbei: auf Pferden, Kamelen, Ochsen- und Yakkarren oder zu Fuß.

Die Karawane der Onguden drängte sich in eine Lücke. Rana gelang es nur mit Mühe, Nargizas Wagen nicht aus den Augen zu verlieren. Umgeben von sibirischen Waldmenschen in Hirschleder und Bärenfellen, von östlichen Stämmen in Schneeleopardenpelzen, von Kirgisen und Kasachen mit Jagdadlern auf dem Arm, von Frauen und Männern, die sich mit Korallen, Türkisen oder mit bunten Federn geschmückt hatten, ließen sie sich in der Menge treiben.

Viele Stämme hatten ihre eigenen Herden mitgebracht. Als Zeichen des Wohlstandes trugen die Tiere Brandzeichen ihrer Sippen: Sonne, Mond, Feuer, Wasser, Sterne, Runen.

Alle waren gekommen, um dem großen Khan ihre Ehre zu erweisen.

»Niemand sollte über so viel Macht verfügen«, flüsterte Rana, kaum hörbar. Trotzdem schaute sie sich misstrauisch um. Sie musste ihre Zunge hüten.

Soldaten in Filzmänteln mit langen Ärmeln und spitzen Lederstiefeln standen am Wegrand und wiesen den Neuankömmlingen ihre Plätze zu. Zum ersten Mal in ihrem Leben war Rana dankbar, diese flachgesichtigen Mongolen um sich zu haben. Die Männer wirkten nicht, als würden sie Unfug dulden.

Plötzlich packte Ak-Su Ranas Arm so fest, dass sie aufschrie. Ihre Tochter starrte mit geweiteten Augen auf das Wappen der Reisegruppe, an der sie gerade vorbeikamen: Ein buddhistischer Mönch mit Flügeln. Das Wappen der Tanguten – die sie einst in die Wüste gejagt hatten.

Eine Frau mit weißgepudertem Gesicht und mit kirschrot bemalten Lippen streckte den Kopf aus dem Fenster ihrer Sänfte und rümpfte angewidert die Nase. Ihr prachtvoller Kopfschmuck war sicher sehr schwer, doch sie saß aufrecht wie ein Zeltpfosten.

Ak-Su begann zu zittern. Sie hatte die Frau erkannt: die Gemahlin jenes Fürsten, in den sie mal unsterblich verliebt gewesen war. Sie drückte ihre Tochter Su fest an sich, als könne sie sie so beschützen. Ak-Bala stellte sich an ihre Seite, knurrte leise, warnend.

»Bleib ruhig und schau sie nicht an«, flüsterte Rana ihrer Tochter zu, obwohl ihr eigenes Herz laut hämmerte.

Sie senkte den Kopf, wagte aber einen raschen Blick zurück. Die Dame drückte ein seidenes Tuch an die Nase und zog sich in die Sänfte zurück.

Rana hatte bereits aufgeatmet – da bemerkte sie den Reiter hinter der Sänfte. Seine Augen weiteten sich, als hätte er ein Gespenst gesehen.

Das Gesicht mit den vollen Lippen, die sich zu einem grausamen Lächeln kräuselten, hatte sich in Ranas Gedächtnis eingebrannt. Es war der Mann, der tatenlos zugesehen hatte, wie die Hunde sich in ihren Ochsen verbissen – mit genau diesem Lächeln im Gesicht, als Rana und Ak-Su dem sicheren Tod in der Wüste entgegenfuhren.

»Sie haben uns nicht bemerkt«, log Rana.

ENDE TEIL I

Personen

Ak-Bala: Eine Schneeleopardin, Ranas verspieltes, nicht immer zuverlässiges Schutztier. Ihr Name bedeutet „Weißes Kind".

Ak-Su: Ranas Tochter. Wurde von einem verheirateten Mann schwanger, weshalb Rana mit ihr in die Wüste Gobi fliehen musste. Ihr Name bedeutet „Weißes Wasser".

Ak-Su, die Schamanin: Ranas verstorbene Mutter.

Alma: Asenas Mutter.

Al-Su: Ranas Schwester.

Asena: Eine junge Kriegerin, begleitet Rana auf der Reise und verprügelt jeden, der sie ärgert.

Baianai: Ranas Lehrerin, Schamanin.

Columban: Ein Priester aus Irland.

Dawa Rinpoche: Ein tibetischer Kampfmönch, Anhänger des Bön-Glaubens und spiritueller Führer einer Gemeinschaft tibetischer Mönche. Sein Name Dawa bedeutet „Der Mond". Beim Meditieren wird Dawa eins mit Wind und Licht – auch wenn er dabei manchmal an schöne Frauen denkt.

Darchan: Führer einer Gauklertruppe. Er ist der „starke Mann" und Tanzpartner der Bärendame Nariyana.

Dede Yunus: Ein blinder Sufi.

Dylan: Einer der letzten Druiden Irlands, Lewellyns Großvater. Er existiert nur noch als Schädel – was ihn nicht davon abhält, tüchtig mitzumischen.

Kara: Ein kleines Waisenmädchen, das bei den Onguden lebt.

Karpo: Dawa Rinpoches Freund und ebenfalls Kampfmönch. Es gibt kaum eine Jurte, in die der große Mönch bequem hineinpasst.

Khünbish: Ein Hauptmann Dschingis Khans. Sein Name bedeutet „Kein Mensch". Er macht seinem Namen alle Ehre.

Kokochu: Ein alter, kleinwüchsiger Schamane, der Dawa Rinpoche in Visionen und Träumen erscheint. Zu Dawas Leidwesen läuft er stets nackt herum. Der historische Kokochu war oberster Schamane der Mongolen und Berater Dschingis Khans. In den Legenden reitet er auf seinem Pferd durch den Himmel, wandert selbst in bitterer Kälte nackt umher und bringt das Eis mit seiner Körperhitze zum Schmelzen.

Jinpa: Karpos älterer Bruder – wie es scheint, wurde er als Yak wiedergeboren.

Lewellyn: Ein Spion und Kartenzeichner, den es von Irland bis in die Mongolei verschlagen hat. Läuft oft als Derwisch verkleidet herum und ist ständig auf der Flucht vor einem ehemaligen Auftraggeber, einem König, Herrscher oder den Assassinen. Sein Name bedeutet „Wie ein Löwe".

Lobsang: Der verstorbene Kampfmeister und Lehrer Dawa Rinpoches.

Michele: Ein Venezianer, Bücherdieb – wofür er nichts kann, er liebt einfach Bücher –, Spion und Kartenzeichner. Er ist Lewellyns Freund und Mentor.

Mipham: Der Name, den tibetische Mönche Michele gegeben haben; er bedeutet „Der Unbesiegbare".

Nargiza: Ein junges Mädchen, das bei den Onguden lebt. Sie wurde als Kind in Samarkand als Sklavin verkauft. Ein Priester brachte sie zu den Onguden, wo sie Helferin der Schamanin Ummaya wurde.

Nicoló: Ein Venezianer, der in Konstantinopel lebt, Micheles Freund.

Nima: Dawa Rinpoches Mutter.

Noyan: Ein mongolischer Dieb.

Nuria: Ein Sklavenmädchen.

Rana: Schamanin, Heilerin, bei Bedarf auch Hexe. Ihr Name bedeutet „Fesselnde Augen". Eine typische alleinerziehende, berufstätige Mutter mit einer Teenagertochter im 13. Jahrhundert auf der Seidenstraße.

Rashid: Ein Assassine.

Rinpoche: Siehe Dawa Rinpoche.

Su: Ranas Enkelin, Ak-Sus Tochter. Wird in einer Höhle am Rande der Gobi geboren, während draußen mongolische Wegelagerer herumlungern. Ihr Name bedeutet „Wasser".

Tenzin Rinpoche: Dawa Rinpoches spiritueller Lehrer.

Thrinle: Ein Freund von Dawa und Karpo, war einst Mönch und lebt nun als Hund weiter.

Ummaya: Schamanin der Onguden, Nargizas Lehrerin. Der Name leitet sich von Umay ab, der Schutz- und Fruchtbarkeitsgöttin in der türkischen Mythologie.

Glossar

Airag: Auch *Kumys* genannt. Gegorene Stutenmilch, ein leicht alkoholisches, traditionelles Getränk der Nomaden Zentralasiens.

Al-Basti: Weiblicher Dämon oder Geist aus der zentralasiatischen Mythologie, der Schlafende heimsucht und Krankheiten bringt.

Archura: Walddämon der türkischen Mythologie. Beschützt Tiere und Bäume, kann seine Gestalt verändern.

Asena: Mythische Wölfin in der türkischen Überlieferung. Gilt als Ahnenmutter der Türken und Symbol ihres Ursprungsmythos.

Assassinen: Mitglieder der nizaritischen Glaubensgemeinschaft im Mittelalter, bekannt für gezielte politische Attentate. Sie wechselten strategisch ihre Allianzen – unter anderem führten sie zwei gescheiterte Anschläge auf Sultan Saladin im Auftrag der Kreuzfahrer aus, ehe sie sich mit ihm verbündeten. Legenden um ihre angebliche Haschischsucht und geheimnisvolle Rituale prägten ihren Ruf. Das Oberhaupt des Ordens wurde als „Großmeister" bezeichnet. Ihre Festungen im heutigen Nordiran galten als uneinnehmbar und beherbergten Tausende.

Ayihit: Göttin der Liebe und Schönheit in der türkischen Mythologie. Erscheint häufig in Gestalt eines Schwans.

Bön: Vorbuddhistische Religion Tibets, geprägt von schamanischen Praktiken, Naturgottheiten und ritueller

Vielfalt. Viele ihrer Elemente wurden in den tibetischen Buddhismus integriert.

Boodog: Mongolisches Gericht, zubereitet aus Murmeltier oder Ziege. Das Tier wird von innen mit heißen Steinen, Fleischstücken und Zwiebeln gegart.

Cham-Tänzer: Tibetisch-buddhistische Mönche, die heilige Maskentänze aufführen. Diese Tänze dienen der spirituellen Reinigung und stellen mythologische Szenen dar.

Damaru (Thöpa Damaru): Rituelle Schädeltrommel, meist aus einem männlichen und einem weiblichen Schädel gefertigt. Wird in Bön- und buddhistischen Zeremonien häufig zusammen mit einer Flöte aus einem menschlichen Oberschenkelknochen verwendet.

Derwisch: Anhänger einer Sufi-Bruderschaft. Besonders bekannt sind die tanzenden Derwische des Mevlevi-Ordens in Konya.

Doge: Titel der gewählten Oberhäupter in den italienischen Republiken des Mittelalters.

Druiden: Priester, Philosophen, Astrologen, Rechtsgelehrte, Heiler und Magier der keltischen Gesellschaft. Mit dem Einzug des Christentums verschwanden sie weitgehend, doch in Irland existierten ihre Lehren vereinzelt noch bis ins Frühmittelalter.

Erlik Khan: Gott der Unterwelt in der alten Religion der Mongolen und Turkvölker. Herrscher über die Toten und Gegenspieler des Himmelsgottes Tengri.

Ger: Mongolische Jurte. Traditionelle, runde Wohnform der Nomaden.

Kayra Khan: Schöpfergott im Tengrismus.

Khyung: Mythologischer Vogel der tibetischen Kultur. Symbolisiert Schutz, Kraft und Weisheit.

Kosmologie: Religiös oder mythologisch geprägtes Weltbild und Verständnis der Struktur des Universums. Im Schamanismus oft in Oberwelt, Erde und Unterwelt gegliedert.

Kreuzzüge: Von der lateinischen Kirche autorisierte Kriege des Mittelalters, motiviert durch Religion, Wirtschaft und Strategie. Ziel war die Verteidigung der Christenheit gegen muslimische Staaten im Nahen Osten.

Kumys: Siehe Airag.

Mani-Steine: Mit Mantras beschriftete Steine, die Pilger in Tibet entlang von Wegen oder nahe Tempeln niederlegen.

Ney: Lange Flöte aus Schilfrohr, zentral in der islamischen Mystik und besonders im Sufismus. Ihr Klang gilt als Ausdruck göttlicher Sehnsucht.

Nochoi chor: Mongolischer Gruß: „Haltet eure Hunde zurück!" – üblich beim Nähern an Dörfer mit Wachen oder Hunden.

Od Ana: Feuergöttin und Schutzpatronin der Ehe in der alten Religion der Mongolen und Turkvölker.

Palden Lhamo: Furchterregende Schutzgottheit des tibetischen Buddhismus, auch im Bön verehrt. Gilt als Hüterin der Lehren Buddhas.

Pentagramm: Fünfzackiger Stern mit spiritueller oder magischer Bedeutung. Zentrales Symbol in der druidischen Lehre.

Po-Cha: Tibetischer Buttertee aus schwarzem Tee, Yakbutter und Salz.

Rinpoche: Tibetischer Ehrentitel für hochstehende Lehrer oder Inkarnationen bedeutender Lamas. Wörtlich: „der Kostbare".

Sang: Rauchopfer, bei dem meist Wacholder verbrannt wird. Dient der rituellen Reinigung von Orten, Menschen oder Situationen. Praktiziert im Bön und im tibetischen Buddhismus.

Saxaul: Widerstandsfähiger Wüstenstrauch aus Zentralasien. Dient als Brennmaterial und symbolisiert das Überleben unter extremen Bedingungen.

Shang: Kleine Glocke oder Gong, in der Bön-Religion zur Geisteranrufung und für rituelle Zwecke verwendet.

Sherbet: Süßes Getränk mit Rosenwasser oder Früchten.

Su Ana: „Mutter Wasser" – Göttin der Gewässer in der alten Religion der Mongolen und Turkvölker. Verkörpert Reinheit und Lebenskraft.

Sufi: Islamischer Mystiker, der über Liebe, Musik, Poesie und Meditation Gottesnähe sucht. Der Sufismus ist eine spirituelle Strömung innerhalb des Islam.

Tashi Delek: Tibetischer Gruß mit der Bedeutung: „Möge Glück und Segen mit dir sein."

Tengri: Himmelsgott und höchstes Wesen im Tengrismus.

Tengrismus: Schamanische Religion der Mongolen und Turkvölker, geprägt durch Naturverehrung und den Glauben an den Himmelsgott Tengri.

Tertön: „Schatzfinder" im tibetischen Buddhismus. Spirituelle Persönlichkeiten, die verborgene Texte entdecken.

Torma: Zeremonielle Opfergabe aus Gerstenmehl und Butter. Wird in tibetischen Ritualen verwendet, um Geister zu besänftigen oder zu vertreiben.

Tsampa: Geröstetes Gerstenmehl, Grundnahrungsmittel in Tibet.

Yer Ana: „Mutter Erde" – Göttin der Erde in der alten Religion der Mongolen und Turkvölker. Symbolisiert Fruchtbarkeit und das nährende Prinzip.

Historischer Hintergrund

Die Geschichte dieses Romans spielt zu Beginn des 13. Jahrhunderts – einer Zeit gewaltiger Umbrüche, Begegnungen und Erschütterungen in Asien, Europa und im Nahen Osten.

Im Osten war ein bislang kaum bekannter Stammesführer namens Temüdschin dabei, sich unter dem Namen Dschingis Khan zum mächtigsten Eroberer der Weltgeschichte aufzuschwingen. Ihm gelang, was zuvor niemandem gelungen war: Er vereinte die zerstrittenen mongolischen Stämme und formte aus ihnen ein diszipliniertes Heer, das bald die Reiche Zentralasiens überrannte. Seine Armeen überzogen die Welt von China bis Osteuropa mit Krieg, Tod – aber auch mit einer erstaunlichen politischen Ordnung. Das Mongolische Reich, das er begründete, war das größte zusammenhängende Reich der Menschheitsgeschichte. Es war zugleich erbarmungslos und strukturiert mit einem komplexen Nachrichtensystem, klaren Gesetzen und einer in jener Zeit fast revolutionären Religionsfreiheit.

Unter der Herrschaft der Mongolen lebten Schamanen, Buddhisten, Muslime, Christen, Juden und Konfuzianer oft friedlicher zusammen, als es unter europäischen oder arabischen Fürsten möglich gewesen wäre. Der Toleranz lag keine Humanität im heutigen Sinn zugrunde, sondern ein pragmatisches Interesse am Machterhalt: Wer Steuern zahlte und sich nicht auflehnte, durfte glauben, was er wollte.

Zur selben Zeit verband die legendäre Seidenstraße Ostasien mit dem Mittelmeer. Karawanen transportierten nicht nur Seide, Gewürze, Edelsteine und Papier, sondern auch Ideen, Mythen, Sprachen, Technologien, Krankheiten – und Religionen. Völker und Kulturen begegneten einander.

Zahlreiche alte Reiche standen in dieser Zeit vor ihrem Untergang oder ihrer völligen Umwälzung. Im heutigen Nordchina regierte die Jin-Dynastie, im Westen Tibets das Reich der Tanguten, in Anatolien herrschten die Seldschuken, und im heutigen Nordiran lebten die Nizariten, besser bekannt als die geheimnisvollen Assassinen. Auch das Byzantinische Reich existierte noch, wenn auch geschwächt, während in Palästina und Syrien Kreuzfahrer und Muslime um Städte, Festungen und heilige Stätten kämpften. Der große Sultan Saladin – und nach seinem Tod sein Vermächtnis – prägte die Region. In Europa verfolgten Stadtstaaten wie Venedig und Genua Handelsinteressen und mischten sich als Waffenlieferanten, Spione oder Diplomaten in Konflikte ein.

Gleichzeitig erlebte die Welt eine spirituelle Zeitenwende. Die alten Naturreligionen – Tengrismus, Schamanismus und auch Bön – waren in vielen Regionen Zentralasiens noch lebendig. Man glaubte an Geister, Ahnen, Tierseelen und Himmelsgötter. Doch dieser Glaube geriet zunehmend unter Druck: Der Islam, das Christentum und der Buddhismus breiteten sich durch Mission, Handel und Krieg immer weiter aus. Der Übertritt zu einer Weltreligion versprach oft Schutz, Macht oder Anschluss an größere Netzwerke – ohne die alten Glaubenswelten vollständig zu verdrängen. So lebten vielerorts Schamanen und Sufis, Mönche und Missionare nebeneinander – manchmal in Feindschaft, oft aber auch in friedlicher Durchdringung.

In dieser Übergangszeit war die Welt nicht eindeutig. Sie war vielstimmig, widersprüchlich, rau – und voller Geschichten. Geschichten von Aufbruch und Verlust, von Freundschaft und Verrat, von Glaube und Wandel. Und genau in dieser schillernden Welt bewegt sich der Roman.

Historische Personen

Al-Altun: Dschingis Khans jüngste Tochter, angeblich sein Lieblingskind. Verheiratet mit Idikut, dem Herrscher der Uiguren.

Alakhai Bekhi: Dschingis Khans Tochter. Durch die Heirat mit dem Sohn eines Onguden-Führers festigte sie ein strategisches Bündnis zur Sicherung der Ostgrenzen.

Alexios Komnenos (*1141–1183): Berater und Liebhaber der Kaiserinwitwe Maria von Antiochia. Nach dem Tod Kaiser Manuels I. im Jahr 1180 entbrannten in Byzanz blutige Machtkämpfe. Es folgten Jahre einer Schreckensherrschaft mit Massakern an der lateinischen Bevölkerung in Konstantinopel. Alexios wurde geblendet, entmannt und starb kurz darauf.

Bohemund III. (*1144–1201): Fürst von Antiochia, auch „der Stotterer" genannt. Bruder von Maria von Antiochia. Wichtiger politischer Akteur unter den Kreuzfahrerstaaten.

Dschingis Khan (*1162–1227, geb. Temüdschin): Begründer des Mongolischen Reichs. Der Legende nach mit einem Blutklumpen in der Hand geboren – ein Zeichen göttlicher Bestimmung. Nach der Ermordung seines Vaters wurde er zeitweise versklavt, konnte jedoch fliehen. 1206 ließ er sich zum Großkhan ernennen und nahm den Namen Dschingis Khan an. Er vereinte die mongolischen Stämme, führte ein schriftliches Gesetzbuch ein und schuf eine schlagkräftige Armee. In seinem Dienst standen auch ausländische Beamte. In religiösen Dingen war er sehr tolerant und bereit, jeder Glaubensrichtung sein Ohr zu leihen.

Hoelun (*um 1142 – † um 1208): Temüdschins (Dschingis Khans) Mutter. Sie war eine enge Vertraute ihres Sohnes, kümmerte sich um Kriegswaisen, adoptierte Kinder besiegter Stämme und schuf so Loyalität unter den Eroberten.

Idikut: Herrschertitel im Uigurischen Reich. In zeitgenössischen Chroniken finden sich Beschreibungen seiner prunkvollen Robe, seiner Krone und seines Throns, seiner großzügigen Geschenke für Dschingis Khan sowie eines Briefs, in dem er den Großkhan unterwürfig bittet, ihn als Schwiegersohn anzunehmen.

Kilidsch Arslan II. (*1155–1192): Seldschukischer Herrscher. Neben militärischen Erfolgen förderte er Kunst, Literatur und Bauwesen. Unter seiner Herrschaft entstanden zahlreiche Moscheen, Paläste und Karawansereien in Anatolien.

Manuel I. Komnenos (*1118–1180): Kaiser von Byzanz. Führte das Reich in eine Phase militärischer Expansion, insbesondere im westlichen Mittelmeerraum. Nach seinem Tod kam es zu inneren Unruhen.

Maria von Antiochia (*1145–1182): Tochter des Fürsten von Antiochia, durch Heirat mit Kaiser Manuel I. Kaiserin von Byzanz. Ein byzantinischer Chronist schrieb über sie: „… schöner als die lieblich lächelnde Aphrodite, die weißarmige, ochsenäugige Hera und die langhalsige Helena." Wegen ihres lateinischen (katholischen) Glaubens war sie bei der griechischen Bevölkerung unbeliebt.

Nach dem Tod ihres Mannes wurde sie in Machtkämpfe verwickelt und ein Jahr später erdrosselt.

Sultan Saladin (*1138–1193, Salah ad-Din): Sultan von Ägypten und Syrien. Eroberte die Kreuzfahrerstaaten Jerusalem, Tripolis und Antiochia, verlor jedoch im Dritten Kreuzzug wichtige Gebiete an Richard Löwenherz. Beide waren raffinierte Politiker, die einander mit diplomatischem Geschick begegneten. Es gab sogar – nicht ganz ernst gemeinte – Bemühungen um eine Heirat zwischen Saladins Bruder und Richards Schwester. Saladin war bekannt für seine Großzügigkeit, seine militärische Tüchtigkeit und seine Toleranz gegenüber Christen und Juden.

Sybille von Antiochia: Fürstin von Antiochia. 1183 heiratete sie Bohemund III., der sie abgöttisch liebte. Sybille – zweifellos eine attraktive Frau – trug den Beinamen „Hure". Sie betätigte sich angeblich als Spionin Saladins und schmiedete ein Mordkomplott gegen ihren Ehemann.

Historische Orte und Völker

Antiochia: Kreuzfahrerstaat an der syrischen Mittelmeerküste. Das Fürstentum bestand von 1098 bis 1263. Während der Kreuzzüge war Antiochia ein bedeutendes politisches und religiöses Zentrum.

Byzanz: Auch Oströmisches Reich (395–1453), direkte Fortsetzung des Römischen Reiches im östlichen Mittelmeerraum. Gegen Ende des 12. Jahrhunderts wurde Byzanz vom Osten her durch die Seldschuken bedrängt und durch innere Krisen erschüttert. Spannungen mit der Republik Venedig und anderen westlichen Mächten entluden sich 1182 in einem Massaker an den „Lateinern" in Konstantinopel. 1204 plünderten Kreuzfahrer die Hauptstadt – ein Schlag, von dem sich das Reich nie mehr ganz erholte.

Gök-Türken („Himmelstürken"): Türkische Stammeskonföderation, die vom 6. bis zum 8. Jahrhundert über weite Teile Zentralasiens herrschte.

Hagia Sophia: Großkirche in Konstantinopel, berühmt für ihre einzigartige Architektur. Gilt als Bauwerk ohne Vorbild oder Nachahmung.

Jin-Dynastie: Herrscherdynastie im Nordosten Chinas im 12. und 13. Jahrhundert. War militärisch und kulturell ein Gegenspieler der Mongolen.

Jokhang-Tempel: Heiligster Tempel des tibetischen Buddhismus. Im Zentrum von Lhasa gelegen und Ziel unzähliger Pilgerreisen.

Kara Kitai („Schwarze Chinesen"): Zentralasiatische Dynastie zwischen China und Persien, teils buddhistisch geprägt. Spielte im 12. Jahrhundert eine bedeutende Rolle als Regionalmacht.

Karakorum (Stadt): Hauptstadt des Mongolischen Reichs, um 1220 gegründet. War jedoch schon zuvor ein politisches und kulturelles Zentrum der Steppe. Die Hochzeit zwischen Dschingis Khans Tochter und dem uigurischen Fürsten Idikut im Jahr 1209 ist historisch belegt; die Versammlung der Hochzeitsgesellschaft in Karakorum hingegen ist Fiktion – wobei ähnliche Zusammenkünfte an heiligen Orten der Steppe tatsächlich stattfanden, etwa 1206 zur Ernennung Dschingis Khans zum Großkhan.

Kilikien: Antike Landschaft im Südosten Kleinasiens, später ein eigenständiges armenisches Königreich.

Kirgisen: Turkstämmiges Nomadenvolk Zentralasiens.

Konstantinopel: (Heute: Istanbul) Hauptstadt des Byzantinischen Reichs bis zur Eroberung durch die Osmanen 1453. Ein Zentrum für Politik, Religion und Kultur im Mittelmeerraum.

Konya: Hauptstadt des Seldschukenreichs in Anatolien. Bedeutender Ort islamischer Gelehrsamkeit und mystischer Dichtung, insbesondere durch den Mystiker Rumi.

Mongolisches Reich: 1206 von Dschingis Khan gegründet. Im 13. und 14. Jahrhundert größtes zusammenhängendes Imperium der Weltgeschichte. Reichte von China bis Osteuropa.

Olon Süme: Nördliche Hauptstadt der mittelalterlichen Ongud-Könige. War von einer Mauer umgeben. Heute eine archäologische Stätte in der Inneren Mongolei, China.

Onguden: Turkstämmiges Volk entlang der Seidenstraße. Bekannt für Handel und kulturelle Vermittlung im Mittelalter. Schlossen sich früh Dschingis Khan an.

Orchon: Fluss in der Mongolei, an dessen Ufern Karakorum lag. Historischer Schauplatz vieler Hauptlager zentralasiatischer Reiche.

Republik Genua: Handelsseemacht vom 10. bis 18. Jahrhundert. Bedeutend im Mittelmeerhandel und an der Schwarzmeerküste aktiv.

Republik Venedig: Bedeutende Handels- und Seemacht des Mittelalters. Schnittstelle zwischen Byzanz und dem Heiligen Römischen Reich. Beteiligte sich 1204 an der Eroberung Konstantinopels.

Seldschuken: Turkstämmiger Nomadenstamm aus Zentralasien, der im 11. Jahrhundert zum Islam übertrat. Ihr Reich reichte in der Blütezeit von Mittelasien bis Byzanz. Ein Teil etablierte das Sultanat von Rum in Anatolien mit der Hauptstadt Konya. 1243 gerieten sie unter mongolische Oberherrschaft.

Sinop: Hafenstadt am Schwarzen Meer. Bedeutender Handelsplatz in byzantinischer und seldschukischer Zeit.

Tanguten: Volk aus Nordwestchina. Begründeten das Westliche Xia-Reich mit eigener Schrift und Kultur. Wurden im 13. Jahrhundert durch die Mongolen vernichtet.

Turkmenen: Turkstämmiges Volk Zentralasiens. Leben traditionell in Stämmen, teils als Nomaden. Bis heute in weiten Teilen Asiens verbreitet.

Tyros: Antike phönizische Stadt im heutigen Libanon. Bedeutendes Zentrum für Handel, Schiffbau und Kultur in der Antike.

Uiguren: Turkstämmiges Volk mit früher Hochkultur und eigener Schrift. Im Tarimbecken sesshaft geworden. Religiös und kulturell vielfältig: Buddhismus, nestorianisches Christentum, Zoroastrismus. Ab dem 11. Jahrhundert zunehmend islamisiert. Gerieten unter die Vorherrschaft der Kara Kitai und später der Mongolen.

Bemerkung: Einige historische Personen- und Ortsnamen haben unterschiedliche Schreibweisen. Ich musste mich dann für eine entscheiden.

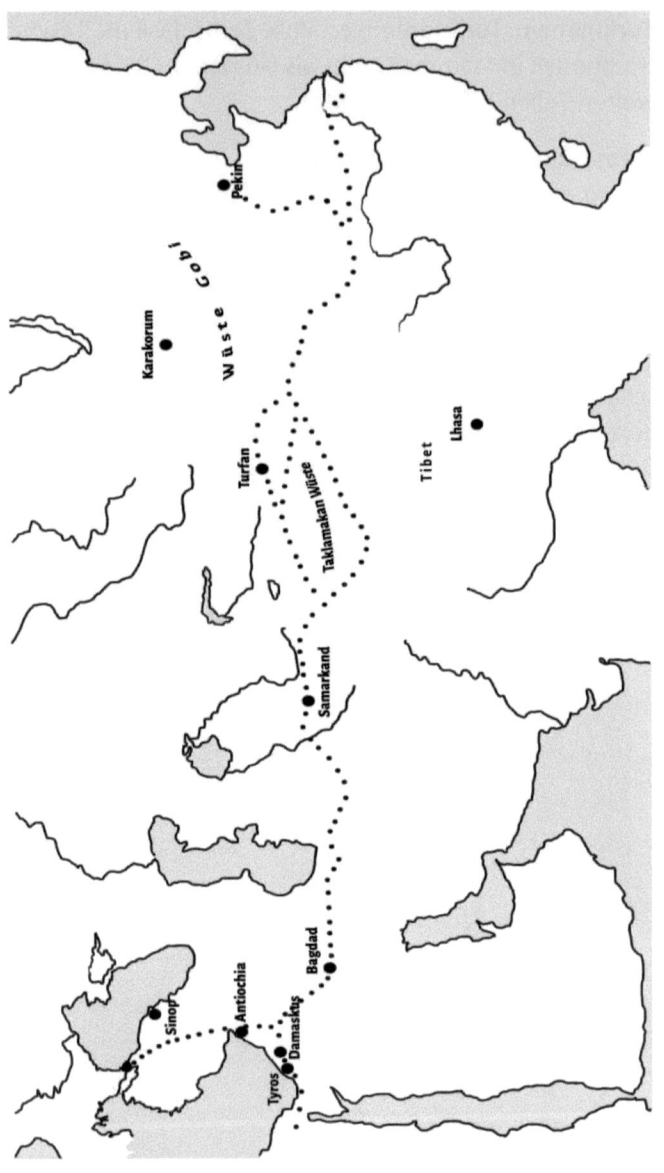

Der Fluch des Sonnenmals

Teil 2 der Trilogie:

Die Hexe, der Mönch und der Spion

Stämme aus allen Himmelsrichtungen strömen nach Karakorum, zur Hochzeit der Tochter Dschingis Khans. Im Schatten der Feier sucht Rana, Heilerin und Schamanin, verzweifelt nach ihrer gestohlenen Truhe – und verbirgt zugleich das Sonnenmal auf ihrer Hand: ein Zeichen, das ihre Abstammung verrät.

An ihrer Seite sind weiterhin: Lewellyn, der irische Spion mit dem Totenschädel seines Großvaters im Gepäck, Dawa, der tibetische Mönch, zerrissen zwischen Pflicht und Verlangen – und Ak-Bala, die freche Schneeleopardin, Ranas Krafttier.

Gemeinsam brechen sie zu einer gefährlichen Reise auf. Denn Dschingis Khans Befehl duldet keinen Aufschub: Sie sollen seine Tochter an den uigurischen Hof nach Turpan begleiten. Doch Hoelun, die mächtige Mutter des Khans, kennt das Geheimnis des Sonnenmals – und verfolgt ihre eigenen Pläne.

Die Vergangenheit fordert ihren Tribut. Rana, Lewellyn und Dawa geraten erneut in einen Strudel aus Verrat und Macht. Und ihnen bleibt wieder einmal nur die Flucht – von Turpan ins Ungewisse.

Erscheint Januar 2026

Yasemin Schreiber Pekin

wurde in Ankara geboren und zog einen Tag vor ihrem 14. Geburtstag mit ihrer Familie nach Zürich – pünktlich zum Start in die Pubertät also in eine neue Welt. Nachdem sie die Geheimnisse der Landessprache gemeistert hatte, begann sie ein Medizinstudium. Es folgten Reisen und Arbeitseinsätze rund um den Globus – unter anderem in Afrika und Asien.

Heute lebt sie mit ihrem Mann und ihren drei Kindern in Zürich. Sie arbeitet als Frauenärztin und Psychotherapeutin und ist gelegentlich für humanitäre Hilfsorganisationen im Einsatz.

Ihre Bücher schreibt sie auf Deutsch, illustriert sie selbst und übersetzt sie ins Türkische. In ihrem interkulturellen Projekt Ymagination & müzik verbindet sie Literatur und Musik und schafft Räume für kreativen Austausch. Zudem schreibt sie Kolumnen für Kulturzeitschriften.

Mit viel Witz, Fantasie und Tiefe verwebt sie in ihren Geschichten berufliche und persönliche Erfahrungen – und lädt ihre Leser:innen ein, in farbenfrohe, originelle Welten einzutauchen.

Weitere Romane der Autorin:

Yasemin Schreiber Pekin

Gold, Gauner und
türkischer Honig
3 Frauen - 111 Jahre

Das Leben der 30-jährigen Ayda Ismailow wird 1999 durch einen Brief auf den Kopf gestellt. Sofia, ihre Pflegemutter sitzt nach einem gewaltigen Erdbeben östlich von Istanbul in einem Feldspital fest. Sie behauptet, sie sei in Wirklichkeit ihre Grossmutter. Ayda, die bisher nichts über ihre Herkunft wusste, reist Hals über Kopf von Zürich ins Katastrophengebiet. Vor der Kulisse der bebenden Erde und einer brennenden Erdölraffinerie erzählt ihr Sofia die Familiengeschichte, beginnend 1912 mit Rokselana, der lebenslustigen Tänzerin aus Thessaloniki. Die Schauplätze wechseln nach Istanbul, Izmir, Paris, Berlin, Hollywood und Zürich. Gereist wird mit Vorliebe im Orientexpress, begleitet von einem gestohlenen Koffer voll Gold. Zur Familie gehören Karl, der Kunstfälscher, der von van Gogh bis Hitlers Gebiss alles fälschen kann und Moshe, der jüdische Apotheker, welcher mit dem Unglück auf du und du steht. Coco Chanel, Picasso, Dalí, Atatürk, Hemingway, Hitchcock, Gebrüder McDonald und Marilyn Monroe spielen auch eine Rolle und verraten en passant, wie „das kleine Schwarze" oder der Spruch „Diamonds are for ever" entstanden, wie Salvador Dalí zu seinem gezwirbelten Schnauz und die Brüste auf das McDonalds Logo kamen. Ayda lernt ihren Grossvater, den Diamantenhändler Basil Ismailow kennen und trifft ihre eigene grosse Liebe, den türkischen Kommissar Erol, während sie die drei tiefgefrorenen Leichen im Gepäck ihrer Grossmutter loswerden muss.

Pischmisch
Tavuk

Der Zwischenfall Dobrowsky

Yasemin Schreiber Pekin

Wo die junge Ärztin Agnes auftaucht, ist das Chaos auch nicht weit entfernt. Sie scheint es förmlich anzuziehen. In dem Krankenhaus, wo sie ihre ersten beruflichen Erfahrungen macht, kommt es zu immer absurderen Verwicklungen und schliesslich zu einem fatalen Zwischenfall mit dem Kollegen Dobrowsky. Es ist ja nicht so, nicht dass Dobrowsky es anders verdient hätte, aber Agnes ist nicht ganz unschuldig am Geschehen und sucht sich Rat bei der Psychotherapeutin S. Diese ist gerade ein wenig abgelenkt durch Gedanken an Spielcasinos und an ihre Scheidung. Mit blühender Fantasie und schauspielerischem Talent gesegnet, schlüpft Agnes beim Erzählen derart in verschiedene Rollen, dass die Psychotherapeutin nie so recht weiss, was sie glauben soll. Die schräge Geschichte rund um das Krankenhaus entwickelt sich in rasantem Tempo. Intrigante Patienten wie auch Personal mischen mit und versuchen die Kante des Teppichs nicht zu heben, unter dem so einiges gewischt wurde. Missgeschicke, Fehltritte, absurde und brenzlige Situationen lösen sich ab. Die Art, wie das „Problem Dobrowsky" schliesslich gelöst wird, ist so ungewöhnlich wie logisch.

Ein fesselndes Buch, witzig, geistreich und mit viel schwarzem Humor.

Pischmisch Tavuk[2]

Zwischenfall Haiti

Yasemin Schreiber Pekin

Agnes hat einen einfachen Auftrag. Sie soll den unzufriedenen Patienten in die nächste Privatklinik begleiten. Dank dem Talent der jungen Ärztin, Katastrophen anzuziehen, bleibt die Ambulanz in einem Schneesturm stecken. Sie kommt von der nächtlichen Fahrt mit zwei Leichen, einem Verletzten, einem Koffer voll Geld und einem Schrumpfkopf zurück. Agnes sucht Rat bei Frau S., ihrer Psychotherapeutin und beginnt zu erzählen, wie es zu dem Chaos gekommen ist. Allerdings muss sie dabei weit ausholen. In rasantem Tempo wird eine Geschichte aufgerollt mit Schauplätzen in der Westsahara und in Haiti. Agnes schlüpft in die Rollen der verschiedenen Hauptfiguren, die in der Erzählung vorkommen. Sie blüht dabei so sehr auf, dass die Psychotherapeutin sich wieder fragt, ob Agnes an einer multiplen Persönlichkeitsstörung leidet. Frau S. ihrerseits hat ihre eigenen Probleme mit einer Hanfplantage in ihrer Wohnung und einem herumspukenden Ehemann, der sie buchstäblich in den Wahnsinn treibt. Doch am Ende gibt es für alles eine logische Erklärung. So logisch wie nur das Leben sein kann.

Der zweite Teil von Pischmisch Tavuk ist mitreissend geschrieben mit exotischen Schauplätzen, farbigen Charakteren und verbindet erstaunlichen Tiefgang mit sprühendem schwarzem Humor.

Pischmisch Tavuk[3]

Zwischenfall am Bosporus

Yasemin Schreiber Pekin

Der Chirurg vom Spital Blumenthal verbringt gerade seine Flitterwochen in einer malerischen Bucht im Westen der Türkei, als ein gewaltiges Erdbeben den Ort unter Trümmern begräbt. Ein Feldspital wird eilig auf die Beine gestellt und seine Kollegen aus der Schweiz stossen zur Unterstützung dazu. Währenddessen ist Agnes mit Kemal und einem Koffer voll Banknoten unterwegs in die Türkei.

Eine alte Frau mit Diamanten und einem Revolver im Gepäck, auf dem Weg zu einer Verabredung in Istanbul, gesellt sich zu ihnen. Die Psychotherapeutin Frau S. versteckt in ihrer Zürcher Wohnung Sans-Papiers und zwei Frauen fliehen mit wütenden Heroinhändlern an ihren Fersen aus Afghanistan.

Alle sind unterwegs in einer wilden Flucht ins Erdbebengebiet. Dies scheint im Moment der sicherste Ort für sie zu sein. Die Reisegesellschaft um Agnes wird, wie kann es anderes sein, begleitet von ein paar tiefgefrorenen Leichen. Zum Glück hat es, wie immer nur die Bösen erwischt!

Die exotischen Schauplätze und die Charaktere sind so lebendig, dass man beim Lesen mitten im Geschehen ist. Ein köstliches Menü, gewürzt mit reichlich schwarzem Humor.

Yasemin Schreiber-Pekin

Bruno Brenndt

Roman

Σ skepsis

Bruno Brenndt denkt sich gern Geschichten aus, am liebsten mehrere gleichzeitig. Er vermischt auch gerne Sinneswahrnehmungen. Er riecht, schmeckt und sieht Zahlen und Buchstaben in aller Buntheit. Diese Eigenheit teilt er mit der jungen Elena, die er kurz vor seinem vierundvierzigsten Geburtstag kennenlernt. Die Beziehung mit der unternehmungslustigen Studentin ist voller Hindernisse, nicht nur, weil Bruno nach einer erfolgreichen Reanimation in einer Rehabilitationsklinik feststeckt. Als Teil seiner Therapie muss er seine Lebensgeschichte erzählen. Wenn Bruno anfängt zu erzählen, gehen Realität und Fantasie verspielt Hand in Hand. Voll überraschender Wendungen entsteht ein Zeitgemälde, das mit einem Augenzwinkern den Spannungsbogen zwischen einer mitteleuropäischen Stadt der letzten Jahrzehnte und Märchen wie aus 1001 Nacht schafft. Wie sprudelnde Wildbäche fliessen Liebes- und Dreiecksgeschichten, verbuddelte Leichen, Reisen nach Istanbul und weiter in den Orient und eine Studenten-WG in den achtziger Jahren bei Brunos Erzählungen zusammen. Ein mysteriöser Märchenerzähler namens Al Kbar zieht dabei wie ein roter Faden durch die Geschichten. Brunos Zuhörer sind seine drei Mitpatienten, ein pensionierter Geschichtsprofessor, der Tagträumer und Schaumschläger Jonas und der philosophische

Türke Kemal. Während sie die Geschichten auf ihre eigene, humorvolle Art kommentieren, entwickelt sich eine berührende Freundschaft zwischen den unbeholfenen Männern. Die vielen Fäden weben sich schliesslich zum Muster eines bunten Teppichs.

«Weiße Hände am schwarzen Puls», das kann man wörtlich nehmen, denn davon handelt dieses Buch. Es läßt sich aber auch symbolisch verstehen. Der «schwarze Puls», die Uhr, die im schwarzen Süden anders geht als im weißen Norden, der andere Puls, der in einem jeden von uns schlägt, je nach Kultur, je nach Schicksal, mehr oder weniger ins Unbewußte verdrängt; der Widerstreit von Hast und Gleichmut, der Zwiespalt zwischen Effizienz und Schicksalsergebenheit, die Widersprüche zwischen den Forderungen der chaotischen Leidenschaften und den Geboten der geschäftigen Vernunft.

Was haben «weiße Hände» am «schwarzen Puls» zu suchen? Entwicklungshilfe in einem der ärmsten Länder der Welt? Die damit verbundenen Erlebnisse, Probleme und Fragen sind nicht neu. Der vorliegende Erlebnisbericht von Yasemin Schreiber-Pekin und Roland Schreiber gibt Einblick in den aktuellen Stand medizinischer Entwicklungshilfe-Projekte in dem schwarzafrikanischen Königreich Lesotho, auf dem «Dach von Afrika», rings umschlossen von der Republik Südafrika.